BLAUE
RIMIS

Von John Lutz
ist als Heyne-Taschenbuch erschienen:

Nachtanschluß · Band 02/2269

John Lutz

JAKE DANCERS SCHULDEN

Kriminalroman

Deutsche Erstausgabe

WILHELM HEYNE VERLAG
MÜNCHEN

HEYNE BLAUE KRIMIS
Nr. 02/2290

Titel der Originalausgabe
Dancer's Debt
Aus dem Amerikanischen
übersetzt von Renate Gotthardt

Herausgegeben
von
Bernhard Matt

Printed in Germany 1990
Umschlagfoto: Photodesign MALL, Stuttgart
Umschlaggestaltung: Atelier Ingrid Schütz, München
Satz: IBV Satz- und Datentechnik GmbH, Berlin
Druck und Bindung: Elsnerdruck, Berlin

ISBN 3-453-03839-8

Willst du dem Unheil alle Pforten schließen?
Zahl jede Schuld, als ob die Rechnung Gott geschrieben.

Ralph Waldo Emerson. *›Solution‹*

Ihr, die Ihr Leid mit lauter Lust erkauft,
Und sterbt dahin, von Lebensgier berauscht.

Alexander Pope. *Moral Essays. Epistle To a Lady.*

1

Nudger wünschte, er schwitzte nicht so stark. Das war das einzige, was an der Situation nicht stimmte. Er fluchte innerlich und bedauerte, nicht früher aus Danny's Donuts in sein Büro hinaufgegangen zu sein und die Klimaanlage eingeschaltet zu haben, die nun in dem Versuch, die glühende St. Louis-Sommerhitze zu besiegen, hinter ihm laut vor sich hin gluckste. Er wußte, daß die Klimaanlage gewinnen würde, aber es würde noch etwas dauern.

Abgesehen von der Hitze und den feuchten Halbmonden unter Nudgers Armen, war alles in Ordnung. Fünf Minuten, nachdem er sich hinter den Schreibtisch gesetzt hatte, um die Post durchzusehen, hörte er auf dem Treppenabsatz ein Brett knarzen. Dann klopfte es an der Tür. Er hatte ›Herein‹ gerufen, und herein kam sie, blaß und kühl wie Vanilleeis.

Sie sagte, sie heiße Helen Crane. Sie war mittelgroß, hielt sich aber königlich gerade. Ihre straffe Haltung und das hochgesteckte blonde Haar ließen sie so groß erscheinen. Die Haut war rein und glatt, die Augen schiefergrau und ruhig. Die Kurven weigerten sich, von ihrem eleganten Rock und Blazer eingeebnet zu werden.

Nudger sah, daß der Blazer an den Ärmeln ausgefranst, die Perlenkette um den Hals offensichtlich falsch, und das Material der dunkelblauen Stöckelschuhe wahrscheinlich nie von einem anderen Lebewesen getragen worden war. Sie wußte sich zu kleiden, aber ihr Budget zwang sie offenbar zu Polyester.

Nichts davon spielte eine Rolle, als sie sich mit einem ruhigen, prüfenden Blick im Büro umsah. Sie war höchst real und doch die Art von Frau, die Männer in das Zentrum ihrer Träume stellen.

»Sie sind doch Mr. Nudger?«

»Sicher.«

»Ich möchte Sie engagieren«, sagte sie.

Er bat sie, auf dem Stuhl vor dem Schreibtisch Platz zu nehmen, und als sie sich anmutig setzte und die schlanken Beine übereinanderschlug, die zumindest bis zu den Knien exquisit waren, entschuldigte er sich für die Hitze im Büro. Ihr Gesicht war markant und doch fein geschnitten, breit und exakt symmetrisch. Draußen in der Sommerschwüle war von fern die Sirene eines Rettungswagens zu hören, gleich dem wehmütigen, bebenden Locken der Circe. Es schien zu dem Gesicht zu passen. Zu der ganzen Frau.

»So heiß ist es hier gar nicht«, sagte sie.

»Bin ich Ihnen empfohlen worden, Miß Crane?« fragte er.

Sie legte den Kopf schief und sah ihn ruhig und abwägend an, als fiele ihr jetzt zum erstenmal ein, daß es in dieser Stadt größere, sichtlich erfolgreichere Detekteien gab. »Jemand hat mir erzählt, daß Sie in New Orleans gute Arbeit geleistet haben, Mr. Nudger. Aber diese Person möchte anonym bleiben.«

Nudger spürte ein schwaches Prickeln des Argwohns im Nacken. Das war genau die Art prospektiver Klientin, die zwar in Büchern und Filmen oft in den Büros der Privatdetektive auftauchte, aber nicht im wirklichen Leben. Nicht in Nudgers Leben. Er hatte nicht ernsthaft erwartet, daß sich ihr Besuch lohnen werde; jeden Augenblick würde sie mit ihrem Avon-Verkaufsgespräch anfangen.

»Ich nehme nicht jeden x-beliebigen Auftrag an«, sagte er.

»Ich würde Sie nicht bitten, etwas Illegales zu tun.«

»Wie steht es mit etwas Gefährlichem? Ich habe etwas gegen Gefahr.«

»Gefahr ist eine Frage des Grades«, gab sie zu bedenken.

»Körpertemperatur auch. Ich bemühe mich zu verhindern, daß etwas passiert, was meine unter die lebensnotwendige Mindesttemperatur sinken läßt.«

»Ich glaube nicht, daß es sehr riskant ist«, sagte sie, »aber ich kann Ihnen keine Garantie geben. Andererseits könnte dieses Haus jede Minute einstürzen und uns beide töten.« Sie sah sich um. »Oder jede Sekunde. Was ich damit sagen will, ist, Gefahr gehört schließlich zum Leben auf diesem Planeten.«

»Nur zu oft«, erwiderte Nudger. »In was für Schwierigkeiten stecken Sie denn?«

Sie verschränkte grazil die Arme vor der Brust, umfaßte die Ellenbogen mit den Händen und lehnte sich auf dem Stuhl zurück. »Es ist Jake Dancer, der in Schwierigkeiten steckt.«

Sie sagte es, als wisse Nudger, wer Jake Dancer sei. Als wisse das jeder. »Und er ist...?«

»Mein Freund.«

»Was sein Unglück weitgehend ausgleichen dürfte.«

Sie lächelte müde, als wäre sie solche Komplimente gewöhnt, vielleicht war sie ein bißchen von ihnen gelangweilt, fühlte sich aber immer noch bemüßigt, sie dankbar entgegenzunehmen. Schönheit verpflichtet.

»In welchen Schwierigkeiten steckt also der ansonsten glückliche Jake Dancer?« fragte Nudger.

»Ich weiß es nicht genau – das ist mit ein Grund, weshalb ich zu Ihnen gekommen bin. Irgend etwas macht Jake in letzter Zeit schrecklich zu schaffen. Er trinkt mehr als je zuvor, und ich bin sicher, daß er Drogen nimmt.«

»Haben Sie mit ihm darüber geredet?«

»Ich habe es versucht, aber er will nicht darüber sprechen. Ich glaube allmählich, er kann gar nicht darüber reden. Über die schlimmsten Dinge im Leben kann man nicht reden.«

»Ich kann ihm vielleicht nicht helfen, wenn er nicht will, daß ich mich einmische«, sagte Nudger.

»Ich will nicht, daß er weiß, daß ich Sie engagiert habe«, sagte Helen Crane. »Ich will nur, daß Sie ihn beschatten, ihn beobachten und mir dann sagen, was ihn so quält. Er hatte schon genug Probleme; er braucht nicht auch noch dieses, was immer es sein mag. Wirklich nicht.«

»Was für Probleme hatte er denn?« fragte Nudger.

»In Vietnam ist irgend etwas mit ihm passiert. Was, das hat er mir nie erzählt. Aber es hat ihn verändert. Er kam zurück, als der freundliche, liebenswürdige Jake, der nach Übersee ging, aber zugleich ist es, als hätte er seinen Lebensrhythmus verloren. Er zieht rastlos durch die Kneipen und trinkt viel zuviel.«

»Vietnam liegt Jahre zurück«, sagte Nudger.

Sie zuckte die Achseln. »Bei manchen Leuten greifen die Uhrräder nicht mehr ineinander.«

»Sie haben etwas von Drogen gesagt.«

»Er ist nicht süchtig, aber er nimmt welche.« Sie rutschte auf dem Stuhl hin und her und setzte sich gerader hin. Eine Pensionats-Pose, die nicht zu den Schlußverkaufsklamotten paßte. »Ich möchte nicht, daß Sie einen falschen Eindruck von ihm bekommen, Mr. Nudger. Er ist nicht einer dieser verdrossenen Veteranen, die Vietnam für alles Schlechte in ihrem Leben verantwortlich machen. Alle mögen Jake Dancer – alle. Er beklagt sich nicht oder bettelt um Mitleid, aber sein Leid ist so offenkundig, daß alle ihm von sich aus helfen wollen. Es ist, als *müßten* sie ihm wegen etwas in sich selbst helfen. Jake ruft das in den Menschen hervor.«

»Ist das der Grund, weshalb Sie versuchen, ihm zu helfen?«

»Nur zum Teil. Ich liebe ihn. Wir lieben uns. Aber er will partout nicht über die Ursachen seiner Qual reden. Und es ist nicht Vietnam; es ist St. Louis. Nichts in all den Jahren seit Vietnam hat ihn je so vor Schreck zusammenfahren lassen, als wenn das Telefon klingelt.«

»Würden Sie sagen, daß er paranoid ist?« Nudger, der Psychologe.

»Nein, ganz im Gegenteil«, antwortete Helen. »Jake ist auf seine ganz besondere Art zu vertrauensselig, zu naiv. Deshalb wollen ihn die Menschen ja beschützen. Und sie spüren, daß er für sie alles tun würde.«

»Wie lange kennen Sie ihn schon?« fragte Nudger.

»Wir sind in der High School miteinander gegangen. Das heißt, nicht genau. Wir waren in derselben Clique. Dann, nach der Schule, wurde er eingezogen. Bevor er nach Vietnam eingeschifft wurde, kam er von Fort Leonard Wood auf Urlaub nach Hause, und wir wurden ein Liebespaar. Und das sind wir geblieben.«

»Bereuen Sie es?« fragte Nudger.

»Wenn ich das täte, wäre ich jetzt nicht hier. Man muß mit einer zuweilen unruhigen See rechnen.«

»Aber es klingt eher, als hätten Sie einen Taifun hinter sich und die Wettervorhersage wäre unverändert.«

»Mag sein. Könnte sein, daß mich eine ruhige See langweilt.«

»Hmm. Hat Dancer Verwandte hier in der Stadt?«

»Nein. Sein Vater ist vor drei Jahren gestorben. Es gibt höchstens entferntere Verwandte, von denen Jake aber nie gesprochen hat. Ich bin es, die er braucht. Aber zum ersten Mal will er sich jetzt auch nicht von mir helfen lassen.«

Nudger drehte sich mit dem Stuhl und starrte aus dem verdreckten Fenster auf das gegenüberliegende Haus. Die Tauben, die immer auf dem Sims thronten, hatten dort eine Schweinerei angerichtet. Nudger haßte sie. Verlaustes Ungeziefer mit Flügeln. Sie sangen nicht einmal wie andere Vögel. Statt dessen gurrten sie Beleidigungen.

»Helfen Sie mir, Jake zu helfen?« fragte Helen Crane. »Tun Sie das?«

Nudger wußte nicht, wie er antworten sollte. Er brauchte das Geld; die Büromiete war fällig, und Eileen bestürmte ihn in ihrem erbarmunglosen Kreuzzug nach ausstehendem Unterhalt. Aber er hatte ein unbehagliches Gefühl bei diesem Fall. Er ahnte, daß ihm etwas zustoßen konnte, wenn er Jake Dancer folgte. Nudgers Geldmangel und seine Faszination von Helen Crane kämpften mit seinem besseren Wissen. Er war nicht bereit, Helen Crane zu helfen.

Noch nicht.

»Mr. Nudger?«

»Mögen Sie Tauben?« fragte Nudger.

»Um die Wahrheit zu sagen, nein.«

Das gab den Ausschlag.

2

Um halb sieben an diesem Abend saß Nudger, in seinen VW gezwängt, in der Osage Avenue in South St. Louis. Im Seitenspiegel konnte er den Eingang des Backsteinapartmenthauses sehen, in dem Jake Dancer mit Helen Crane wohnte.

Es war ein altes Flachdachhaus mit einem grünen Anstrich, der nach Farbe schrie. Über der Haustür war ein großes Buntglasfenster, das aussah, als gehörte es in eine Kirche. Ein zertrampelter Pfad führte quer durch die Wiese des Vorgärtchens, und ein Kinderfahrrad war schief an die Sträucher neben dem Eingang gelehnt, so daß die Lenkstange nicht zu sehen war. Die Osage Avenue war eine lange Straße, mit gepflegten und heruntergekommenen Blocks. Das Apartmenthaus war nicht schlecht für diese Gegend, und Nudger vermutete, daß die Miete nicht allzu hoch war.

Helen hatte Nudger gesagt, daß Dancer fast den ganzen Tag schlafe und dann am Abend ausgehe, ohne ihr zu sagen, wohin. Er habe das die ganze letzte Woche getan, hatte sie gesagt. Sie habe selbst einmal versucht, ihm zu folgen, aber er habe sie gesehen, und es habe einen Streit gegeben. Dann habe Dancer sie eingeladen, mit ihm auf eine Sauftour zu gehen, und sie habe abgelehnt. Hörte sich für Nudger an wie eine Auf-und-ab-Beziehung. Jo-Jo-Liebe. Er kannte das gut.

Es war heiß im VW. Er wünschte, nicht zum ersten Mal, daß der kleine motorisierte Käfer eine Klimaanlage besäße. Aber nicht viele zwölf Jahre alten VWs waren damit ausgestattet. Es gab noch andere Dinge, die ihm an dem Auto mißfielen. Oh, die Beulen und der verblichene rote Lack störten ihn nicht. Und er wollte gerne glauben, daß ihn das Fehlen einer adäquaten Heizung im Winter abgehärtet hatte. Aber St. Louis war in jedem Sommer mindestens einer tierischen Hitzewelle ausgesetzt, und immer dann schien Nudger in einem Fall zu stecken, bei dem er stundenlang in dem sonnenerhitzten, engen, kleinen Auto sitzen mußte.

Dann gab es die Zeiten, in denen der VW nicht anspringen wollte und nur stotterte, als beschimpfe er ihn auf deutsch. Nudger mißfiel das. Einmal hätte es ihn beinahe das Leben gekostet. »Götterdämmerung«, schien der VW gesagt zu haben. Nudger verdächtigte ihn der Kriegsverbrechen.

Danny kannte draußen auf dem Land eine Frau, die sich einen neuen Wagen gekauft hatte und ihren neun Jahre alten Ford Granada verkaufen wollte. Er war größer, und er besaß eine Klimaanlage. Danny sagte, er sei in liebevollen Händen gewesen und in einer für sein Alter ausgezeichneten Verfassung. Niemand hatte das je von Nudger gesagt. Er sollte einmal hinausfahren und sich den Granada ansehen.

Andererseits war dessen Besitzerin eine der wenigen Stammkundinnen im Doughnut Shop. Würde eine Frau, die sich ausschließlich von Dannys Dunker Delites ernährte, ihr Auto besser behandeln als ihre eigene Anatomie?

Nudger rutschte auf dem harten Vinylsitz hin und her, behielt im Rückspiegel die Straße im Auge und versuchte, es sich bequemer zu machen. Er spürte, wie sich das Hemd von der Rücklehne abschälte, an die es der Schweiß geklebt hatte. Wenn er schlau gewesen wäre, hätte er eine Thermosflasche mit einem kalten Getränk mitgenommen. Sein Mund fühlte sich an, als hätte er Kreide gegessen.

Er schaute zum obersten Stock hinauf, zur Wohnung, die nach Westen lag – Helen Cranes Wohnung – und sah, daß, obwohl das Eckfenster offen war, die Vorhänge immer noch vorgezogen waren und in der schwachen Sommerbrise schaukelten. Die Fenster, die wahrscheinlich zum Wohnzimmer gehörten, waren geschlossen, die Jalousie war heruntergelassen. Die aus dem Mittelfenster ragende Klimaanlage war immer noch eingeschaltet; Nudger sah das Kondenswasser stetig auf die Backsteine darunter tröpfeln. Es war wahrscheinlich kühl im Wohnzimmer der alten Wohnung.

Gerade als Nudger dabei war, den Gedanken zu rationalisieren, in die Grand Avenue zu düsen, sich in einem Drive-In eine Diätcola zu kaufen und dann zurückzuhetzen, kam ein Mann aus dem Haus, auf den Dancers Personenbeschreibung zutraf.

Nudger setzte sich aufrechter hin, um besser in den Rückspiegel sehen zu können. Der Mann trat auf den Bürgersteig, zog sich die Hosen hoch, schnipste eine Zigarette weg und stieg dann in einen verrosteten blauen Datsun – Helen Cranes Auto.

Sobald der winzige Datsun vom Randstein weggefahren war, versuchte Nudger, den VW anzulassen. Der Miniaturmotor schien ihn auszulachen, als habe er Vergnügen daran, ihn zappeln zu lassen, ob er anspringen würde oder nicht. Der Anlasser stieß Bemerkungen teutonischen Hochmuts hervor.

Mit einem Knattern wurde der Motor lebendig, als wolle er sagen, alles sei bloß ein Witz gewesen, und er klapperte vor Begeisterung, als Nudger sauber wendete und sich hinter dem Datsun in den Verkehr einfädelte. Alte Alliierte, ein deutsches Auto hinter einem japanischen, das von einem Veteran eines späteren Krieges gesteuert wurde. Das Flickwerk der Geschichte. Wenigstens fuhr Dancer ein Auto, das eventuell nicht schneller fahren konnte als der VW; sie könnten ein Niedrigkeitsgeschwindigkeitsrennen austragen, nicht gefährlich genug, um Sicherheitsgurte zu erfordern.

Dancer fuhr zur Grand Avenue und bog nach Norden ab, lenkte den kleinen Datsun dann auf die Zufahrt zum Highway 44 und fuhr nach Osten, Richtung Innenstadt. Nudger hielt sich auf der Außenspur ein gutes Stück zurück, ließ den Datsun nicht aus den Augen und genoß den kühlen Fahrtwind, der durch die heruntergelassenen Autofenster hereinfegte und im geschlossenen hinteren Teil des Wagens einen Trommelwirbel schlug.

Dancer verließ am Memorial Drive den Highway, fuhr auf der Market Street nach Westen und schlängelte sich auf Nebenstraßen nach Norden, bis er neben dem alten Postgebäude einen Parkplatz fand.

Er stieg aus dem Datsun, knallte lässig die Tür hinter sich zu und betrat den Gehsteig. Er trug graue Hosen und ein blaues Sportsakko, aber keine Krawatte. Ein nett aussehender Mann, sogar aus dieser Entfernung.

Nudger fuhr an ihm vorbei und warf einen Blick auf ihn, um ihn sich genauer anzusehen. Dancer machte große Schritte und schlenkerte mit den Armen, als habe er nie Grund zur Sorge gehabt. Sein gewelltes schwarzes Haar war über dem Kragen besonders dicht, ließ den Eindruck entstehen, er habe den Kopf zurückgelegt, um etwas Duftendes einzuatmen, obwohl er tatsächlich stur geradeaus schaute. Nudger konnte Dancers Gesichtsausdruck nicht erkennen, aber er schien einigermaßen munter, nicht, als habe er vorher zu Hause getrunken. Und er ging in einer mehr oder weniger geraden Linie.

Nachdem er einen Parkplatz für den VW gefunden hatte, lief Nudger zur Ecke zurück und ging in ungefähr einem halben Block Abstand hinter Dancer her. Sie gingen beide im gleichen gemächlichen Tempo.

Heute abend waren in der Innenstadt viele Leute unterwegs. Die Cardinals waren in der Stadt, und im nahe gelegenen Busch Stadion sollte in einer halben Stunde ein Spiel mit den Cubs beginnen. Wenn das geschah, wären die Straßen wie leergefegt.

Nach ungefähr fünf Minuten ordnete Dancer seinen Kragen, knöpfte das Sportsakko zu und betrat das Marriot Hotel. Nudger folgte ihm in die feudale Eingangshalle und sah ihn auf den Salon zusteuern. Im Hotel wimmelte es noch immer von Cubs-Fans, die blaue Mützen und Jacken trugen und sich mit einer jovialen Feindseligkeit benahmen, wie sie nur Cubs-Fans zu eigen ist. Einer von ihnen ließ einen ausgestopften Kardinalsvogel an einer Schnur baumeln, als sei er erdrosselt worden. Der Mann zerrte unter dem Gelächter seiner Kumpane das Ding über den Boden hinter sich her, so daß es auf- und abhüpfte. Sportfreunde in Amerika.

Nudger war sicher, daß Dancer in dem proppevollen Salon Zeit und Geld vergeuden würde. Aber er sah keinen Grund, selbst hineinzugehen und Bier zu trinken, das er nicht wollte, und Baseballdebatten anzuhören, die niemand gewinnen konnte.

Er saß in der Eingangshalle, sah die blau-geschmückten Fans aus Chicago sich zum Narren machen, schlenderte dann nach draußen und ungefähr einen halben Block die Straße hinauf, wo er in Ruhe die Nacht genießen konnte. Zu seiner Rechten leuchtete die Stadionbeleuchtung. Vor ihm, auf der anderen Seite, erhob sich die anmutige Krümmung des *Arch*, fing den Schein des aufgehenden Mondes auf einer schimmernden Seite auf und glich einem in Ausgelassenheit gen Himmel geschleuderten ätherischen Silberband. Hinter dem *Arch* glitzerten die Sterne über East St. Louis, als wollten sie dieses darniederliegende Gebiet mit einer prachtvollen Gratisshow aufheitern. Es gab Zeiten, in denen Nudger diese Stadt gegen keine andere getauscht hätte. Es gab aber auch Zeiten, in denen er sie gegen Detroit getauscht hätte.

Das Spiel hatte begonnen. Nudger hörte ein leises Brausen: Die prahlerischen Aktionen der Lokalmatadore ließen die Menge vor Begeisterung toben.

Dancer stand auf dem Bürgersteig, flankiert von zwei Männern. Einer der beiden war sehr groß, der andere nur so groß wie Dancer, schätzungsweise knapp unter einem Meter achtzig. Beide waren vierschrötig unter den leichten grauen Sommeranzügen. Keiner der beiden trug eine Krawatte, aber der Große trug eine Weste, die bis zum obersten Knopf zugeknöpft war. Er trug eine Goldkette. Der Türsteher des Marriot warf einen Blick auf sie, sah, daß Dancer betrunken war und von den beiden Männern gestützt wurde, und schaute wieder weg; er hatte eine vertraute Situation erkannt, und sie erforderte keine weitere Beachtung.

Die beiden Männer gingen mit Dancer in Nudgers Richtung, jeder von ihnen hielt einen von Dancers Oberarmen umfaßt. Dancer lachte und redete, aber Nudger konnte nicht verstehen, was er sagte. Die beiden Männer lachten auch ab und zu, aber nicht so, als fänden sie Dancers wirre Reden besonders lustig oder auch nur im entferntesten amüsant. Sie schienen statt dessen über einen privaten, hintergründigen Witz zu lachen. Der Größere hatte ein schrill wieherndes Lachen, das wie gezacktes Eis durch die schwüle Nacht schnitt und Nudger tief unter die Haut drang.

Er ging etwa dreißig Meter lang vor ihnen, wechselte dann auf die andere Straßenseite, um nicht ihre Aufmerksamkeit zu erregen.

Als Dancer und seine beiden Begleiter den Lichtkegel einer Straßenlampe passierten, gab es einen Wirbel an Bewegung, eine Veränderung im Timbre der Stimmen.

Nudger brauchte ein paar Sekunden, um zu begreifen, daß die beiden Männer Dancer angegriffen hatten und auf ihn einschlugen. Ledersohlen schlurften auf dem Beton. Körper rangelten um Hebelkraft, Arme hoben sich und fielen mit Gewalt.

»He!« schrie Nudger. Er schluckte schwer und beeilte sich, die Straße zu überqueren. Der Randstein war höher als er gedacht hatte, und beinahe hätte er sich den Knöchel verstaucht. »Laßt ihn in Ruhe!«

Eine Hupe plärrte, und Nudger fiel ein, daß er mitten auf einer vielbefahrenen Straße stand; die gelbe Mittellinie war genau unter seinen Füßen.

Er blieb stehen, um eine riesige schimmernde Form an sich vorbeiflitzen zu sehen, und hörte den Fahrer fluchen. Nudger lehnte sich in den Luftwirbel hinter dem Fahrzeug, schaute dann nach rechts und nach links und rannte auf den Kampf, auf dem gegenüberliegenden Bürgersteig zu. Aus den Augenwinkeln sah er eine schweigende Menschentraube vor dem Marriot stehen und auf das Geschehen starren, als wären sie Schauspieler in dieser Szene, aber ohne Text und Bewegung. Nur Zuschauer, die nichts tun konnten, um zu helfen.

Als Nudger sich der Schlägerei näherte, sah er zum ersten Mal das Glitzern von Metall. Der große Mann in der Weste hatte ein Messer gezogen.

Nudger zögerte, durchlebte einen jener schmerzlichen Augenblicke, in denen er die Klugheit seiner Entscheidung, keine Waffe zu tragen, anzweifelte. Dann schluckte er den kupfernen Geschmack der Angst hinunter und rannte weiter. Einen Moment lang fragte er sich, was er hier tat, warum er sich so seinen Lebensunterhalt verdiente. Warum verkaufte er nicht Haushaltsgeräte?

»Die Polizei!« rief schließlich jemand vor dem Marriot. »Hol doch einer die Polizei!«

Als sie Nudger kommen sahen, hörten die beiden Männer auf, Dancer zu verprügeln. Er verspürte eine kurze Befriedigung. Jeden Moment würden sie sich umdrehen und weglaufen. Schläger waren feige.

Der Große trat einen Schritt vor, hob das Messer und hielt es graziös vor sich, wie ein routinierter Messerkämpfer. »Na komm schon, du Arschloch!« schrie er. Er war bereit und lief nicht weg, er wollte Blut sehen. Er fuchtelte mit der langen Klinge. »Das ist ganz allein für dich, Mr. Macho. Na komm schon, du Wichser!«

Nudger erkannte, daß er dem hier keinen Schrecken eingejagt hatte; er wurde unwillkürlich langsamer, kam aber immer noch näher heran.

Plötzlich packte der kleinere Angreifer den großen am Arm. Irgendwo schrie eine Frau etwas von Polizei.

Der große Mann verlagerte das Messer, so daß es flach auf seiner Hand lag. Dann wirbelte er erstaunlich anmutig herum und schlug Dancer damit ins Gesicht. Dancer, der zusammengekrümmt zwischen den beiden Männern gestanden hatte, sackte ganz in sich zusammen, plumpste auf den Bürgersteig und blieb zusammengerollt auf der Straße liegen.

Der kleinere Mann trat ihm ins Kreuz, dann drehten sich beide Angreifer um und rannten die Straße hinunter. Sie pumpten angestrengt mit Ellenbogen und Knien, die grauen Rockschöße flatterten. Als sie um die Ecke bogen, taten zwei Teenager so, als nähmen sie die Verfolgung auf, kehrten aber klugerweise wieder um. Vielleicht hatten sie das Messer gesehen. Vielleicht waren sie auch einfach schon in jungen Jahren weise geworden.

Nudger half Dancer auf die Beine und mußte sich dabei auf die Zehen treten lassen. Das verdroß ihn; manchmal bekam er eingewachsene Zehennägel, wenn ihm jemand auf den Fuß getreten war.

Dancer stöhnte. »Mann, die haben mich vielleicht verdroschen.« Alkoholdunst umwaberte ihn. Und noch etwas; er hatte sich auf das Hemd erbrochen. Trinkerkotze. Ekelhaft.

»Können Sie allein stehen?«

»Klar.« Aber er sackte gegen Nudger.

»Sind Sie schwer verletzt?«

»Nein«, sagte Dancer. Er zwang sich sogar ein schiefes Lächeln ab. »Man könnte sagen, sie wollten bei mir nur einen Eindruck hinterlassen.« Auf der linken Wange hatte der

Schlag mit der flachen Klinge eine nicht sehr tiefe Wunde verursacht, wie eine Schnittwunde von einem Rasiermesser. Nicht gefährlich, aber es würde schmerzen, wenn Dancer nüchtern wurde.

Ein netter Eindruck, dachte Nudger. Dancer verlor beinahe das Gleichgewicht, machte einen unsicheren kleinen Wechselschritt und sagte: »Hoppala!«

Leute liefen zusammen. Nudger wußte, bald käme die Polizei, um Fragen zu stellen, eventuell auch an ihn. Erklärungen würden verlangt werden. Fakten würden bekannt werden. Unter anderem, daß Nudger Dancer im Auftrag von Helen Crane beschattete. Dancer würde von der Vereinbarung erfahren. Das war tabu.

»Kommen Sie.« Nudger führte Dancer auf dem Broadway nach Norden zum VW. Die Leute starrten ihnen nach, verloren dann allmählich das Interesse.

Auf dem Weg zum Auto mußte Dancer zweimal stehenbleiben, um sich zu übergeben. In dem Erbrochenen auf dem Bürgersteig war kein Blut; Nudger war sich nicht sicher, ob Dancer sich wegen der Prügel übergab – oder weil er mehr getrunken hatte, als er vertragen konnte.

»Wohin fahren wir?« fragte er, als Nudger ihn auf den Beifahrersitz plumpsen ließ und zur Seite schob. Dancer schienen ganz besondere Arme und Beine ohne Gelenke gewachsen zu sein.

»Dahin, wo Sie Ihren Rausch ausschlafen können.« Nudger drückte gegen die Tür, bis sie zuschnappte, als schließe er einen überfüllten Koffer. Geschafft – Dancer war drin!

Nudger ging vorn um das Auto herum und setzte sich ans Steuer. Er ließ den widerstrebenden kleinen Motor an und lenkte den VW so abrupt vom Randstein, daß ihre Köpfe nach hinten schnellten.

»Ein kleines Auto«, nörgelte Dancer. »Erinnert mich an einen Sarg.«

»Mich manchmal auch«, sagte Nudger.

»Wenn Sie einen Unfall haben, braucht man bloß sechs Griffe dranzuschmieden, und dann kann man Sie begraben.«

»Daran mag ich gar nicht denken«, sagte Nudger.

»Können Sie die Baseballübertragung im Radio anstellen? Ich hab auf die Cards gewettet.«

Nudger stellte die Übertragung im KMOX-Sender ein. Es stand bereits fünf zu null – für die Cubs. »Scheiße!« sagte Dancer.

»Es ist noch nicht vorbei«, beruhigte ihn Nudger.

»Es ist niemals vorbei, bis zum letzten Out«, sagte der Sportreporter. »Wir müssen nur kaltes Blut bewahren, am Ball bleiben und auf eine Wende warten.« Just da schlug einer der Cubs einen Home Run. Jetzt stand es sechs zu null. Baseball war eben wie das Leben.

»Stellen Sie bitte das Radio ab«, sagte Dancer.

Nudger stellte es ab. Dann nahm er die Antacidtablettenrolle aus der Hemdtasche und schob sich zwei der kreidigen weißen Scheiben in den Mund. Dancer verpestete das Auto; es würde lange Zeit dauern, bis der Geruch wieder verschwunden war, dachte Nudger düster. Er kaute rhythmisch, ließ sich dabei vom Hoppeln des VWs helfen.

Als er auf den Highway abbog, war Dancer eingeschlafen, und die meisten Knoten in Nudgers Magen hatten sich aufgelöst.

»Kann ich zahlen...«, jammerte Dancer, als der VW schneller wurde, und der Fahrtwind ihm in das schwitzende Gesicht schlug. »Auf gar keinen Fall...« Er öffnete kurz die Augen und warf einen Blick auf Nudger. Das Scheinwerferlicht entgegenkommender Autos flackerte über sein Gesicht, als verleihe es ihm Lebenskraft und Lebhaftigkeit, die es ihm im selben Moment wieder entriß. »Hast du 'nen Schuß, Kumpel? Oder vielleicht ein bißchen Geld, das du mir leihen kannst?«

»Ich habe nichts außer Hoffnung«, beschied ihm Nudger.

Sogar davon hätte er weniger gehabt, wenn er das schwarze Chryslerkabrio bemerkt hätte, das ihnen aus der Innenstadt gefolgt war.

3

Es war eine Heidenarbeit, Dancer nach oben zu bekommen. Die Treppe schien noch nie so steil gewesen zu sein, und Dancer hatte eine Art, sich in alle Richtungen zugleich zu bewegen und sich dabei überhaupt nicht selbst aufrecht zu halten, als habe man ihm Novocain in die Knie gespritzt. Nudger bugsierte ihn endlich durch die Wohnungstür und ließ ihn, an die Wand gelehnt, stehen.

Das Telefon klingelte. Er ignorierte es. Wahrscheinlich wieder Eileen. Sie hatte ihn wegen des ausstehenden Unterhalts jeden Tag in seinem Büro heimgesucht und auf dem Anrufbeantworter höhnische Bemerkungen hinterlassen. Als bräuchte sie das Geld tatsächlich. Als hätte er es tatsächlich.

Immer noch außer Atem von der Reise die Treppe hoch, ging er durch das Wohnzimmer zum Sofa, das sich in ein Bett verwandeln ließ, nahm die Kissen herunter und stapelte sie auf dem Boden. Er beugte sich vor, packte das Sofagestell und zog. Das einzige, was nachgab, war sein Rücken. Er zuckte zusammen, versetzte dem Sofa einen Tritt und verletzte sich den Zeh, auf den ihm zuvor Dancer getreten war; er konnte sich nie merken, wie man das verflixte Ding auseinanderklappte.

Diesmal packte er es unten an der Lehne der polsterlosen Sitzfläche, rasch, als wolle er es überrumpeln. Die Sofalehne fiel herunter, klemmte ihm den Arm ein und zwang Nudger in die Knie. Er fluchte. Das Telefon läutete ununterbrochen. Schien immer lauter zu werden. Auf der anderen Seite des Zimmers rutschte Dancer an der Wand herunter, setzte sich auf den Boden und starrte zwischen seinen Knien auf einen Punkt auf dem Teppich.

Mühsam gelang es Nudger, sich aus den Klauen des Sofas zu befreien. Er drückte hier, stieß da, hob dort, und plötzlich klappte es in drei scharnierverbundene Teile auseinander und krachte ihm gegen das Schienbein. Aber es war nun etwas Ähnliches wie ein Bett, auch wenn sich in der Mitte ein spitzer Wulst erhob.

Nudger zerrte Dancer durch das Zimmer, hinterließ eine Spur im Teppich und rang ihn auf die Bettcouch. Der Wulst in der Mitte verschwand unter Dancers Gewicht. Nudger zog Dancer die Schuhe aus, knöpfte das Hemd auf, wo es sich verwickelt hatte, und beschloß, es dabei zu belassen.

Endlich.

Das Telefon hörte auf zu klingeln.

Alles war jetzt ruhig. Die Stille sang. Einer der ganz besonderen Momente im Leben.

Doch es mußte einiges erledigt werden. Nudger ging zum Zweitanschluß in der Küche und rief Helen Crane an.

»Ich habe Ihren streunenden Freund hier«, sagte er, sobald sie abhob. »Er hat sich in der Innenstadt betrunken, und ein paar seiner Bekannten haben versucht, ihn zusammenzuschlagen.«

»Ist er okay?« Die Besorgnis in ihrer Stimme brannte durch die Leitung. Das war Liebe.

»Er schläft gerade bei mir seinen Rausch aus. Er hat eine leichte Schnittwunde im Gesicht, von einem Messer, aber ansonsten ist er in Ordnung. Sogar selig.«

»Ein Messer? Haben die versucht, ihn umzubringen?«

»Das glaube ich nicht«, sagte Nudger. »Sie hatten Gelegenheit dazu, haben es aber nicht getan. Ich hab' sie angeschrien, dann erwähnte jemand die Polizei, und sie sind weggerannt.«

»Können Sie sie beschreiben?«

»Nicht sehr gut. Zwei große Männer, beide haben graue Anzüge getragen. Der eine war sehr groß und sehr häßlich, von der Statur eines Gorillas. Ich glaube, er war blond, aber ich bin mir nicht sicher. Es war dunkel, und es ist alles so schnell gegangen.«

»Also ist Jake wirklich in Gefahr«, sagte Helen besorgt.

»Auf die ein oder andere Art. Er ist auch in Gefahr, daß sein Auto – Ihr Auto – abgeschleppt wird. Es steht unten auf der Eighth Street, bei dem alten Postgebäude.«

»Ich werde mir ein Taxi nehmen und es holen«, sagte sie. Sie sagte es in einem Ton, der ahnen ließ, daß sie es gewohnt war, hinter Dancer herzuräumen. Es machte ihr nichts aus, erinnerte sich Nudger; alle liebten Jake Dancer.

»Und machen Sie sich für den Moment keine Sorgen um Dancer, Helen. Er ist hier in Sicherheit.«

»Reden Sie mit ihm«, sagte Helen, »wenn er aufwacht, Mr. Nudger. Versuchen Sie herauszubekommen, wer diese Männer waren, in was er da geraten ist. Aber sagen Sie ihm, um Himmels willen, nicht, daß ich Sie engagiert habe. Ich weiß nicht, ob er im Moment diese Einmischung verzeihen würde. Vielleicht ist er dankbar, daß Sie ihn gerettet haben. Das sollte er zumindest. Vielleicht öffnet er sich Ihnen ein wenig, aus Dankbarkeit. Versuchen Sie, ihn dazu zu bewegen.«

»Ich werde es versuchen«, sagte Nudger, »aber ich kann nicht garantieren, daß er sich an irgend etwas von heute abend erinnern wird, wenn er aufwacht. Er war breit wie eine Pfanne.«

»Versuchen Sie es einfach! Bitte!«

»Natürlich werde ich es versuchen.«

»Danke, Mr. Nudger.«

»Das gehört zu meinem Job.«

Dancer roch den Kaffee und stöhnte. Ein Fortschritt. Er hatte weder auf die wirbelnde Morgensonne reagiert, die durch das Wohnzimmerfenster schoß, noch auf Nudgers Schulterrütteln.

»Die Cards haben gewonnen, sieben zu sechs«, informierte ihn Nudger.

»Was?« Dancer drehte sich auf die Seite, versuchte aufzustehen, fiel dann zurück. Die altbekannten Spaghettiglieder.

Nudger hielt ihm die Sportseite der Morgenausgabe des *Post-Dispatchs* vor die Nase, um zu beweisen, daß er die Wahrheit sagte. Dancer überflog sie verschlafenen Auges.

»Nicht zu fassen!« sagte er.

»Sie haben Ihre Wette gewonnen.« Nudger warf die Zeitung auf einen Beistelltisch.

»Ja. Der Barkeeper im Marriot schuldet mir einen Drink.« Dancer setzte sich mühsam auf. Die Bettcouch bildete einen Wulst unter ihm und schnarrte laut. »Wie spät isses denn?«

»Kurz nach neun. Am Morgen.«

Dancer gähnte.

Nudger sah ihn sich im Sonnenlicht genauer an. Er hatte ein kantiges, beinahe ästhetisches Gesicht, unter einer Unmenge schwarzer Locken. Er war muskulös gebaut, aber eher schmal, und die Hände waren zierlich für einen Mann, mit bleichen, spitz zulaufenden Fingern. In den großen braunen Augen lag Verletzlichkeit. Er wirkte beinahe weiblich. Drahtige Kraft. Sogar mit dem Kratzer im Gesicht sah er wie ein verderbter Chorknabe aus, den die Welt arg gebeutelt und desillusioniert und leicht perplex zurückgelassen hatte. Verlebte irische Dichter besaßen diese Ausstrahlung. Er würde wahrscheinlich noch mit Sechzig so aussehen. Falls er so lange überlebte.

»Wo bin ich eigentlich?« fragte er.

»In meiner Wohnung. Ich heiße Nudger. Letzte Nacht habe ich geholfen, zwei Ihrer Freunde davon abzuhalten, Sie zu verprügeln und an Ihnen kreatives Schnitzen zu üben.«

Dancer zog die Knie an und schüttelte unbestimmt den Kopf. »Tut mir leid. Daran kann ich mich überhaupt nicht erinnern.«

»Aber an die Wette konnten Sie sich erinnern.«

»Ja, konnte ich...« Dancer warf ihm einen argwöhnischen Blick zu. »Ich heiße Jake Dancer«, sagte er. »Danke, daß – Sie sich um mich gekümmert haben.« Er drehte sich um und setzte sich auf die Kante der Bettcouch, schickte sich an aufzustehen und spürte Schmerzen, und ihm wurde klar, daß ihm von mehr als nur zuviel Alkohol Schaden zugefügt worden war. Schwerfällig ließ er sich wieder niedersinken und untersuchte mit spitzen Fingern behutsam seine Rippengegend.

»Wer waren die Männer?« fragte Nudger.

»Weiß nich'. Hab' ich doch schon gesagt.«

»Hören Sie, ich habe Ihren Hintern gerettet. Und meinen riskiert. Also schulden Sie mir zumindest eine Erklärung. Hätten die beiden Sie getötet?«

»Mich getötet? Glaub' ich nich'.« Befriedigt, daß keine

Rippe gebrochen war, stand er mühsam auf. »Mann! Ich glaub', ich muß kotzen.«

»Das Bad ist da lang«, deutete Nudger. Er dachte an den Teppich. »Brauchen Sie Hilfe?«

»Nö, ich schaff's schon allein.«

Nudger beobachtete ihn, wie er sich mit den Händen an Wand und Möbeln abstützte, als er ins Bad taumelte. Trotz des Katers bewegte er sich koordiniert, fast anmutig.

Ein paar Minuten später hörte Nudger Würgen. Dann fließendes Wasser. Die Wasserspülung wurde gezogen. Und noch einmal.

Als Dancer zurückkam, hatte er das fleckige Hemd ausgezogen, und das dunkle Haar war naß und nach hinten geklatscht. Er trug ein weißes ärmelloses Unterhemd, die verknitterten Hosen und schwarze Socken. »Himmel, das tut mir aber wirklich leid«, sagte er. »Ich bin Ihnen dankbar, äh...«

»Nudger«, erinnerte ihn Nudger. »Sie sehen jetzt besser aus.«

»Ist Nudger Ihr Vor- oder Nachname?«

»Der einzige Name, den ich benutze, außer auf Formularen.«

»Jedenfalls danke für alles, was Sie getan haben, Nudger.« Dancer verrenkte den rechten Arm und bohrte sich die Faust ins Kreuz, dorthin, wohin ihn der kleinere der beiden Männer getreten hatte. Er stieß einen langen Seufzer aus, als habe das den Schmerz gelindert. Dann humpelte er auf seine Schuhe zu.

»Ich improvisiere uns ein Frühstück.« Nudger redete wie ein Koch auf einem Viehtrieb, als könnte das den Gedanken ans Essen attraktiver machen.

»Nö. Wirklich nicht. Ich kann nichts essen.«

»Vielleicht Kaffee? Oder Orangensaft?« Nun hörte er sich wie ein Kellner an.

Dancer saß auf der Sofakante und schlüpfte in seine Schuhe. Er sah auf und lächelte. Es war ein jungenhaftes, schiefes Lächeln, das sehr weiße, gerade Zähne entblößte. Es war ein Lächeln, das die Herzen der stolzesten Frauen brach und Müttern versicherte, daß alles in Ordnung war. Ein Lächeln, mit dem er Aufschub oder Gunst oder einen Bankkredit gewinnen konnte. Und wenn er dieses Lächeln lächelte, konnte das sowohl ihn als auch die anderen in Schwierigkeiten bringen. »Ich bleib' noch ein bißchen«, sagte Dancer. »Der Orangensaft hat den Ausschlag gegeben.«

Nudger ging in die Küche und sah, daß die Kaffeemaschine ihre Arbeit getan hatte.

»Schwarz ist okay«, rief Dancer.

Nudger goß die dampfende schwarze Flüssigkeit in zwei große Tassen, holte eine Flasche frischen Orangensaft aus dem Kühlschrank und schenkte fast die Hälfte davon in ein großes Glas ein. Es war ein guter Orangensaft; er würde seinen trinken, nachdem Dancer gegangen war.

Fünf Minuten später saß er Dancer am Resopaltisch in der Küche gegenüber, und sah zu, wie dieser den Rest des Saftes aus der Flasche in das leere Glas tröpfeln ließ. Dancer erwachte wie ein langjähriger Alkoholiker, innerlich ausgedörrt und halb wahnsinnig vor Durst.

Nudger trank langsam seinen Kaffee und wünschte, er hätte sich auch etwas Saft eingeschenkt. »Es geht mich ja nichts an, aber warum trinken Sie soviel? Ich meine, gestern abend – waren Sie ziemlich voll. Probleme?«

»Das können Sie laut sagen.« Der letzte Rest des Orangensafts war verschwunden; Dancer stellte das Glas ab. Er machte sich an den Kaffee, der heiß genug war, um ihn davon abzuhalten, ihn wie den Saft hinunterzustürzen.

»Waren Sie in Vietnam?«

Dancer zog erstaunt die Augenbrauen hoch. »Was? Wie kommen Sie denn darauf?«

»Sie sehen so aus.«

»Sie wollen mich wohl verarschen. Das sieht man niemandem an.«

»Sie erinnern mich an meinen jüngeren Bruder«, log Nudger, das Einzelkind. »Als er aus Vietnam zurückkam.«

Dancer starrte in seine Kaffeetasse oder den Dampf, der aus ihr hochstieg. »Ja, ich war auch in Nam. Wie Ihr Bruder.«

»Hab' ich mir doch gleich gedacht. Sie haben das richtige Alter. War es schlimm drüben?«

Dancer gab ihm keine Antwort. Dann schenkte er ihm sein Lächeln. »Ich schätze, ich schulde Ihnen wohl wirklich eine Erklärung, Nudger. Sie haben mich beschützt, und jetzt sitze ich hier und trinke Ihren Kaffee.«

»Und meinen Saft. Und zwar den ganzen.«

»Also schön. Nam war eine schlimme Zeit für mich – nicht daß ich der einzige gewesen wäre – ich bin immer noch am Leben, einigermaßen wenigstens. Aber seit ich zurück bin, trinke ich viel, und ich hab' drüben Drogen genommen und es mir hier nicht wieder abgewöhnt. Nicht, daß ich süchtig wäre. Aber manchmal brauche ich etwas, wenn Sie verstehen, was ich meine?«

»Klar.«

»Allmählich sind die Dinge außer Kontrolle geraten. In letzter Zeit scheine ich bloß noch zu trinken und Drogen zu nehmen. Aber vor allem zu trinken. Ich gebe zu, ich habe es nicht unter Kontrolle. Und ich spiele viel. Zuviel. Ich habe ein paar Schulden gemacht. Die müssen auch der Grund für diese Schlägeraktion von gestern abend gewesen sein; jemand, dem ich was schulde, will sein Geld. Glaub ich wenigstens. Um die Wahrheit zu sagen, kann ich mich an gestern abend nur vage erinnern.«

»Das will ich gern glauben«, sagte Nudger. »Kennen Sie die beiden Bürger, die Sie in der Mache hatten?«

»Ich glaube nicht. In letzter Zeit kann ich mich an vieles nicht so gut erinnern.« Dancers Hand hielt die Kaffeetasse, die glühend heiß sein mußte, fester umfaßt. Gefielen ihm Schmerzen? »Was in Nam passiert ist, verfolgt mich von Zeit zu Zeit.« Er warf einen Blick auf Nudger und schenkte ihm wieder dieses Lächeln – sehr beruhigend. »Ich bin nicht gewalttätig; keiner von diesen Vietnamveteranen mit den irre aufflackernden Augen, die man im Kino oder im Fernsehen sieht. Ich suche nicht nach Entschuldigungen für mein Versagen, und ich will weder Verständnis noch Mitleid. Es ist bloß, daß ich manchmal böse Träume habe.«

»Und Sie haben Schulden.«

»Große Schulden. Bei vielen Leuten.«

»Haben Sie einen Job?«

»Nein. Ich bekomme Arbeitslosenunterstützung und eine kleine Invalidenrente. Ich hab' ein paar Schrapnellsplitter im Rücken und im rechten Bein. Ich komm' so durch, aber im Moment kann ich meine Schulden nicht zurückzahlen.«

»Wo leben Sie?«

»Bei meiner Freundin. Sie ist alles, was mich in diesem Leben ein bißchen aufrecht hält.«

»Wenn Sie so viele Schulden haben und nicht zahlen können, gibt es keine Möglichkeit, die Knochenbrecher davon abzuhalten, wieder hinter Ihnen herzukommen«, sagte Nudger.

»Ich könnte mir Geld leihen, um sie zu bezahlen.«

»Das würde nicht funktionieren, sondern alles nur noch schlimmer machen.«

»Sie haben recht, Nudger.« Dancer hob die Tasse, nahm einen großen Schluck der dampfenden Flüssigkeit.

»Sie werden sich die Zunge verbrennen«, sagte Nudger.

»Das wäre das geringste meiner Probleme.«

»Ihre Freundin heißt Helen.«

Dancer sah plötzlich mißtrauisch drein, ängstlich. »Woher wissen Sie das?«

»Ihre Brieftasche ist Ihnen gestern abend aus der Hosentasche gefallen. Ich habe hineingeschaut, um zu sehen, wen ich nach Hause mitgenommen und ins Bett gesteckt habe. Ich habe ihren Namen gesehen. Und ihr Foto. Sie ist schön.«

»Das ist sie«, sagte Dancer. An Helen zu denken schien seine Angst und sein Mißtrauen zu mildern.

Dann sagte er: »Ich habe Sie lange genug belästigt.« Er stand auf, holte seine Brieftasche heraus und entnahm ihr einen Fünfdollarschein. Nudger sah, daß die Brieftasche nun leer war. »Ich denke, das schulde ich Ihnen für Ihre Mühe, Nudger.«

»Wenn Sie mir den Fünfer geben, sind Sie blank.«

»Ich bin schon viele Male blank gewesen.«

»Nicht diesmal.«

Dancer sah, daß Nudger es ernst meinte. Er steckte den

Schein wieder zurück und hielt ihm die Hand hin. »Vielen Dank. Für den Kaffee, den Saft, für alles.«

»Ich kann Sie fahren, wohin Sie wollen«, sagte Nudger, als er Dancer die Hand schüttelte.

»Nein. Ich nehme mir ein Taxi in die Innenstadt und schaue nach, ob die Polizei den Wagen abgeschleppt oder mir einen Strafzettel verpaßt hat.«

»Hat sie nicht. Ich habe Helen angerufen und ihr gesagt, wo er steht. Sie hat ihn gestern abend abgeholt und nach Hause gefahren.«

Dancers naive braune Augen glänzten, und er sah Nudger ruhig und unverwandt an. »Sie nehmen mein Leben wirklich in die Hand, Nudger. Sie sehen dies und sehen jenes und ziehen eine Menge Schlußfolgerungen.«

»Tut mir leid, wenn ich zu weit gegangen bin.«

Wieder das sanfte Lächeln. »Nein, das ist schon okay. Nochmals danke.«

Himmel, der Mann war aber leicht hinters Licht zu führen. Ein Opfer auf der Suche nach einem Täter. Er brauchte wirklich jemanden, der auf ihn aufpaßte. Er hatte etwas an sich; er bettelte beinahe darum, belogen zu werden, als könnte es ihn vor allem Übel beschützen.

»Ich ziehe mir nur das Hemd an, und dann verschwinde ich aus Ihrem Leben und gehe nach Hause«, sagte Dancer. »Ich habe jedenfalls genug Geld für ein Taxi.«

Gedankenlos nahm Nudger einen großen Schluck Kaffee; etwas, wovor er Dancer gewarnt hatte. Er verbrannte sich die Zunge.

»Nicht viele Leute hätten sich wegen eines Fremden soviel Mühe gemacht.« Dancer klang beschämt. »Zuerst hab' ich gedacht – na ja, daß Sie schwul sind oder so, mich vielleicht anmachen wollen.« Bewunderung lag in seiner Stimme. »Ich nehme an, Sie sind einfach eine Seele von Mensch und eine ehrliche Haut.«

Nudger zuckte die Achseln. »Sie erinnern mich an meinen kleinen Bruder.«

4

Nachdem Dancer gegangen war, leerte Nudger den allerletzten Rest Orangensaft aus der Flasche, legte den Kopf in den Nacken und ließ die wenigen sauren Tropfen quälerisch über die Zunge rollen. Er wurde nur durstig nach mehr. Er drückte ein paar Eiswürfel aus einer widerspenstigen Plastikschale und begnügte sich mit einem Glas kalten Wassers. Dann rief er Helen an und sagte ihr, Dancer sei mit einem verschmutzten Hemd und einem Kater auf dem Weg zu ihr.

»Das habe ich erwartet«, sagte sie. »Das ist das Muster. Er wird fast den ganzen Tag hier herumhängen, fast als verstecke er sich. Dann, am Abend, wird er irgendwohin gehen und zuviel trinken, spät nach Hause kommen und den ganzen Kreislauf wieder von vorn beginnen.«

»Ist er jemals die ganze Nacht weggeblieben?«

»Nein, gewöhnlich kommt er gegen zwei, halb drei nach Hause. Nachdem die Kneipen schließen. Haben Sie erfahren, was ihn so nervös macht?«

»Er sagte, er schulde mehreren Leuten Geld. Seine Theorie ist, daß die beiden Männer, die ihn gestern verprügelt haben, von einem seiner Gläubiger geschickt worden sind, um nachdrücklich seine Spielschulden anzumahnen. Wie hört sich das für Sie an?«

»Ich weiß nicht«, sagte Helen. »Jake hat immer zuviel gespielt. Kennt er die Männer, die ihn zusammengeschlagen haben?«

»Er sagt nein.«

»Glauben Sie ihm?«

»Ich bin mir nicht sicher, ob und was ich ihm glauben soll. Ich denke jedoch, daß er noch immer in Gefahr ist, und ich habe einen Vorschlag. Ungefähr eine Autostunde vor der Stadt hat ein Freund von mir eine Hütte am Fluß. Sie wird im Moment und auch in den nächsten drei Monaten nicht benutzt werden. Er hätte sicher nichts dagegen, wenn Sie und Dancer eine Weile dort wohnen. Sie liegt abgeschieden und ist weit genug entfernt, daß niemand wissen wird, wo Sie sind, aber nahe genug, daß Sie jeden Tag zur Arbeit in die

Stadt fahren könnten – wenn Ihnen die Feldwege und der Highway nichts ausmachen. Sie können Dancer ja anschwindeln. Sagen Sie doch einfach, die Hütte gehöre einem Ihrer Bekannten.«

Helen sagte ein paar Minuten lang nichts, dachte über das Angebot nach. »Na schön«, sagte sie schließlich. »Wenn ich Jake dazu überreden kann.«

»Erinnern Sie ihn an das Messer«, sagte Nudger. »Wenn er soviel Angst hat, wie Sie glauben, wird ihm der Gedanke an eine vorübergehende Freistatt gefallen. Und während Sie in der Hütte sind, werde ich hier herumschnüffeln und herauszufinden versuchen, in welchen Schwierigkeiten er steckt und wie tief.«

»Okay, Mr. Nudger.«

»Nudger genügt.«

»Haben Sie denn keinen Vornamen?«

»Das bilde ich mir gern ein.«

Er beschrieb ihr den Weg zur Hütte und entdeckte, daß er Dancer beneidete. Der Gedanke, mit Helen in der abgeschiedenen, malerischen Hütte zu sein, nichts tun, außer angeln oder schlafen oder was auch immer, war etwas, das er resolut zu den unzähligen anderen professionellen Vorstellungen in der hintersten Schublade seines Gedächtnisses schob. Privatdetektive waren nicht aus Holz.

»Der Schlüssel hängt an einem Nagel unter dem Dachvorsprung des Geräteschuppens hinter der Hütte. Er ist leicht zu finden, wenn man weiß, daß er da ist. Die Hütte muß gelüftet werden, aber ansonsten ist sie behaglich und mit etwas modernem Komfort ausgestattet.«

»Danke, Nudger. Vielen Dank.«

»Dancer sollte bald bei Ihnen sein. Rufen Sie mich an, wenn er nicht auftauchen sollte.«

»Er wird auftauchen, und ich werde mich um ihn kümmern.«

»Es hilft vielleicht, wenn Sie Orangensaft im Haus haben«, sagte Nudger.

Er legte den Hörer auf, ging dann ins Bad und duschte; begann mit warmem Wasser und drehte am Schluß auf eiskalt, kurz bevor er aus der Dusche stieg und sich sorgfältig abtrocknete.

Beim Rasieren vor dem beschlagenen Spiegel überprüfte er sein Aussehen. Eine Spur unter einem Meter achtzig, etwas besser als durchschnittlich gebaut, ein leichter Bauchansatz, ein verletzter und doch ewig-hoffnungsfroher Ausdruck in den blauen Augen. Ein unauffälliger Vierziger, noch nicht alt und grau – wenigstens nicht von außen. Nichts vorhanden, an dem eine Frau wie Helen Crane interessiert wäre.

Was denke ich da bloß?

Er rasierte sich zu Ende, wusch sich das Gesicht und ging dann wieder zum Telefon in der Küche. Er hatte sich noch nicht das Hemd angezogen; es war angenehm kühl, in der Nähe des offenen Fensters zu stehen, von dem man auf die Backsteinmauer des benachbarten Hauses sah. Durch die Passage wehte oft eine Brise.

Mit der linken Hand goß er sich eine Tasse Kaffee ein. Mit der rechten wählte er die Nummer des dritten Polizeireviers.

Er ließ sich mit dem diensthabenden Sergeant verbinden. Sergeant Ellis meldete sich. Nudger fragte, ob Lieutenant Hammersmith im Haus sei. Ellis bejahte, dann fragte er Nudger, ob er mit dem Lieutenant reden wolle. Nudger verneinte, er werde persönlich mit ihm reden. Ellis fragte, ob er Hammersmith sagen solle, daß Nudger im Anmarsch sei. Nudger sagte nein, er solle ruhig glauben, es sei Fortune. Ellis schnaubte verächtlich und legte auf.

Hammersmith saß hinter dem Schreibtisch in seinem Büro im Third. Nudger nahm an, daß Ellis ihm von dem drohenden Besuch erzählt hatte. Als er eintrat, stand der Lieutenant nicht auf. Nudger bedauerte, in einem Aschenbecher auf dem Schreibtisch eine von Hammersmiths schrecklichen Zigarren glimmen zu sehen.

Hammersmith hatte in jüngeren Jahren, als er und Nudger zusammen Streife gefahren waren, gut ausgesehen. Aber seine Feschheit hatte sich in eine gepflegte Korpulenz verwandelt. Er saß da wie ein diensteifriger, glattgesichtiger Buddha, mit modisch geschnittenem weißen Haar und hellgrauen Polizistenaugen, mit Autorität und einem Sinn für Ironie, der ihn inmitten des Wahnsinns bei Verstand bleiben ließ.

Als er Nudger sah, nahm er die Zigarre und paffte. Das winzige Büro schien in dem Dunst zu wabern. Hammersmith sagte: »Ah, du warst gerade in der Gegend und hast dir gedacht, du könntest vorbeischauen und ein Schwätzchen über Baseball und das Wetter halten. Und vielleicht das eine oder andere Baseballbild tauschen.«

»Falsch«, sagte Nudger. Er ließ sich auf den harten Holzstuhl vor Hammersmiths Schreibtisch fallen. Der Stuhl war unbequem, um unwillkommene Besucher, die Hammersmiths Zeit stahlen, zu entmutigen. Aber so tief unten war die Luft besser.

»Ich habe vergessen, daß du mir Geld schuldest«, mutmaßte Hammersmith, »und du bist hier, um es zurückzuzahlen.«

»Du würdest dir nicht die Zeit nehmen, mit mir über Baseball zu reden oder Baseballbilder zu tauschen, und du vergißt nie, wem du Geld geliehen hast.«

Hammersmith schien gekränkt. »Du enttäuschst mich, Nudge. Du bist hier, weil ich dir einen Gefallen tun soll.«

Nudger nickte und sah zu, wie Hammersmith die Zigarre malträtierte. Paff! Paff! Keuch! Keuch! Eine weitere dicke Rauchwolke entwickelte sich und zog barmherzig an die Decke. Nudger war sicher, daß das Büro ursprünglich beige gestrichen gewesen war und Hammersmiths Zigarren die Wände grün gefärbt hatten.

»Als hätte ich nicht schon genug damit zu tun«, sagte Hammersmith, »tagtäglich, manchmal stündlich, meinen Körper zwischen anständige Bürger und das Verbrechen zu werfen.«

»Du wirfst deinen Körper nirgendwohin, außer zu deinem Auto und zurück«, beschied ihm Nudger. »Je von Jake Dancer gehört?«

»Nein. Und ich habe das Gefühl, ich werde wünschen, auch jetzt nichts von ihm gehört zu haben. Spielt er eine Rolle in einem Fall, in den du verwickelt bist?«

»Die Hauptrolle.«

»Ist das ein größerer Fall? Oder helfe ich dir bei der Suche nach einem verschwundenen Hund? Oder einem Gebiß, das jemand in einem Motel vergessen zu haben glaubt? Schon vergessen?« Hammersmith lächelte.

»Das ist eine große Sache«, versicherte ihm Nudger. Es gab keinen Grund, die Affäre des verschwundenen Gebisses wiederaufzuwärmen oder darauf hinzuweisen, daß mit besagtem Gebiß einwandfrei nachgewiesen werden konnte, wer wann und warum im Motel gewesen war.

»Auf Leben und Tod?« fragte Hammersmith.

»Gestern abend schien es ganz danach auszusehen.«

»Hmm. Du bringst nichts als Scherereien, Nudge.«

»Für mich auch. Ich kann nichts dafür. Vielleicht ist es genetisch bedingt.«

Hammersmith grunzte, nahm den Hörer ab und bat, um seine dicke Zigarre herum, mit dem Archiv verbunden zu werden. Nudger konnte ihn nicht verstehen, aber anscheinend war die Person am anderen Ende der Leitung Anfragen gewohnt, die sich wie mit zu langsamer Geschwindigkeit abgespielte Tonbänder anhörten. Der Lieutenant sprach ein verworrenes Bürokratenkauderwelsch in die Muschel, lehnte sich dann zurück, rollte die Zigarre mit schmalen Lippen von einem Mundwinkel in den anderen und wartete, wobei er mit periodischen Zügen die Luft im Büro weiter verpestete.

Nach ein paar Minuten legte er die Zigarre in den Aschenbecher, als beeinträchtige sie eher sein Hör- als sein Sprechvermögen, und preßte den Hörer dichter ans Ohr. Nudger sah zu, wie die Zigarre auf dem Rand des Glasaschenbechers glomm und wippte, und wünschte, sie würde auf den Schreibtisch rollen und etwas in Brand stecken.

Nachdem Hammersmith aufgelegt hatte, sagte er: »Jason Lee Dancer. Sechsunddreißig Jahre alt, männlich, weiß, schwarzes Haar, braune Augen. Eine Verurteilung wegen Trunkenheit am Steuer im letzten Jahr, eine weitere Anklage im letzten Monat – der Führerschein wurde nicht eingezogen, hängt jedoch an einem seidenen Faden. Es wäre klug von ihm, nicht mehr Auto zu fahren, wenn er getrunken hat. Ansonsten ist er nie mit dem Gesetz in Konflikt gekommen, Nudge.«

»Das überrascht mich nicht; er ist kein Schlägertyp, obwohl er kürzlich in eine Rauferei geraten ist. Hast du seine Adresse?«

»Viertausendundnochwas in der Osage Avenue.«

Helens Adresse. »Das muß er sein«, sagte Nudger.

Hammersmith betrachtete nachdenklich die Zigarre, als überlege er, ob er sie aufgrund ihrer Widerlichkeit dort liegenlassen sollte. Ein Rauchfaden wand sich aus ihr empor, wie eine Schlange auf Beutefang. »Ist dein Fall eigentlich gefährlich?« erkundigte er sich leicht besorgt.

»Bis jetzt nicht«, sagte Nudger.

»Wer ist dieser Dancer?«

»Jemand, der Spielschulden hat. Ein paar Schläger haben gestern abend versucht, ihn davon zu überzeugen, sofort zu zahlen. Ich habe geholfen, sie zu verjagen.«

»Die müssen ihren schlechten Tag gehabt haben.«

»Ich sagte, ich habe geholfen«, sagte Nudger. »Und das ist alles, was ich getan habe. Einer der anständigen Bürger, von denen du vorhin gesprochen hast, hat nach der Polizei gerufen. Das hat auch geholfen.«

»Mir schwant, du solltest mir Näheres über diesen Fall erzählen.«

»Ich kenne die Regeln«, sagte Nudger.

Eine der Tasten auf Hammersmiths Telefon begann hektisch zu blinken. Er hob den Hörer ab, hörte eine Weile mit unbewegtem Gesicht zu, legte dann den Hörer wieder auf und fragte: »Hast du schon gefrühstückt, Nudge?«

»Noch nicht richtig.«

»Gut. Ich auch nicht. Die Leiche einer Frau ist gerade im Hafenviertel aufgetaucht und wurde in der Nähe von McDonald's ans Ufer gespült. Kommt das nicht gelegen? Sie ist arg verwest, aber die Streifenbeamten am Schauplatz sagen, es sieht nach Mord aus.«

Nudger hatte schon Leichen gesehen, die mehrere Tage im Wasser gelegen hatten. ›Reife Leichen‹ wurden sie von den

Polizisten genannt. Er konnte sich die Reaktion der McMuffin-Esser auf dem Schleppkahnrestaurant beim unvermuteten Auftauchen einer solchen Leiche vorstellen. Sein Magen vollführte plötzlich akrobatische Übungen.

»Ich nehme an, du wirst beschäftigt sein.« Er stand auf und ging auf die Tür zu.

»Lauf nicht weg, Nudge«, sagte Hammersmith, der ebenfalls aufstand und Revolver und Gürtelhalfter aus einer Schreibtischschublade nahm. »Ich möchte mehr über diesen Dancer wissen und über den Fall, an dem du gerade arbeitest. Wir können uns später bei ein paar Egg McMuffins darüber unterhalten.« Er legte das Gürtelhalfter an und schnallte den breiten schwarzen Gürtel eng über dem vorstehenden Bauch zu.

»Ich habe soviel zu erledigen ...«

»Nun komm schon, Nudge.« Hammersmith steuerte auf die Tür zu. »Es ist nicht weit. Wir nehmen meinen Wagen.«

»Der Teil des Hafenviertels gehört doch gar nicht zu deinem Revier.«

»Heute bin ich auch dafür zuständig«, erklärte Hammersmith. Nudger wußte, daß ihm eigentlich keine Wahl blieb. Nicht, wenn er Hammersmith als Kontaktperson in dem Dezernat schätzte, aus dem er selbst vor so vielen Jahren ausgeschieden war. Und Hammersmith *hatte* ihm gerade einen Gefallen getan.

Er folgte Hammersmiths massiger, doch sonderbar anmutiger Gestalt nach draußen, zu einem neutralen Pontiac. Die Sonne brannte ihm ins Gesicht; er fragte sich, was sie mit der Leiche angestellt hatte, die der Fluß freigegeben hatte. Er griff nach den Antacidtabletten, als er in das glühendheiße Auto stieg.

»Macht dir dein Magen immer noch zu schaffen?« fragte Hammersmith, als er seine Leibesfülle hinter das Lenkrad zwängte.

»Leider, ja.«

»Denk nicht dran. Du bist zum Frühstück eingeladen.«

Nudger warf sich zwei Antacidtabletten in den Mund und kaute geräuschvoll.

Hammersmith fuhr aus dem Parkplatz auf die Chouteau Avenue, stellte die Sirene an und amüsierte sich mit dem morgendlichen Berufsverkehr.

5

Bei McDonald's wurde das Geld zurückerstattet. Nudger begleitete Hammersmith zur Flußseite des umgebauten Schleppkahns, entschuldigte sich und trat einigen Gästen auf die Füße, die beim Anblick der Leiche, die neben den Decktischen aufgetaucht war, ihr Frühstück und ihren Appetit verloren hatten. Die Angestellten hinter dem langen Tresen waren geschäftig, lächelten matt und tauschten Geld gegen halbgegessene Egg McMuffins, Wurstbrötchen und Kopenhagener. Ein großer Mann in einem weißen Hemd und Krawatte, der vielleicht der Manager war, stand neben dem Milkshakeautomaten und schaute völlig verzweifelt drein. Nudger fragte sich, ob McDonald's, wenn die Leiche zur Mittagessenszeit aufgetaucht wäre, die Erstattungen von der Summe der verkauften Hamburger, die auf ihrem Schild stand, abgezogen hätte.

Hammersmith beugte sich über die weiße Metallreling und schaute angestrengt in das schlammige Wasser des Mississippi. Plötzlich beugte er sich weiter vor, hielt sich an der Reling fest, die Ellenbogen nach oben gedrückt, als wolle er seinen feisten Oberkörper ausbalancieren.

»Hm«, machte er und richtete sich auf.

Nudger schaute nach links, in die Richtung, in die Hammersmith geblickt hatte und sah, daß das Bergungsteam gerade die Leiche um das Heck des schwimmenden Restaurants ans Ufer transportierte. Sanft schlugen in der Hitze die Wellen an den Rumpf des Restaurants. Nudger brach der Schweiß aus.

Bis er Hammersmith, zurück durch das überfüllte Restaurant und über die Gangway an Land gefolgt war, lag die Leiche schon auf den großen, rauhen Mauersteinen des Kais, neben den gewaltigen Ketten, mit denen das Restaurantschiff vertäut wurde. Einzig Dyett, dem stellvertretenden Gerichtsmediziner, dem Nudger schon früher an Mordschauplätzen begegnet war, konnte man im Knäuel der Umstehenden nicht die Übelkeit vom Gesicht ablesen. Der süßliche Verwesungsgeruch hing in der Luft, aber der drahtige, rothaarige und rotgesichtige Dyett hatte anscheinend eine innere Hornhaut entwickelt, die ihn gegen die Nebenprodukte des Todes immunisierte.

Nudger trat zu der schweigenden Gruppe, schaute hinunter und sah, warum so vielen das Frühstück verdorben worden war. Auch sein Magen tat einen Satz.

Die nackte Frauenleiche war seit Tagen im Fluß gewesen, und das Wasser hatte seine Arbeit getan. Sie war am Verwesen und von eingeschlossenen Gasen angeschwollen. Das Gesicht war zu einer bleichen, beinahe konturlosen Masse aufgeschwemmt. Sie hatte keine Augen mehr, und Nudger dachte an die riesigen Welse, die im Flußbett ihre Nahrung suchten. Das Haar, das einmal blond gewesen sein mochte, war zerzaust und schien über dem vergrößerten Gesicht lächerlich kurz zu sein, als trüge sie zum Spaß eine winzige Perücke. Die Brüste waren dick geschwollen, die Warzen verhutzelt und dunkel.

Einer der Taucher des Bergungsteams, der einen glänzenden schwarzen Taucheranzug trug, spuckte zur Seite aus. »Lieber Gott!« Unwillkürlich rieb er sich die behandschuhten Hände an den Hüften; er war mit dem Tod in Berührung gekommen.

Der Anblick erfüllte Nudger mit Wut und Mitleid. Und noch etwas: die Reduktion eines menschlichen Wesens zu diesem fahlen Treibgut machte ihm Angst. Wir sind vergänglich, und eine Variante dessen, was auf dem Kai lag, erwartet uns alle. Jeder hier spürte die dunkle Gewißheit, zumindest bis zu einem gewissen Grad. Sogar Dyett mußte sie gespürt haben. Dieses Gefühl gehörte zu jedem Mordschauplatz und jedem Mordopfer.

Hammersmith bückte sich neben Dyett und betrachtete die Frau genau. Wasser sammelte sich unter ihr zu einer Pfütze und kroch ganz langsam auf Hammersmiths vorschriftsmäßige schwarze Schuhe zu. »Woran ist sie gestorben?« fragte er.

Dyett streifte sich einen durchsichtigen Chirurgenhandschuh über die rechte Hand und ließ den Verschluß zuschnappen. Er fühlte hier und drückte da. Er hätte ebensogut ein Metzger sein können, der ein Stück Fleisch begutachtet. Nudger zuckte jedesmal zusammen, wenn die Leiche berührt wurde.

Der Gerichtsmediziner, immer noch in der Hocke, zuckte die Achseln und sagte: »Im Moment kann ich Ihnen noch nicht die genaue Todesursache sagen. Ich schätze, daß sie ungefähr eine Woche geschwommen ist, aber es bedarf einer gründlichen Untersuchung, um genau sagen zu können, wie lange sie tot ist.«

Hammersmith brummte, stand auf und blickte für einen Moment auf den strahlenden Himmel. Sein Gesichtsausdruck ließ vermuten, daß er auch dort keine Antworten gefunden hatte. »Wer hat die Leiche zuerst gesehen?«

»Touristen aus Detroit«, sagte ein Streifenpolizist. »Mr. und Mrs. Thomas Quinn. Ich habe ihre Aussagen. Sie haben auf dem Oberdeck gefrühstückt, als die Frau etwas auf dem Wasser treiben sah, das heller als Treibholz aussah. Zunächst hat sie gedacht, es sei ein riesiger Fisch, dann, als sie ihren Mann darauf aufmerksam gemacht hat, haben beide begriffen, was sie da sahen. Die Frau schrie und deutete mit dem Finger darauf, und alle Gäste sind herbeigestürzt, um sich das anzusehen.« Der Polizist lächelte und warf einen Blick auf die McDonald's-Angestellten, die die Decks abspritzten. »Die meisten wünschten, sie hätten es nicht getan.«

»Wo sind die Quinns?« fragte Hammersmith.

»Ihnen ist übel. Sie sind in ihr Hotel gegangen, das Clarion. Sie werden bis zum nächsten Wochenende in der Stadt sein, beim Sperradfabrikanten-Kongreß.«

»Dem was?«

»Der Mann arbeitet für eine Firma, die Sperräder herstellt, Sir. Es gibt Hunderte von ihnen in der Stadt.«

»Tausende, würde ich annehmen«, sagte Hammersmith.

»Ich rede von Sperradfabrikanten, Sir, nicht von Sperrädern.«

»Ah.«

Der uniformierte Polizist zog sich zurück, als suche er nach einem Loch im Erdboden.

Hammersmith schaute wieder auf die Leiche hinab, rümpfte die Nase und zündete sich eine Zigarre an. »Was ist mit ihrem Hals?« fragte er Dyett, der immer noch neben der toten Frau kniete.

»Den schau ich mir ja gerade an.« Dyett drückte zaghaft mit den behandschuhten Fingern auf die weiße Haut und sah dann lächelnd zu Hammersmith auf. »Eins zu null für Sie«, sagte er. »Ein Draht ist tief im Hals vergraben. Man kann ihn wegen der Expansivkraft der Gase nicht sofort sehen.«

»Der was?«

»Das Gewebe um den Draht ist geschwollen«, erklärte Dyett, »deshalb kann man den Draht kaum sehen.«

»Dann wurde sie wahrscheinlich erdrosselt.«

»Wahrscheinlich«, sagte Dyett, »aber das ist zu diesem Zeitpunkt bloß eine Hypothese, Lieutenant.« Er stand auf und rückte sich, immer noch mit den Handschuhen, den Hosenbund zurecht. Für den Augenblick war er fertig mit der Leiche. »Ich möchte, daß sie aus der Sonne kommt.« Er sagte es, als wäre die Frau am Leben, und er hätte Angst, sie könnte sich, statt braun zu werden, einen Sonnenbrand holen und unpäßlich werden.

Hammersmith nickte, und die umstehenden Sanitäter schritten ein. Etwas knallte und zischte in der Leiche, gab dem Druck der sich in der Hitze ausdehnenden Gase nach.

Nudger schluckte die bittere Galle hinunter und wandte sich ab. Eine Sekunde lang dachte er, er müsse sich erbrechen, aber er zwang seinen Magen, sich zu beruhigen. Er beobachtete einen Schlepper, der sich durch schäumende Wellen seinen Weg flußaufwärts bahnte und gegen die unerbittliche Strömung nur langsam vorankam.

»Möchtest du jetzt frühstücken, Nudge?« fragte Hammersmith. »Du bist eingeladen. Schon vergessen?«

Nudger war nicht beeindruckt; Hammersmith lud häufig

(Z W I S C H E N D U R C H :)

Hammersmith ist schon ein bösartiger Gastgeber: Erst verdirbt er Nudger den Appetit, dann lädt er ihn zum Essen ein. Uns aber, denen der grausige Anblick erspart blieb, kann zwischendurch etwas zum Essen verlocken, das in nur fünf Minuten zubereitet ist und uns die Kraft gibt, den Ereignissen ins Auge zu schauen. Unser Mittel heißt …

zum Essen ein, wenn er wußte, daß der potentielle Gast wenig oder gar nichts essen würde.

»Hab' keinen Hunger.«

»Dann halt bloß einen Kaffee«, sagte Hammersmith. »Komm schon, Nudge.« Er ging auf die mit einer Art Baldachin überdachte Gangway des Restaurants zu.

Nudger ging hinterher. Hinter ihm stieg das Hafenviertel an, so daß nur die Dächer der Innenstadt zu sehen waren, und oben auf der Anhöhe erhob sich der in der Morgensonne silbrig funkelnde Arch und ließ alles andere zusammenschrumpfen. Vor Nudger, hinter dem schwimmenden Restaurant, strömte gemächlich der breite Fluß; am anderen Ufer erstreckte sich grau und schmutzig das Industriegebiet von East St. Louis. Ein schwacher, dunkler Dunst schwebte über der East Side, gleich einer ohnmächtigen künstlichen Sturmwolke.

Hammersmith drückte die Zigarre aus; er gehorchte damit der städtischen Verordnung und nahm sich der Umweltverschmutzung auf ihrer Seite des Flusses an. Dann bestellte er für sie beide und trug das Tablett auf das Oberdeck, zu einem Tisch am Wasser. Der Boden war vom Abspritzen immer noch naß und roch nach Ammoniak.

Nudger sah, daß Hammersmith für sich selbst nicht nur Kaffee gekauft hatte. Außer den beiden Kaffees waren auf dem Tablett ein Egg McMuffin, Orangensaft, ein Kopenhagener und ein Kartoffelpuffer.

Hammersmith setzte sich Nudger gegenüber und stellte das Tablett auf den Tisch. Nudger zog den Deckel von seinem Kaffeebecher ab und goß sich Sahne ein. Er hoffte, die heiße Flüssigkeit werde seinen Magen beruhigen und die Bitterkeit auslöschen, die ihm auf der Zunge lag. Er mußte immerzu an die tote Frau auf dem Kai denken.

»Eine schöne Schweinerei, was?« Hammersmith biß in den Egg McMuffin. Ei spritzte, und Butter lief ihm über die Finger, Nudger hätte sich beinahe erbrochen. »Trink deinen Kaffee, Nudge, dann geht es dir besser.«

Nudger hielt das für einen guten Rat. Er kostete den heißen Kaffee und schluckte vorsichtig. Ihm war tatsächlich wohler.

»Dieser Dancer-Fall, an dem du gerade arbeitest, haben wir irgend etwas darüber in den Akten?«

»Das ist es ja gerade, was ich verhindern will«, sagte Nudger. Vom Fluß strich ihm kühl eine Brise über die schweißbedeckte Stirn. Er und Hammersmith waren allein auf dem Oberdeck.

»Ist Dancer in irgendwelchen Schwierigkeiten, die ihn in einer der Statistiken unserer schönen Stadt enden lassen könnten?« fragte Hammersmith.

»Hängt davon ab, wem er Geld schuldet. Die beiden Schläger, die ihn gestern verdroschen haben, wollten ihn nicht töten. Aber sie haben klargestellt, daß ihr Auftraggeber inständig an ihn denkt.«

»Ich kann mich in der Glücksspielszene umhören und herauszufinden versuchen, bei wem er Schulden haben könnte«, sagte Hammersmith. »Aber versprechen kann ich dir nichts. Wie du siehst, beansprucht mein eigener Kampf gegen das Verbrechen viel von meiner Zeit. Und die Bruderschaft der Spieler ist verständlicherweise verschwiegen.«

»Danke, Jack.«

»Wir halten einander doch auf dem laufenden?« fragte Hammersmith.

»Klar doch«, sagte Nudger.

Hammersmith kaute einen weiteren Bissen Egg McMuffin und blickte auf den breiten Fluß. Er wirkte beklommen, unschlüssig. Gar nicht er selbst. Nudger begann sich zu fragen, ob Hammersmith neben dem Wunsch nach Gesellschaft und dem perversen Verlangen, Nudgers empfindlichen Magen durcheinanderzubringen, noch einen anderen Grund hatte, ein gemeinsames Frühstück vorzuschlagen. Ihr Gespräch über Dancer hätte ebensogut auf der Fahrt zurück ins Revier stattfinden können.

»Wie geht es dir denn in deiner Beziehung mit Claudia, Nudge?« erkundigte sich Hammersmith.

Ah, das war es also. Hammersmith mußte von Nudgers und Claudias neuem Arrangement gehört haben, bei dem jeder mit anderen ausgehen durfte. Es war ein Teil von Claudias Suche nach ihrem verborgenen Selbst, behaupteten sie und ihr Analytiker Dr. Oliver. Sie liebte Nudger noch immer, hatten beide Nudger versichert. Nudger fand, sie hätten eine merkwürdige Art, ihm das klarzumachen. Er liebte Claudia, und ihm mißfiel diese neue Offenheit in ihrer Beziehung. Und er war mit keiner anderen Frau zusammen gewesen, seit sie mit dieser Idiotie begonnen hatte. Nicht daß ihm der Gedanke daran nicht auf hohen Hacken durch den Kopf stolziert wäre; er war zwar monogam, aber alles hatte seine Grenzen.

»Nudge?«

»Sie trifft sich mit anderen Männern«, sagte Nudger.

»Habt ihr beide Probleme?«

»Ich nicht. Claudia. Sie sagt, sie muß gelegentlich auch andere Menschen sehen. Oliver sagt, es hat etwas mit ihrer Selbstverwirklichung zu tun.«

»Klingt wie ein Haufen Mist«, sagte Hammersmith.

Nudger nickte. »Genau das ist es auch.« Er schwenkte den Kaffee in dem Becher herum und sah Hammersmith in die Augen. »Hast du sie mit einem anderen Mann gesehen, Jack?«

Hammersmith nahm einen großen Bissen Kartoffelpuffer und nickte. »Breiter Brustkorb, schaut aus, als hebe er Gewichte. Sportler-des-Jahres-Typ. Sie haben sich draußen in Webster Groves ein Stück angesehen; sie schienen mehr als nur gute Freunde zu sein, Nudge.«

»Biff Archway«, sagte Nudger. Die Eifersucht versetzte ihm einen Stich. »Sie hat mir gesagt, daß sie sich nicht mehr mit ihm treffen wird. Hat gesagt, er sei jetzt mit der Trainerin des Mädchen-Hockeyteams zusammen.«

»Was?«

»Er unterrichtet, wie Claudia draußen in der Stowes-High School.«

»Was unterrichtet er denn?«

»Sexualkunde.«

»Ah«, sagte Hammersmith, als erkläre das vieles.

Nudger bekam allmählich Sodbrennen, obwohl er heute noch nichts gegessen hatte. Er schob den Kaffeebecher von sich und kaute ein paar Antacidtabletten.

»Sag mir Bescheid, wenn ich dir helfen kann«, sagte Hammersmith. Er hatte Claudia immer gemocht und gesagt, sie besäße zuviel Klasse für Nudger. Nudger wußte, daß er damit recht gehabt hatte.

Er hatte es binnen weniger Wochen gewußt, nachdem er sie vom Selbstmord abgehalten hatte und sie sich regelmäßig trafen. Bis dahin waren sie beide einsam gewesen; jetzt wollte Claudia diese Einsamkeit zurückbringen – für Nudger. Klar konnte er sich mit anderen Frauen treffen. Außer Claudia wollte er aber keine anderen Frauen. Neben Claudia wollte er keine andere Frau. Obsession: einer seiner Charakterfehler.

Doch ein Bild von Helen Crane blitzte vor seinem inneren Auge auf, verblaßte und blieb dann stehen, verschwommen, aber noch zu erkennen. Nichts da! ermahnte er sich. Helen Crane war seine Klientin und Dancers Freundin.

»Warum bist du so still?« fragte Hammersmith, unterbrach damit Nudgers verdrießlichen Gedankengang.

»Tut mir leid. Ich habe nachgedacht.«

»Die Ursache all deiner Probleme.« Hammersmith schlang den Rest des Frühstücks hinunter und lehnte sich vom Tisch zurück. »Ich sollte besser ins Revier zurückfahren und nachsehen, was die Übeltäter für mich ausgeheckt haben. Du kannst deinen Kaffee auch im Auto trinken.«

Nudger stellte den halbleeren Becher auf das Tablett mit dem Abfall von Hammersmiths Mahlzeit. »Ich bin damit fertig«, sagte er.

Als er über den Kai ging, dachte er nach, über Helen Crane und Claudia und die Frau aus dem Fluß. Sie alle drei, Liebe und Angst, Sehnsucht und Tod, Schönheit und Schrecken, purzelten ihm durch den Kopf. Es war gespenstisch, als wären sie irgendwie miteinander verbunden. Aber er wußte nicht, wie oder warum.

Er wollte es auch gar nicht wissen.

6

»Oben im Büro wartet 'ne Frau auf dich, Nudge«, sagte Danny, als Nudger Danny's Donuts betrat, um sich bei seinem Empfangsdamen- und Sekretärinnenersatz Danny nach dem Detektivgeschäft dieses Morgens zu erkundigen. Oder dem Mangel an demselben.

»Hat sie ihren Namen genannt?« Nudger sah sich im leeren Doughnut Shop um. Die Büroangestellten von der anderen Straßenseite, die morgens hereinkamen, waren schon lange verschwunden und dachten allmählich an das Mittagessen.

»Nö. Sie ist eine ziemlich kesse Blonde. Hübsch angezogen. Ein Klasseweib, Nudge. Als Doughnut wäre sie ein Dunker Delite.«

Nudger beschloß, diesem unpassenden Vergleich nicht zu widersprechen; der melancholische Danny mit den traurigen Augen war, was die Spezialität des Geschäftes betraf, hyperempfindlich. Nudger konnte sich erinnern, daß Dannys Bassetaugen tatsächlich feucht wurden, als ihm ein Kunde sagte, wie ein Dunker Delite wirklich schmeckte.

»Sie wartet seit ungefähr zwanzig Minuten.« Danny rückte einen Stapel weißer, zusammengefalteter Kuchenschachteln gerade. Sie waren noch rein, die glatten Oberflächen noch nicht von Fettflecken geschändet. »Ich hab ihr gesagt, ich weiß nich, wann du kommst; es könnte eine Weile dauern. Sie wollte unbedingt auf dich warten.«

»Ich weiß, wer sie ist«, sagte Nudger. Er ging zur Theke und schaute in die Vitrine, um zu sehen, was Danny noch anzubieten hatte: ein paar glasierte Doughnuts, einige der formlosen, ominösen Dunker Delites, eine Unmenge an Sahnehörnchen. Die Sahnehörnchen würden am nächsten Tag zum halben Preis verkauft werden; die aus dem Ende hervorquellende Füllung wurde schon steif.

»Wo warst du denn den ganzen Morgen?« fragte Danny.

Den Blick immer noch auf die Doughnuts auf den fettigen Papierservietten gerichtet, erinnerte sich Nudger an die Frau aus dem Fluß, und ihm drehte sich der Magen um. Er wandte den Blick von den Doughnuts ab. »In der Innenstadt. Am Fluß«, sagte er. »Leuten beim Angeln zusehen.«

Danny wischte mit dem schmutzigen Geschirrtuch über den Tresen, beugte sich vor, damit er das andere Tuchende im Gürtel stecken lassen konnte. »Ich angle auch ab und zu am Fluß. Unten, im Süden der Stadt.«

Nudger war überrascht; Danny hatte nie erwähnt, daß er gern angelte. Und der verschmutzte, angeschwollene Mississippi war bei Anglern nicht sehr beliebt. Nicht bei denen, die gern aßen, was sie fingen. »Was angelst du denn?«

»Hauptsächlich Buffalofische«, sagte Danny.

Buffalofische waren große, träge Tiere, die einen ungefähr ebenso guten Kampf lieferten wie ein versenktes Speichenrad. Sie waren jedoch eßbar und billig und in den armen Vierteln von St. Louis sehr beliebt. Nudger hatte erst kürzlich in der Zeitung gelesen, daß Buffalofische aus dem Mississippi mit Quecksilber verseucht waren. Oder war es Dioxin gewesen?

»Hab aber noch nie einen gefangen«, gab Danny zu.

»Was benutzt du denn als Köder?«

»Alte Doughnuts. Die Köder mache ich aus unverkauften Dunker Delites.«

Nudger sagte nichts. Sogar Buffalofische verschmähten Dunker Delites. Vielleicht sprach es sich unter Wasser herum und wurde in Fischschulen gelehrt, daß gewisse Köder zu vermeiden waren.

»Möchtest du für dich und die Lady Kaffee und Doughnuts mit nach oben nehmen?« fragte Danny.

»Gern.« Nudger hielt die Heuchelei aufrecht, daß ihm Dannys Kost mundete. Er vergaß nie, daß es Zeiten gab, in denen er aus ökonomischer Notwendigkeit die meisten Mahlzeiten im Doughnut Shop einnahm. Etwas, das Buffalofische nie in Betracht ziehen mußten.

Ein paar Minuten später schleppte er sich mit zwei Styroporbechern Kaffee und zwei in Servietten eingewickelten Doughnuts die schmale Treppe zu seinem Büro hoch und schob die Tür auf.

Die Frau am Fenster war zwar keß und blond, aber nicht

Helen Crane. Sie war Beverly Brassil, eine Antiquitätenhändlerin, die, zusammen mit anderen, Nudger vor kurzem beauftragt hatte, herauszufinden, wer den Antiquitätenmarkt in St. Louis mit imitierten Glaswaren aus der Depression überflutete und sie als den wahren Jakob verkaufte. Ein Mann in einem roten Sporthemd stand neben ihr. Er benötigte dringend eine Rasur. Möglicherweise ihr Mann.

Nudger hatte das Glas zu einem Auktionshaus im Süden der Stadt zurückverfolgt. Der Auktionator hatte eingewilligt, nichts mehr von diesen in Arkansas erschacherten Glaswaren zu verkaufen und durfte sich dann damit vergnügen, das gefälschte Glas kartonweise zu zerdeppern.

Beverly lächelte Nudger an. Es war ein nettes Lächeln; sie war eine attraktive Frau. Ihr Begleiter starrte Nudger finster an und hielt ein antikes, verrostet aussehendes Gerät in der rechten Hand.

»Ich komme im Namen der Händler, Mr. Nudger«, sagte Beverly. »Es tut mir sehr leid, aber wir können Ihr Honorar erst nächsten Monat zahlen.«

Nudgers Enttäuschung mußte ihm vom Gesicht abzulesen gewesen sein.

»Hier ist eine kleine Anzahlung.« Beverly überreichte ihm einen Briefumschlag, der etwa dreihundert Dollar in kleinen Scheinen zu enthalten schien. »Den Rest werden wir Ihnen sobald wie möglich zahlen. Aber in der Antiquitätenbranche ist das Geschäft im Moment flau.«

»Ich weiß, was ein flaues Geschäft ist«, sagte Nudger. Was sollte er tun, diese Leute verklagen? Er lächelte Beverly zu; er war sich sicher, daß sie ihn irgendwie mochte. Er wollte sie jedenfalls nicht verklagen. »Wollen Sie eine Quittung?« fragte er.

»Nicht unbedingt; wir vertrauen Ihnen. Ich habe ihnen gesagt, daß Sie auf ihr Geld warten würden«, sagte sie. »Sie sind einfach zu nett, um bei einem Haufen am Hungertuch nagender selbständiger Geschäftsleute habgierig zu sein.« Sie fuchtelte mit einem wohlgeformten Arm. »Und Sie müssen wissen, daß das Antiquitätengeschäft früher oder später wieder besser laufen wird.«

»Apropos Antiquitäten«, sagte Nudger, »was ist das für ein Ding?« Er deutete auf den Apparat in der Hand des Mannes. Vielleicht war der Kerl auch nur ein Freund.

»Das ist ein mechanischer Apfelschäler«, erwiderte der grauhaarige Mann. Er hielt Nudger das verrostete Ding näher hin, damit Nudger es besser sehen konnte, und lächelte dabei tückisch, als demonstriere er ein mittelalterliches Folterinstrument. Nicht nur ein Freund. »Man sticht das hier in das Apfelgehäuse, dreht diese Kurbel, und er schält die harte Schale so säuberlich ab, wie man es sich nur wünschen kann.«

»Oha«, sagte Nudger. »Ein Apfelschäler. Na so was.«

»Nicht wahr?« sagte der Mann mit einem Blick auf Beverly.

Beverly schien verlegen. »Wir müssen jetzt wohl gehen, Mr. Nudger. Ich verspreche, mich bald wieder mit Ihnen in Verbindung zu setzen.«

»Man kann die Kurbel langsam und schnell drehen«, sagte der Mann beim Hinausgehen.

Nudger ging in die Waschzelle und wusch sich die Hände, dann spritzte er sich kaltes Wasser ins Gesicht. Er fühlte sich erfrischt, und er hatte genug Geld, um Eileen eine Weile hinzuhalten und seine bedrohlichsten Gläubiger zu bezahlen. Die Welt sah besser aus.

Als er ins Büro trat, saß Helen Crane in dem mit schwarzem Vinyl gepolsterten Kiefernsessel neben dem Aktenschrank. Sie trug wieder Hellblau, diesmal ein gutgeschnittenes Kleid statt des Rocks und Blazers, und sie hatte die langen Beine übereinandergeschlagen. Eine große, dunkelblaue Strohhandtasche lehnte auf dem Boden an einem Sesselbein, neben einem blauen Stöckelschuh, der ihren hübsch geschwungenen Knöchel großartig zur Geltung brachte. Blau stand Helen wirklich gut. Jetzt war es im Büro kühler; die Klimaanlage hinter Nudgers Schreibtisch brummte wie wild.

»Ich habe Sie nicht hereinkommen hören«, sagte Nudger. Die Blonden in seinem Leben bewegten sich geräuschlos.

»Ich habe mir erlaubt, die Klimaanlage anzustellen«, erwiderte Helen. »Ich hoffe, Sie haben nichts dagegen.«

»Im Gegenteil.« Er schubste mit einem routinierten Tritt

nach hinten die Tür zu und ging zum Schreibtisch. Die Doughnuts und der Kaffee, den er von Dannys hinaufgenommen hatte, standen immer noch auf der Ecke des Schreibtischs, wo er sie abgestellt hatte, als er hereingekommen war und Beverly und den Apfelschäler vorgefunden hatte. »Mittagessen, wenn Sie noch nicht zu Mittag gegessen haben«, erklärte er. »Frühstück, wenn Sie noch nicht gefrühstückt haben. Ein Geschenk von Danny unten.«

»Nett von Danny, aber ich bin nicht hungrig.«

»Das ist gescheit«, sagte Nudger. Er setzte sich, ignorierte die Dunker Delites und zog den Deckel von einem der Kaffeebecher ab. Heiße Flüssigkeit schwappte ihm über den Daumen.

»Wie ist der Kaffee?« fragte Helen.

»Besser als die Doughnuts.«

Sie stand auf, ging zu dem Stuhl neben dem Schreibtisch und zog den anderen Becher zu sich heran. »Ich bin heute morgen von der Hütte in die Stadt gefahren«, sagte sie. »Jake und mir gefällt sie. Innen ist sie ganz hübsch, nicht so primitiv, wie sie von außen aussieht. Ich habe Jake erzählt, sie gehöre einem Freund, den ich bei der Arbeit kennengelernt habe, und er hat mir geglaubt.«

»Glauben Sie, er wird wie vereinbart dort bleiben?«

»Ich bin mir nicht sicher. Es gibt dort keinen Whisky – außer einer einzigen Flasche.« Sie roch an dem Kaffee und schob ihn von sich.

»Ihre Idee?«

»Seine. Die einzige Flasche ist Born Again-Bourbon, und Jake hat geschworen, sie nicht zu öffnen, bis er aus den Schulden heraus ist und unsere Probleme hinter uns liegen.«

Nudger hatte noch nie von dieser Marke gehört. »Born Again?«

Helen lächelte. »Jake trinkt sie seit Jahren, weil sie billig ist und ihm der Name gefällt. Der Whisky wird in einer Brennerei in den Südstaaten hergestellt, deren Besitzer religiösen Fanatismus auf die Schippe nimmt. Jedenfalls glaubt das Jake. Er hat mir außerdem gesagt, so fühle er sich manchmal, wenn er den Whisky trinkt: born again – wiedergeboren.

Und meiner Meinung nach hatte die Brennerei, als sie den Markennamen ausgeheckt hat, auch nur die Wirkung des Flascheninhalts auf ihre Kunden im Sinn.«

Nudger wußte, daß manche Alkoholiker, die trockenbleiben wollten, immer eine symbolische ungeöffnete Flasche im Haus hatten. Eine permanente Herausforderung an ihre Willenskraft und eine Erinnerung, daß sie den Kampf gegen den Zwang gewannen, daß sie und nicht der Whisky das Sagen hatten. Etwas anderes hatte Nudgers Neugier geweckt. »Warum sollte Dancer eine Marke reizen, die die Religion verspottet?«

»Jake war früher religiös. Sehr sogar. Als wir jünger waren, hat er sogar davon geredet, Missionar zu werden. Er war entsetzlich idealistisch. Vietnam hat das alles geändert. Jake sagte, er konnte nach dem, was er gesehen hatte, nicht mehr an Gott glauben. Ich nehme an, auch ich habe den Großteil meines Glaubens verloren, als Dancer drüben war. Aber vielleicht sind wir beide nur älter geworden, weniger leichtgläubig und realistischer. Glauben Sie an Gott, Nudger?«

»Wenn ich Angst habe.«

»Passiert das oft?«

»Ja.«

»So geht es mir auch.«

Sie stand auf und strich sich das blaue Kleid über den Schenkeln glatt. Das hereinströmende Sonnenlicht verfing sich in ihrem blonden Haar und tollte dort herum, als hätte es einen umherirrenden Teil seiner selbst gefunden und wäre überglücklich. »Ich wollte nur kurz vorbeischauen, um mich zu bedanken und Ihnen zu sagen, wo Jake ist.«

»Schön«, sagte Nudger. Er stand ebenfalls auf. »Fahren Sie jetzt wieder zur Hütte zurück?«

»Später.«

»Rufen Sie mich hier oder zu Hause an«, sagte er, »wenn Dancer die Hütte verläßt.« Er schrieb seine Privatnummer auf die Rückseite einer Geschäftskarte und überreichte sie ihr. In der letzten Zeit hat er vielen Leuten seine Geschäftskarte überreicht. »Da ich besser nicht dort anrufen sollte, rufen Sie mich außerdem jeden Tag an, für den Fall, daß ich etwas erfahren habe, was Sie wissen sollten. Wenn Sie keine Gelegenheit finden, aus der Hütte anzurufen, fahren Sie unter einem Vorwand zum Highway und rufen mich aus einer Telefonzelle in der Raststätte an. Oder hinterlassen eine Nachricht auf meinem Anrufbeantworter, wo und wann ich Sie hier in der Stadt erreichen kann.«

»Ich arbeite oft abends. Manchmal bis in die Nacht.«

»Kann ich Sie in der Arbeit anrufen?«

»Nein«, antwortete sie zu schnell. »Meine Arbeitszeiten sind ganz unregelmäßig. Es ist besser, wenn ich Sie anrufe.«

Sie steckte die Karte in die übergroße Handtasche und versprach, regelmäßig anzurufen. Zum ersten Mal nahm er ihr Parfum wahr, einen schwachen Fliederduft. Es war wahrscheinlich preiswert und roch an ihr lieblicher als in der Flasche.

Sie gönnte ihm ihr seltsam beruhigendes Lächeln. »Jetzt habe ich ein viel besseres Gefühl bei der ganzen Sache, Nudger. Sie stellen gut angelegtes Geld dar.«

Nudger sah ihr zu, wie sie aus dem Büro ging. In Räumen, die sie verlassen hatte, war eine besondere Leere. Eine nach Flieder duftende Einsamkeit stürzte auf ihn ein.

Er war beunruhigt über die Art, wie sich die Elemente dieses Falles zusammensetzten: Spielschulden, professionelle Knochenbrecher, eine wunderschöne Frau und ein sympathischer junger Kriegsheld, der den Glauben verloren und die Flasche gefunden hatte.

Er lauschte dem leiser werdenden Taptap von Helens Stökkelschuhen auf der knarrenden Holztreppe.

Dancer war in der Hütte sicher untergebracht. Dies war eine gute Gelegenheit für Nudger, mehr über Helen Crane herauszufinden.

Als er die Haustür zuklappern hörte, stand er auf und verließ das Büro, um Helen zu folgen.

7

Der VW sprang diesmal sofort an; er folgte gern schönen Frauen. Helen fuhr nach Osten auf der Manchester Avenue zum Kingshighway und bog dann auf den Highway 44 in Richtung Innenstadt ab. Nudger hielt einen großen Abstand zu dem blauen Datsun und beobachtete, wie er sich wie ein hartnäckiges Insekt zwischen zwei Sattelschlepper zwängte und am Memorial Drive vom Highway abbog.

Nudger reihte sich hinter einem LKW ein, atmete die Dieselabgase ein und nahm die Abfahrt am Memorial, Helen hinterher. Links von ihm, hinter dem alten Gerichtsgebäude, wo der Dred-Scott-Prozeß stattgefunden hatte, türmte sich das Geschäftsviertel der Innenstadt. Zu Nudgers Rechten stieg der *Arch* über den Fluß, auf dem noch immer Heckraddampfer das schlammige Wasser umwälzten. Das Amalgam von Altem und Neuem war typisch für St. Louis.

Ein paar Blocks weiter voraus sah er den Datsun in einer in der Sonne schimmernden Autoschlange auf der Linksabbiegerspur an der Pine Street.

In dem dichten Verkehr war es leicht, nahe, aber unentdeckt hinter Helen zu bleiben. Nudger hatte beide Fenster heruntergelassen. Er sog die feuchtheiße Luft ein, die von noch mehr Auspuffgasen und Baustellenstaub verschmutzt war. In der Innenstadt von St. Louis wurde immer etwas errichtet oder abgerissen. Es war eine rastlose Stadt. Wenn es nichts zu bauen gab, fiel immer jemandem etwas ein, das man abreißen könnte.

Helen bog nach rechts ab und fuhr in die Washington Avenue, wo sie den kleinen Datsun um einen rülpsenden, rumpelnden Bus jagte und so scharf nach links abbog, daß sie scharfes zorniges Hupen provozierte. Sie war eine energische Fahrerin. Sie kutschierte auf der Washington ein paar Blocks entlang nach Westen und schlängelte sich durch den Verkehr, als suche sie etwas zum Zerbeulen.

Nudger war erleichtert, als sie endlich auf der Washington Avenue parkte, einige Münzen in die Parkuhr warf und ein Bürogebäude betrat.

In einer Seitenstraße fand er einen Parkplatz und beeilte sich, Helen in die Eingangshalle zu folgen. An der Tür hielt er inne, erhaschte einen Blick auf ein blaues Kleid, als sich das Maul des Fahrstuhls reibungslos über ihr schloß, um sie zu verschlingen. Sie hatte ihn nicht gesehen.

Das Foyer war leer bis auf einen Managertyp im dunklen Anzug, der neben einer Topfpflanze lümmelte und einen offenen Attachékoffer balancierte, den er hektisch durchwühlte. »Mist!« sagte er, ließ den Koffer zuschnappen und schritt davon, als Nudger herüberkam und sich neben die Fahrstühle stellte. Hatte wohl etwas im Büro vergessen.

Nudger reckte den Hals und beobachtete den Anzeiger des Fahrstuhls, in den Helen gestiegen war. Hoch, hoch, hoch. Er war sich ziemlich sicher, daß sie allein im Fahrstuhl war. Das Haus war alt, und der Anzeiger war ein verschnörkelter Messingpfeil, der von Zahl zu Zahl ruckte, keiner der neuen Digitalanzeiger. Bis jetzt hatte der Pfeil an keiner Zahl angehalten.

Er hielt nicht eher an, bis er sich zitternd zur Zehn vorgekämpft hatte, wo er schwankte, zögerte und stehenblieb. Nudger betrachtete ihn ein paar Minuten lang, vergewisserte sich, daß der Fahrstuhl nicht höher stieg. Der extravagante Messingpfeil verharrte fest auf der Zehn, endlich still, als ruhe er sich auf einem Felsvorsprung aus.

Nudger ging zum Mieterverzeichnis neben der Topfpflanze. Auf dem Marmorboden waren Zigarettenkippen und dunkle Schmutzflecken; Leute hatten hier gestanden, das Verzeichnis studiert, dann die Zigaretten ausgetreten, bevor sie durch die Halle zu den Fahrstühlen gegangen waren. In der Spalte für den zehnten Stock stand nur ein Hausmeisterservice und eine Firma namens Partners Unlimited. Nudger hatte keine Ahnung, was Partners Unlimited war, ginge jedoch jede Wette ein, daß Helen nicht als Hausmeisterin arbeitete.

Ein Blick auf den Messingpfeil sagte ihm, daß sich der Fahrstuhl auf dem wackligen Weg nach unten befand. Er konnte nicht sicher sein, daß Helen im Fahrstuhl war, aber die meisten Büros in diesem Gebäude standen leer, und es gab nur wenig Kundenverkehr. Im zehnten Stock ginge es sicher nicht zu wie in einem Taubenschlag des Handels. Er beschloß, vorsichtig zu sein und von hier zu verschwinden.

Er verließ das Foyer, ging über die Straße und stellte sich vor das Schaufenster eines Juweliergeschäftes. Die Diamantringe waren vor einem großen Spiegel zur Schau gestellt, damit sie glitzerten. Nudger tat so, als betrachte er genau die glitzernde Auslage, doch in Wirklichkeit beobachtete er im Spiegel die andere Straßenseite.

Helen trat aus dem Haus und ging zu ihrem Auto. Nudger wartete, bis sie sich mit einem Aufblitzen ihrer langen Waden in hellen Nylonstrümpfen in den blauen Datsun gesetzt hatte, dann lief er zum VW.

Diesmal folgte er ihr nicht weit, nur ein paar Blocks nach Norden, wo sie auf einem Parkplatz gegenüber des Radisson Hotels parkte. Das Radisson war ein neueres Hotel, in dem vor allem Geschäftsleute abstiegen. Es war modern, luxuriös und bot einen exzellenten Service, alles Dinge, die auf Kosten der Steuerzahlenden reisende Menschen erwarteten. Als Helen das Foyer betreten hatte, ging Nudger hinter ihr hinein.

Sie war nirgends zu sehen.

Nudger schlenderte herum und sah nach, ob sie auch nicht in das Restaurant neben der Eingangshalle gegangen war, dann nahm er in einem der Sessel Platz, die am weitesten vom Empfang entfernt waren, so daß er von niemandem gesehen werden konnte, der das Hotel betrat oder verließ.

Viele Menschen liefen ziellos im Foyer umher. Das Radisson lag direkt gegenüber dem Cervantes Convention Center, und offensichtlich war das luxuriöse Hotel vielen Kongreßteilnehmern ein vorübergehendes Zuhause. Nudger fragte sich, ob unter ihnen auch Sperradfabrikanten waren.

Er saß ungefähr eine Viertelstunde da und sah mehrere Männer und Frauen in Managerkleidung vorbeigehen. Auf dem Revers trugen sie große Plastiknamenschilder mit der Aufschrift BLAINE CHEMICAL CORP, und sie alle schienen auf den Ausgang und das Kongreßzentrum zuzutreiben. Nudger schloß aus Gesprächsfetzen, daß sie auf dem Weg zu einem Bankett waren.

Sein Kreuz begann zu schmerzen. Er wollte sich gerade aus dem weichen Sessel kämpfen, als er Helen durch die Halle gehen sah.

Sie war nicht alleine. Ein kleiner, dickbäuchiger Mann mit pomadisiertem weißen Haar und breiten Schultern in einem teuren grauen Anzug führte sie am Ellenbogen, als wäre sie vielleicht blind, blöde und widerspenstig. Er sah aus wie jemand, der eine Aufsichtsratssitzung leitet. Der in einem erstklassigen Restaurant nie neben Nudger und die Toiletten gesetzt werden würde. Oberkellner, sogar Tankstellenwärter, würden für diesen Mann Kratzfüße machen. Helen lächelte, und er auch. Sie trugen beide Plastikschildchen mit der Aufschrift BLAINE CHEMICAL CORP.

Nudger sah zu, wie sie das Hotel verließen, dann schlenderte er hinüber und schaute durch die Glastür.

Sie waren weder zu einem Auto gegangen, noch hatten sie ein Taxi angehalten. Sie gingen über die Straße zum Kongreßzentrum. Eine sanfte Brise fuhr unter Helens blaues Kleid, und nach einem kurzen, aber spektakulären Zurschaustellen ihrer Beine drückte sie den Stoff mit der gespreizten Hand an die Schenkel, schritt in dem leicht vorgebeugten, doch anmutigen Gang, mit dem Frauen mit flirtendem Wetter fertigwerden.

Nudger lief zum VW und fuhr zu einem Büroartikelgeschäft, ein paar Blocks weiter in der Locust Street. Er kaufte eine Schachtel Plastiknamenschilder, schrieb mit einem schwarzen Filzstift auf eines BLAINE CHEMICAL CORP, dann fuhr er zurück und parkte in der Nähe des Radissons. Das Ganze hatte nicht einmal zehn Minuten gedauert.

Er nahm eine zerknitterte Krawatte aus dem Handschuhfach, legte sie um und band sie im ersten Anlauf ordentlich genug, dann schrieb er ›Richie Nixon‹ in die Namensspalte auf dem Plastikschild. Es könnte immerhin zwei davon geben. Und Koinzidenz erhöhte die Glaubwürdigkeit; welcher vernünftige Mensch würde Nixon als Pseudonym wählen? Das mußte doch bei der Geburt passiert sein, oder? Das Namensschild an das linke Revers des fadenscheinigen braunen Sportsakkos geheftet, spazierte er flott in das Kongreßzentrum.

Schilder wiesen den Weg zu dem Chemical-Foundation-Bankett. Nudger schloß sich einigen anderen Spätankömmlingen an, blieb aber still an der Tür zu einem großen Saal stehen, als sie innehielten, um einem Kellner ihre Einladungen zu geben.

Den Saal füllten mit weißen Tischdecken bedeckte Tische, an denen Männer in Anzügen neben gutgekleideten Frauen saßen. Silber klirrte mit höflich gedämpfter Lautstärke; Kristall funkelte im strahlenden Licht der Deckenbeleuchtung. Ein Heer von Kellnern in schwarzen Westen wuselte leichtfüßig um die Tische, balancierte Tabletts über den Köpfen, um nicht die Kongreßteilnehmer zu rammen, die noch nicht Platz genommen hatten. Die Fruchtbecher sahen köstlich aus und kitzelten trotz der nervösen Anspannung seines Magens Nudgers schlummernden Appetit wach.

»Ihre Einladung, Sir?« fragte der Wächter an der Tür. Er war ein finsterer Mann in mittleren Jahren, mit militärischer Haltung. Auf seiner roten Livree hingen silberne Tressen, zweifellos ein Zeichen einer Autorität, die er mehr schätzte als gesund für ihn war.

Nudger dachte daran, so zu tun, als habe er seine Einladung vergessen, aber er wußte, der nächste Schritt wäre dann, daß der Türsteher nach jemandem fragte, der für den schusseligen Gast bürgen konnte. Richie Nixon kannte niemand in der Chemiebranche.

»Ich nehme nicht am Bankett teil«, sagte Nudger bestimmt. »Ich habe eine Krisensitzung. In Indien ist etwas passiert. Ich sollte hier Gallaway treffen. Kennen Sie Gallaway?«

»Nein, Sir. Ich arbeite für das Hotel.«

Nudger lächelte. »Ich weiß. Ich dachte, Gallaway hätte hier vielleicht eine Nachricht für mich hinterlassen.«

»Niemand hat hier eine Nachricht hinterlassen, Mr. – Nixon.«

Nudger nickte. Sehr geschäftsmäßig. »Okay. Ich werde mich hier ein Weilchen herumdrücken und auf ihn warten.«

Zehn Minuten später schloß der Einladungseinsammler

die breiten Saaltüren und nickte Nudger zu, bevor er verschwand. Nudger wußte, daß der Mann innen direkt an den Doppeltüren stehenblieb. Niemand kam da herein, um einen Fruchtbecher zu mopsen.

Nach weiteren fünfzehn Minuten versuchte Nudger sein Glück, öffnete langsam eine der hohen Türen einen Spalt weit und steckte den Kopf hinein. Der weißhaarige Mann, der mit Helen das Radisson verlassen hatte, stand am Rednerpult. Nudger sah Helen im Profil an einem Tisch weit vorn; sie hörte zu, was der Mann zu sagen hatte. Aus der Neigung ihres Kopfes schloß Nudger, daß sie in angespannter Konzentration zu dem Redner aufsah – oder es sehr überzeugend vorspielte.

»... die Hälfte des Präkontaminations-Marktwertes ihrer Firmen!« verkündete der Redner lauthals. Die Zuhörer spendeten begeisterten Applaus.

Ein Mann in Nudgers Nähe sagte: »Hört, hört! Hört, hört!« Nudger hätte nie gedacht, daß irgend jemand das, außer in alten David-Niven-Filmen, tatsächlich sagte.

Jemand klopfte ihm auf die rechte Schulter. Er drehte sich um und sah in das sanftmütige Gesicht des Türwächters mit der Generalsjacke.

»Sir?« fragte der Mann leise. »Kann ich Ihnen behilflich sein?«

»Wissen Sie, wer da spricht?« fragte Nudger.

»Nein, das weiß ich nicht.«

»Gallaway«, bekräftigte Nudger.

»Was Sie nicht sagen.« Der Mann wies mit einer Kopfbewegung auf die Tür. Er war gerissen. Mußte das Sakko gewesen sein. Oder das handgeschriebene Namensschild. »Der Redner heißt zufällig Morrison.«

»Sie haben mich angelogen.«

»Ja.«

Nudger fühlte sich besser, nachdem er wußte, daß es nicht am Sakko gelegen hatte.

Morrison sagte gerade: »›Sauber‹ ist ein in dieser unserer Gesellschaft von vielen oft mißbrauchtes Wort! Wir dürfen uns von diesem Wort nicht ins Bockshorn jagen lassen. ›Sauber‹ ist ein relativer Begriff!«

Der Mann, der »Hört, hört!« gesagt hatte, rief jetzt: »Bravo! Bravo!«

Nudger zog sich ruhig aus dem Saal zurück. Sehr würdevoll. Die Tür schloß sich, und er war sicher, das Klicken eines Riegels zu hören.

Er verließ das Kongreßzentrum und ging zum VW zurück, lauschte dem Geräusch seiner Absätze auf dem Pflaster, grübelte.

Partners Unlimited war offensichtlich ein Begleitservice, und Helen eine gemietete Begleiterin. Nudger wußte, daß es zwei Arten von Begleitservice-Firmen gab; die einen stellten ausschließlich Begleiterinnen zur Verfügung, die Kunden zu offiziellen Veranstaltungen begleiteten, die besser nicht allein besucht wurden, und die anderen vermittelten darüber hinaus Prostituierte. Er wußte, daß die letzteren häufiger als die ersteren waren, aber Helen schien nicht der Typ einer hochbezahlten Prostituierten zu sein. Und obwohl sie elegant angezogen war, ließen weder ihre Kleidung noch der Wagen oder gar die Wohnung darauf schließen, daß sie das Geld verdiente, das eine Frau ihres Aussehens auf diesem Marktsektor verdienen konnte.

Er saß in dem heißen, kleinen Auto und wußte, daß er gut und gerne den ganzen Nachmittag und Abend mit dieser Arbeit verbringen konnte. Herauszufinden, ob Helen Crane bei Morrison blieb, mit ihm und seinen chemischen Kameraden zum Abendessen ging, mit ihm ins Hotel zurückkehrte. Sie hatte schließlich gesagt, daß sie oft nachts arbeitete.

Nudger beschloß, daß, sollte Helen die Nacht mit Morrison verbringen, er, Nudger, es nicht wissen wollte. Tatsächlich ging es ihn nichts an; Helen war seine Klientin, nicht das Objekt seiner Ermittlung. Nur zu seiner eigenen Sicherheit hatte er mehr über sie erfahren wollen, um eine bessere Vorstellung zu bekommen, wie er mit Dancers Dilemma umgehen sollte.

Er war übertrieben desillusioniert. Fühlte sich beinahe betrogen.

Lächerlich! Schließlich hatte er nichts von Helen Crane

gewußt. Wer war er denn, um so hohe Erwartungen in sie zu setzen?

Aber so war es mit Helen; sie war der Typ Frau, den Männer, fünf Minuten, nachdem sie sie kennengelernt haben, auf einen Sockel stellen. Und Nudger wußte, daß es viele Männer gab, die sie mit Wonne herunterzerren würden. Die für diese Gelegenheit teuer bezahlen würden.

Als er langsam auf den glühend heißen Straßen zu seinem Büro fuhr, sagte er sich, daß Partners Unlimited einer der seriösen Begleitservices in der Stadt sein könnte, und Helen vielleicht eine bezahlte Begleiterin sei und sonst nichts. Eine Frau, mit der sich Männer wie Morrison für ein paar Stunden in der Öffentlichkeit schmückten.

Er war sich nicht sicher, ob er das glauben konnte. Er fragte sich, ob Dancer es glaubte. Und wenn nicht, was hielt er von Helens Arbeit?

›Sauber‹ war ein relativer Begriff.

8

Hammersmith glaubte nicht, daß Partners Unlimited ein völlig legitimer Begleitservice war. Am Morgen nach Helen Cranes Besuch im Radisson Hotel hatte ihn Nudger gebeten, sich im Sittendezernat zu erkundigen und ihn zurückzurufen. Hammersmith rief vor zwölf an.

»Die Sitte sagt, Partners Unlimited ist manchmal seriös und vermittelt manchmal Prostituierte«, sagte Hammersmith um eine Zigarre herum. Nudger war froh, daß er meilenweit vom Third District entfernt war und Hammersmiths Schmatzen und Paffen hörte, ohne dem dazugehörenden grünlichen Schleier ausgesetzt zu sein. »Der Service wurde vor fünf Jahren wegen Aufforderung zur Prostitution verurteilt, Nudge. Damals hat ein gewisser Brad Marlyk die Aktienmehrheit gekauft. Seit der Zeit überläßt Partners Unlimited das eigentliche Auffordern seinen Angestellten in deren Freizeit, von gelegentlichen Ausnahmen abgesehen, die bei der Sitte ja niemanden zu stören scheinen.«

»Warum stört sich niemand daran?«

»Weil der Staatsanwalt keine Möglichkeit finden kann, Marlyks Verurteilung durchzusetzen. Warum sollte man ihn also verhaften und anklagen? Niemand verschwendet gern seine Zeit beim Versuch, Schlupflöcher im Gesetz zu stopfen, durch die ein Elefant paßt. Jedenfalls fast niemand.«

»Du klingst nicht gerade überzeugt.« Nudger lehnte sich im quietschenden Drehstuhl zurück.

»Bin ich auch nicht«, sagte Hammersmith. »Ich bin ein alter Zyniker, Nudge. Es fällt mir schwer zu glauben, daß Marlyk, wenn seine Begleiterinnen sich für seine Klienten hinlegen, nicht einen Teil Einnahmen einstreicht.«

»Vielleicht glaubt er, die zwischenmenschlichen Beziehungen seiner Angestellten seien deren Angelegenheit.«

»Das Leben funktioniert nicht so, auch wenn das Gericht es tut.«

»Wie wahr. Dennoch, der Betrieb scheint wirklich straff geführt zu werden. Du glaubst, Marlyk hat jemanden bei der Sitte bestochen, die Finger von seinem Service zu lassen?«

»Möglich. Vielleicht heißen sie ja umsonst Sitte. Hängt dieser Begleitladen mit deinem Fall zusammen, Nudge? Über den wir gestern gesprochen haben?«

»Meine Klientin ist eine von Marlyks Angestellten. Aber sie sieht nicht wie eine Prostituierte aus.«

»Menschenskind, Nudge.« Schmatz, schmatz, paff, paff. »Die, die nicht so aussehen, machen das meiste Geld.«

Auch wieder wahr, mußte Nudger zugeben. Die reichste Prostituierte, die er kannte, besaß das Gesicht und den Körper einer Vierzehnjährigen, bis sie weit über Dreißig war. Sie erfüllte die unverwirklichten jugendlichen Cheerleader-Fantasien der Männer. Inklusive Pompons. Dennoch besaß Helen Crane eine besondere Qualität, die über ihre körperliche Schönheit hinausging. Sie *konnte* ihre sexuelle Gunst einfach nicht verkaufen. Nicht Helen. Oder idealisierte sie Nudger? War er das männliche chauvinistische Schwein, das ihn Eileen einmal geschimpft hatte, weil er *sie* idealisiert hatte?

»Wie kann ich herausfinden, ob meine Klientin eine von Marlyks Prostituierten ist?« fragte Nudger.

»Warum mußt du denn das wissen? Es kann dir doch schließlich egal sein, wie sie ihr Geld verdient.«

»Es ist mir nicht egal, weil die Art, wie sie ihren Lebensunterhalt verdient, Auswirkungen auf ihren Freund haben könnte, und er ist derjenige, dem ich zu helfen versuche.«

»Vielleicht solltest du sie fragen, Nudge. Ihre Antwort könnte Zucker sein.«

»Ich werde sie fragen, aber ich will, daß ihre Antwort bestätigt wird.«

»›Bestätigt‹ ist ein Wort, das ich in der Polizeiarbeit oft höre«, sagte Hammersmith. »Es bedeutet gewöhnlich, daß ein anderer dieselbe Lüge erzählt. Ich würde das Wort gänzlich ignorieren, wenn es sich vor Gericht nicht so gut machte.«

»Heißt das, du wirst mir nicht helfen?« fragte Nudger wider besseres Wissen. Hammersmith glaubte, er müsse andere für seine Hilfe arbeiten lassen; er wollte nicht als billig gelten. Diese Einstellung hatte ihm auf eine seltsame Art geholfen, Karriere zu machen. Die und die Tatsache, daß er ein guter Polizist war, der seine Winkelzüge mit Gusto und Gerissenheit machte. Und manchmal mit stupender Subtilität.

Hammersmith seufzte laut. Es war wahrscheinlich ein gespielter Seufzer. Der Lieutenant hatte ein Faible für Telefontheater. »Wie heißt deine Klientin, Nudge?«

»Helen Crane.«

»Klingt nach Klasse. Sie ist wahrscheinlich Marlyks Spezialistin, mit langen, weißen Handschuhen.«

Nudger spürte, wie die Wut in seinem Magen lebendig wurde. Er wußte, sie sollte nicht da sein; seine Beziehung zu Helen Crane war rein beruflich – sein Beruf. Er versuchte, die gefühlsmäßige Beteiligung aus seiner Stimme zu halten. »Danke für deine Hilfe, Jack. Ich schulde dir was.«

»Du schuldest und schuldest und schuldest. Zahl mir nur ein kleines bißchen zurück und sag mir, wenn du irgend etwas erfährst, was ich wissen sollte.«

»Versprochen.«

»Das bedeutet am Telefon gar nichts, Nudge. Außer deinen Eiern hast du wahrscheinlich alles gekreuzt.«

Hammersmith legte rasch auf. Er war besessen davon, bei Telefonaten immer das letzte Wort zu haben. Der Mann war ein Mischmasch von Idiosynkrasien.

Nudger legte den Hörer wieder auf die Gabel, drehte sich mit dem Stuhl und ließ sich den kühlen Luftzug der Klimaanlage ins Gesicht blasen. Wenn Helen Crane eine Prostituierte war und es Dancer verschwiegen hatte, konnte das erklären, weshalb der gequälte Veteran so beunruhigt war. Vielleicht hatte Dancer von ihrem Beruf erfahren, und sie wußte es nur noch nicht. Noch ein Tritt in die Seele für Jake Dancer. Seine langjährige Liebe verkaufte sich an Chemie-Mogule und Sperradfabrikanten. Vielleicht liebte er Helen zu sehr, um sie zu verlassen, und haßte, was sie tat, zu sehr, um bei ihr zu bleiben. Also tat es ihm nachts weh. Er trieb sich herum. Stach sich mit spitzen Stöcken.

Nudger befahl sich, abzubremsen und Kurs zu halten. Ohne ausreichende Fakten zu spekulieren, führte in die Irre. Und, wie gewöhnlich, fehlte ihm ein handfester Beweis.

Aber große Männer, die Menschen zusammenschlugen, waren darin verwickelt. Und Messer. Als nächstes vielleicht Kanonen. Zum Kuckuck, Nudger hatte ein Recht, so viel wie möglich zu wissen! Angst sollte ein paar Privilegien gewährt werden.

Er nahm einen Bleistift und tippte mit der Spitze eine Reihe von zufälligen schwarzen Punkten auf den Schreibtisch. Er betrachtete die Punkte genau. Sie ergaben ein Muster, das an die Karte von Idaho erinnerte, und enthüllten nichts.

Eine große grauweiße Taube ließ sich flatternd auf dem Fenstersims nieder. Sie funkelte Nudger durch das Glas feindselig an. Nudger schrie: »Hau ab!«, und die Taube betrachtete ihn mit schiefgelegtem Kopf und rührte sich nicht.

Er zerknüllte eine alte Stromrechnung, warf sie an das Fenster, und die Taube flatterte davon. Sie hatte auf das Sims geschissen.

Das führte zu nichts, entschied Nudger. Das war keine Detektivarbeit.

Das Telefon läutete, er nahm den Hörer ab und hielt ihn sich schweigend ans Ohr, wartete, bis die Person am anderen Ende der Leitung sprach. Wenn es jemand war, mit dem Nudger nicht reden wollte, würde er so tun, als sei er eine aufgezeichnete Nachricht auf seinem Anrufbeantworter. Das konnte er sehr gut; er hatte mit Eileen viel geübt.

Ah, es war Helen Crane. Nudger dachte an Morrison und das Radisson Hotel, an das Gespräch mit Hammersmith, was er wußte, aber nicht wissen wollte. Was sollte er nun damit anfangen? Was?

Helen fragte: »Nudger? Sind Sie das?«

Er sagte: »Ich habe gerade eine Taube verscheucht.«

Sie sagte: »Gut.«

Er fragte: »Wie wäre es mit einem Mittagessen?«

9

Der Lunch mit Helen war eine Verbesserung gegenüber dem Frühstück mit Hammersmith. Sie aßen in einem ein paar Blocks von Nudgers Büro entfernten Restaurant, dem B&L Diner. Es war ein kleines, sauberes Lokal, mit einer langen Bar mit Hockern, viel weiß emailliertem Metall, einem Fenster mit Aussicht auf den Verkehr auf der Manchester Avenue und gutem Essen. Es entsprach Nudgers Vorstellung von einem guten Freßlokal. Im B&L gab es keine Clowns, keine schnuckelige Einrichtung, kein Kinderkarussell. Das Lokal war wirklich. Das Hackfleisch ebenfalls.

Helen saß neben Nudger am Ende der Bar. Sie hatten Hamburger und Milchshakes bestellt. Außer ihnen befanden sich nur noch zwei andere Gäste im Lokal: ein alter Mann an der Bar, der Wasser trank und gelegentlich in seinen Bart brummelte, und eine junge Frau mit verfilztem Haar, die ernsthaft einen Haufen Coupons sortierte. Hier ein Dime gespart, da ein Dime. Es konnte sich summieren und einem den Dollar sparen, der einem im Supermarkt zuviel berechnet wurde. Es war so ein Viertel.

»Müssen Sie nicht auf Ihre schlanke Linie achten?« fragte Nudger, als Helen einen großen Schluck Schokoladenmilchshake durch zwei dicke Strohhalme aufsog. Dabei spitzte sie die Lippen. Sexy.

»Mußte ich noch nie.«

Nudger würde jedenfalls darauf achten. Er erinnerte sich an ihren Gang, als sie die Straße zum Kongreßzentrum überquert hatte. So graziös neben den aggressiven, abgehackten Schritten von Morrison, dem vergnügungssüchtigen Manager.

Draußen fuhr langsam ein haushoher Bus vorbei, bremste geräuschvoll, beschleunigte dann schwerfällig an der Ampel an der Sutton Street und verpestete die Luft mit Dieselabgasen. Ein Hauch der Schwaden fand seinen Weg ins Lokal. Nudger wartete, bis das Räuspern und Zischen des Busses verklungen war, bevor er mit Helen redete.

»Ich bin Ihnen gestern gefolgt. Ich mußte mehr über Sie herausfinden.«

»Warum?« Ein ruhiger Blick aus grauen Augen. Neugierig, aber nicht überrascht oder übermäßig besorgt. Helen Crane war eine Frau, die analysierte, bevor sie reagierte.

»Ich hatte Angst bekommen«, sagte Nudger. »Spielschulden, Vietnamspuk, große Kerle mit Messern – das ist eine gefährliche Mischung.«

»Privatdetektive sollten eigentlich keine Angst haben.« Sie sagte es, als handele es sich um ein Naturgesetz, und er müsse sich in seinen Gefühlen täuschen. Er kam sich vor wie ein Roboter, der behauptete, er besäße ein Herz. Vielleicht war er das auch für sie.

»Wir sollten außerdem so viel wie möglich über unsere Klienten und ihre Probleme wissen. Insbesondere, wenn wir glauben, es könnte der Schlüssel zu unserem Überleben sein.«

Über etwas so Fundamentales wie am Leben zu bleiben, konnte man nicht streiten. Sie biß in ihren Hamburger, kaute und schluckte dann langsam, als genieße sie gänzlich den Geschmack und die Konsistenz. Der beste Hamburger, den sie je gegessen hatte. »Und was haben Sie über mich herausgefunden, Nudger?«

»Morrison von Blaine Chemical. Partners-Unlimited-Begleitservice.«

»Ich verstehe.« Zum ersten Mal schien sie ein wenig wütend und in der Defensive. »Stört Sie die Art, wie ich meinen Lebensunterhalt verdiene?«

»Nein, aber ich muß mich fragen, ob sie Jake Dancer stört. Weiß er, daß Sie für Brad Marlyk arbeiten?«

»Ja, er scheint nichts dagegen zu haben, daß ich als Begleiterin arbeite.«

»Würde er etwas dagegen haben, wenn Sie mehr als nur eine bezahlte Begleiterin wären?«

»Hätte er. Aber in meinem Job muß ich nicht zwangsläufig eine Hure sein. Nur ungefähr die Hälfte der Frauen, die für Partners Unlimited arbeiten, lassen sich außerdem auf Prostitution ein. Freiwillig. Brad Marlyk nötigt sie nicht.«

»Aber er streicht einen Prozentsatz ihres Reichtums ein.«

»Natürlich. Aber er besorgt ihnen auch Klienten, die vertrauenswürdig und sauber sind und sehr gut zahlen. Alles in allem ist es ein faires Geschäft.«

»Ist es denkbar, daß Dancer argwöhnt, daß Sie eine der Begleiterinnen sind, die Sex verkaufen, und daß er deshalb so leidet?«

»Nein, ich denke, er hätte etwas gesagt, wenn das der Fall wäre. Tatsächlich weiß ich, daß er das getan hätte. Damit wäre leicht umzugehen, im Verhältnis zu dem, was vor sich geht.«

»Würde er bei Ihnen bleiben?«

»Sie meinen, wenn ich anschaffen ginge und mich weigerte aufzuhören?«

»Ja.«

»Ich denke schon«, sagte Helen, »aber ich bin mir nicht sicher.« Sie nahm wieder die Zwillingsstrohhalme in den Mund, ließ sie dann wieder los, ohne von dem Milchshake getrunken zu haben. Auf den Strohhalmen waren schwache Lippenstiftflecke.

Sie sagte: »Ich nehme an, da ist etwas, das Sie wissen sollten. Ich habe Brad Marlyk gebeten, mich mit einigen Klienten zusammenzubringen, die mehr erwarten als bloß eine attraktive Frau, die bei offiziellen Anlässen neben ihnen sitzt.«

»Und das heißt?« Er stellte sie sich als Propagandistin vor und vielleicht als Firmenhosteß oder Model. Sie demonstrierte, wie leicht sich ein Staubsauger bedienen ließ. Stand lächelnd neben einem spiegelblanken neuen Buick.

»Ich werde als Prostituierte arbeiten.«

Nudger war überrascht. Er biß fest auf seinen Plastikstrohhalm und kerbte ihn ein, brachte die Hydraulik durcheinander, die es ihm erlaubte, die dicke Flüssigkeit hochzusaugen. »Warum?«

»Um Jakes Schulden zu bezahlen. Das ist der einzige Weg, wie wir auf die Schnelle das Geld auftreiben, um uns, wer immer auch hinter ihm her ist, vom Hals schaffen zu können. Ich bin ganz offen mit Ihnen, Nudger, weil ich denke, daß Sie es ohnehin herausfinden werden, und weil ich Ihr Wort will, daß Sie Jake nicht sagen, was ich tue.«

»Sie haben mein Wort. Aber Sie bringen Dancer ein riesengroßes Opfer.«

»Es ist Jake, dem das Leben zur Hölle gemacht wird. Und sobald ich genug Geld verdient habe, um seine Schulden zu bezahlen, werde ich aufhören. Es gibt schlimmeres als Prostitution, Nudger. Und es gibt alle erdenklichen Arten von Prostitution. Was ich tun werde, ist zumindest offen und ehrlich, auch wenn es illegal ist.«

»Kommen Sie mir jetzt mit dem Die-Frau-die-ihren-reichen-Mann-nicht-liebt-Vergleich?«

»Brauche ich nicht; Sie sind selbst darauf gekommen.«

Das war er tatsächlich.

Nudger wußte nicht, wie er auf diese Entwicklung reagieren sollte. Er war enttäuscht und wütend. Er konnte verstehen, weshalb Helen glaubte, das für Dancer tun zu müssen. Aber gab es nicht noch eine andere Möglichkeit?

»Können Sie nicht als Schreibkraft arbeiten oder so?« fragte er.

»Eine Schreibkraft verdient weniger als eine Prostituierte. Die meisten verdienen weniger. Und Brad Marlyk wird fair zu mir sein, solange ich ehrlich zu ihm bin.« Sie starrte ihn über den Milchshake hinweg unverwandt an. Diese grauen Augen. »Sie müssen verstehen, Nudger, daß es keine andere Möglichkeit gibt, um das Geld schnell genug aufzutreiben.«

»Wie hoch sind Dancers Schulden?«

»Ich kenne nicht den genauen Betrag. Aber er geht in die Tausende. Ich werde sie nie zusammenkriegen, wenn ich mich für den gesetzlichen Mindestlohn abrackere.«

»Menschenskind! Was ist, wenn Sie zusammengeschlagen werden? Oder sich eine Krankheit holen?«

Sie lächelte. »Das ist einer der Vorteile, wenn man für Partners Unlimited arbeitet; es gibt regelmäßige Voruntersuchungen für die Angestellten.«

»Zum Schutz der Waren«, sagte Nudger. »Wie in jedem anderen Geschäft.«

»Hochdotiertes Anschaffen *ist* genau wie jedes andere Geschäft, solange man einen gewissen Teil seiner selbst abschalten kann.«

»Und eines Tages wieder einschalten kann«, sagte Nudger.

»Glauben Sie ja nicht, daß ich das nicht bedacht hätte. Ich werde wissen, wann ich aufhören muß.«

»Aber wird Marlyk Sie aufhören lassen?«

Sie schüttelte den Kopf über seine Naivität. »Selbstverständlich. Das ist kein Fernsehfilm, Nudger. Brad Marlyk trägt weder einen breitrandigen Hut, noch fährt er einen schwarzen Lincoln. Er ist ein verheirateter Mann mit drei Kindern. Sie alle wohnen in einem Haus mit Swimming-pool in Ladue und fahren gemeinsam in Urlaub.«

»Natürlich. Untadelig solide.«

»Seien Sie nicht so moralistisch. Ich habe Sie schließlich nicht gebeten, mir zu folgen und Ihre Nase in meine Angelegenheiten zu stecken. Ich habe Sie engagiert, damit Sie Jake helfen.«

»Ich fürchte, das gehört alles zusammen.«

»Bis zu einem gewissen Punkt haben Sie recht. Deshalb rede ich ja so offen mit Ihnen. Ich kann Ihnen nur dann vertrauen, wenn ich sicher bin, daß Sie mir vertrauen. Wir müssen aufrichtig miteinander sein.«

»Na schön«, sagte Nudger. »Ich werde mit Brad Marlyk reden.«

»Warum?«

»Kennt er Jake?«

»Nicht näher, aber sie haben sich schon gesehen.«

»Vielleicht sind sie besser miteinander bekannt, als Sie denken.«

»Vielleicht. Ich nehme an, das gehört zu den Dingen, die Sie in meinem Auftrag herausfinden sollen.«

»Wie lebt es sich in der Hütte?« fragte Nudger.

»Jake scheint dort fürs erste einigermaßen zufrieden zu sein. Ich kann jeden Tag zur Arbeit in die Stadt fahren; es ist ein weiter Weg, aber er macht mir nichts aus.«

»Und die Born-Again-Flasche?«

»Steht immer noch unangebrochen auf dem Kaminsims. Jake betrachtet sie ab und zu lange, rührt sie aber nie an.« Stolz lag in ihrer Stimme.

»Wollen Sie noch einen Hamburger?«

»Nein«, sagte sie. »Ich sollte jetzt besser anfangen, auf meine schlanke Linie zu achten.«

»Da haben Sie vermutlich recht«, sagte Nudger.

Er bezahlte die Rechnung und verließ mit Helen das Diner, dachte an Jake Dancer in einer Freistatt verhältnismäßiger Ruhe, mitten im dichten Wald. Die Hütte war ein friedlicher Ort; man konnte dort in der Nähe angeln oder wandern oder einfach nur auf der abgeschirmten Veranda sitzen und die Luft und die Einsamkeit genießen. Nudger glaubte, für Dancer und Helen das Richtige getan zu haben, und war froh.

Er sah Helen nach, als sie im Datsun wegfuhr, dann ging er auf der Manchester Avenue nach Osten zu seinem Büro. Die Sonne stand hoch und unbarmherzig am Himmel, ließ brodelnde Hitzewellen von dem Bürgersteig hochsteigen. Nudger konnte das heiße Pflaster durch die aufgeweichten Sohlen spüren. Das von den Windschutzscheiben entgegenkommender Autos reflektierte Sonnenlicht tat ihm in den Augen weh.

Ein sehr großer Mann war plötzlich unangenehm dicht neben ihm. Heißer Atem kitzelte Nudger am Ohr, und er roch das antiseptische Wintergrün-Mundwasser, das Zahnärzte benutzen. Es erinnerte ihn an Würgen und schrille, heißgelaufene Bohrer. Ekelhaft.

»Schauen Sie mich nicht an, Nudger. Gehen Sie über die Straße, oder Sie werden zu einem Teil des Bürgersteigs.«

Eine überzeugende Ansprache. Nudgers Magen zog sich zusammen, und er sah stur geradeaus. »Soll ich über den Zebrastreifen gehen?«

»Türlich. Wir wollen doch nicht die Straße verkehrswidrig überqueren und ein Delikt begehen.«

Nudger dachte daran, ihm zu sagen, daß sein Atem ein Delikt sein sollte, dann entschied er, daß jetzt nicht der geeignete Moment dafür war. Hoffentlich kam der Mensch nicht gerade von einer Wurzelbehandlung, die ihn in eine üble Laune versetzt hatte.

Auf der anderen Straßenseite dirigierte der Mann Nudger zum Eingang der weitläufigen Tiefgarage eines Supermarktes. Sie gingen in eine schattige Ecke, in der nur wenige Autos standen. Ihre Schritte hallten. Kühl war es hier und feucht. Nudger kam sich vor wie in einer Höhle. Oder einer Gruft.

Er mußte einfach einen kurzen Blick auf den großen Mann riskieren. Obwohl er im Dämmerlicht nicht sicher sein konnte, glaubte er den größeren der beiden Männer zu erkennen, die Dancer zusammengeschlagen hatten und in die Flucht geschlagen worden waren. Denjenigen, der so geschickt das Messer geschwungen hatte. Großartig!

»Sie wissen, wo Jake Dancer ist«, sagte der Mann leise. »Nun will auch ich es wissen.«

O Mann! Klientenschutz war angesagt. Das war die beschissene Seite an Nudgers Beruf, und das war der Moment, den er fürchtete. Verraten oder sich bewähren.

Er schluckte und sagte: »Niemand weiß, wo Dancer ist. Die meiste Zeit weiß es wahrscheinlich nicht einmal Dancer.«

Eine Riesenfaust krachte Nudger in die Rippen, und er brach an einem Betonpfeiler zusammen. Die Welt kippte, rotierte, stand dann wieder still, aber mit einer leichten Schlagseite.

»Frage Nr. 2, Nudger: Wo ist Jake Dancer?«

Für Nudger klang es wie Frage Nr. 1, aber er sagte: »Kann ich damit das funkelnagelneue Auto gewinnen?«

»Ein neues Gebiß. Jetzt gehen wir ins doppelte Risiko.«

»Hören Sie, ich wollte, ich könnte Ihnen sagen...«

Atem und Speichel schossen aus Nudger heraus, als ihn die Faust im Magen erwischte. Nudger hatte keine Chance, ihr auszuweichen. Der große Mann besaß die blitzschnellen Bewegungen eines Bantamgewichtlers, aber er schlug zu wie Marciano in seiner besten Zeit.

»Ist Ihrem Freund schlecht?« fragte eine Stimme.

Nudger schielte vor Schmerz und sah einen mageren Teenager auf einem Fahrrad um die Pfeiler der Garage fahren. Er trat langsam in die Pedale, und das Fahrrad wackelte, aber er hatte es in der Gewalt.

»Und wie«, sagte der große Mann. Er beugte sich dicht zu Nudger hinunter. »Suchen Sie sich einen anderen Beruf, Sie Vollarsch«, flüsterte er. »Bis gestern.«

Nudger versuchte, ihm zu sagen, daß er von Schlägern keine Berufsberatung brauchte, aber er brachte nur ein »Aakh« zustande.

»Bleib bei ihm, während ich einen Arzt hole«, sagte der große Mann zu dem Jungen auf dem Fahrrad. »Es ist nichts Ernstes; der Ärmste hat das ab und zu. Aus dem Krieg.«

»Okay, Mister, aber es sieht aus, als sollten Sie sich besser beeilen.«

Nudger, mutiger nun, wollte den Knochenbrecher daran erinnern, daß er seine Gebiß-Drohung nicht wahrgemacht hatte, verlor aber statt dessen den B&L-Lunch auf dem Zementboden. Mist! Er konnte nicht einmal hänseln, wenn er die Gelegenheit dazu bekam.

Der große Mann lief in den Schatten, und Nudger strengte sich an aufzustehen, fiel jedoch wieder zurück und lehnte sich mit dem Rücken an den Pfeiler. Er dachte, er könnte sich vielleicht nie mehr bewegen.

Ihm war wieder mulmig, und die Rippe hämmerte vor Schmerzen. Er betete, daß nichts gebrochen war.

Der Junge radelte herüber, stieg ab und beugte sich zu ihm

hinunter. Er sah aus wie Michael J. Fox, lediglich häßlich. In dem schmalen, pockennarbigen Gesicht lagen Besorgnis und Angst. Und noch etwas.

Er zog Nudger behutsam den Geldbeutel aus der Gesäßtasche, nahm das bißchen Geld, das drinnen war, heraus und warf ihn Nudger in den Schoß, als hätte er ihn nun unbrauchbar und wertlos gemacht.

»Hoffentlich geht's Ihnen bald besser.« Er stieg wieder auf das Fahrrad und radelte rasch davon, der hagere Körper schwang hin und her, als er stehend in die Pedale trat. Die Reifen zischten auf dem Beton, bis der Junge nicht mehr zu sehen war.

Nudger drückte das Rückgrat fest an den Pfeiler. Er steckte sich den Geldbeutel wieder in die Tasche und rappelte sich mühsam Zentimeter für Zentimeter auf. Dann blieb er still stehen und atmete gleichmäßig, sammelte Kraft zum Gehen. Ein paar Autos kamen und gingen in der ausgedehnten Garage, aber nur in der entfernten, gut beleuchteten Ecke in der Nähe der Haupteinfahrt. Eine andere Galaxie.

Nach ungefähr zehn Minuten fühlte er sich kräftig genug, um auf die Manchester Avenue hinauszustolpern und zu seinem Büro zu gehen. Es waren nur wenige Blocks, und die Passanten, die ihn ansahen, schauten sofort wieder weg, nahmen wahrscheinlich an, er sei ein Säufer, der früh begonnen hatte. Die schlimmste Sorte.

Nudger kümmerte nicht, was sie dachten. Er war aufgebracht. Er malte sich aus, wie er sich über den zu Tode erschrockenen Jungen beugte, der ihn ausgeraubt hatte, und ihm den dürren Hals zudrückte und sein Geld zurück verlangte. Er würde den Sandkastendesperado büßen lassen und ihn dann nach Hause zu seinen Eltern schleifen. Oh, wie gerne wollte er den diebischen Jungen wiedersehen. Da gab es gar keinen Zweifel.

Aber bei dem Riesen mit dem Wintergrün-Atem war er sich nicht so sicher.

10

Danny sagte: »Das ist er, Nudge!«

Nudger atmete flach ein, damit der Schmerz in der gequetschten Rippe nicht aufflackerte, und betrachtete ›ihn‹. Die Besitzerin des Ford Granada hatte Danny den Wagen geliehen, damit er ihn in die Stadt fahren und Nudger zeigen konnte. Der Wagen sollte sich selbst verkaufen. Er stand nun vor dem Doughnut Shop, dunkelrot und auf Hochglanz poliert, wo er nicht verrostet war. Er war fast überall verrostet.

»Mach eine Probefahrt«, drängte Danny. Er klang begeistert, als arbeite er für eine Provision.

»Ich weiß nicht recht«, sagte Nudger. »Ich habe vergessen, meine Tetanusimpfung aufzufrischen.«

In Dannys Bassetaugen zeigte sich Gekränktheit. »Du bist nich grad nen Mercedes gewohnt«, sagte er ziemlich hochnäsig.

Nudger ermahnte sich, taktvoller zu sein. Er spazierte um den Granada herum. Die Reifen waren in Ordnung; hatten jedenfalls viele Schnörkellinien. Er sah unter die Motorhaube. Da er kein Mechaniker war, sagte ihm das nicht allzuviel. Ein kurzer Blick ins Innere zeigte rote und nicht aufgeschlitzte Polster. Mit dieser kurzen Inspektion waren Nudgers Kraftfahrzeugkenntnisse erschöpft.

»Mrs. Fudge sagt, wenn du willst, kannst du ihn ein paar Tage lang zur Probe fahren«, sagte Danny.

»Mrs. Fudge?«

»Die ältere Dame in Kirkwood, der der Wagen gehört.«

»Ich müßte wirklich wohin fahren«, sagte Nudger.

Danny lächelte und fuchtelte mit den Armen wie ein Gebrauchtwagenhändler in einem spätabendlichen Werbespot. »Dann fahre, Nudge. Viel Spaß. Die Klimaanlage in diesem Prachtstück kommt einem wie der Nordpol vor.«

Das war ungeheuer überzeugend. Vielleicht sollte Danny statt Doughnuts Autos verkaufen. Wahrscheinlich waren er und Nudger beide in der falschen Branche.

Nudger verabschiedete sich von Danny, stieg in den Granada und fuhr zu Partners Unlimited.

Er war überrascht, wie gut der Granada lief. Der Motor lief reibungslos, die Klimaanlage spie beinahe Eis, und das Anzugsmoment drückte ihn in den Sitz zurück. Der Wagen wollte sich mit ihm anfreunden.

Das Hauptbüro von Brad Marlyks Begleitservice war nicht in der Innenstadt, wohin Nudger Helen gefolgt war, sondern in einem Einkaufszentrum, draußen an der North Lindbergh Avenue, in der Nähe des Flughafens. Es war ein Gebiet unzähliger Kettenrestaurants und Motels. Die freie Marktwirtschaft lief Amok.

Nudger erinnerte sich, daß in diesem Einkaufszentrum vor ein paar Jahren Massagesalons untergebracht waren, bevor Gesetzesänderungen sie aus dem Geschäft gedrängt oder über den Fluß auf die East Side getrieben hatten. Er fragte sich, ob Brad Marlyk mit Massagesalons angefangen hatte. Marlyk mußte das Geschäft irgendwo gelernt haben, um so erfolgreich zu sein.

Als Nudger den Granada geparkt hatte und das überraschend kühle und luxuriöse Vorzimmer von Partners Unlimited betrat, fand er sich Auge in Auge mit einer knalligen Frau in den Dreißigern, die hinter einem gebogenen Schreibtisch saß. Sie hatte vierzig Pfund Übergewicht, langes, schwarzes Haar, Augen-Make-up wie ein Waschbär und einen prangenden roten Mund, der sich, als sie Nudger sah, langsam zu einem Lächeln verzog. Der Ton ihres glänzenden Lippenstiftes entsprach fast genau dem des Granada. Sie war ganz in Weiß, trug aber zuviel Schmuck und Make-up, um einer Krankenschwester zu ähneln.

Das Lächeln wirkte nicht echt. Sie fragte: »Kann ich Ihnen helfen?«

»Das hoffe ich jedenfalls.«

»Sind Sie mit jemandem verabredet?« Das Messingnamensschild auf dem Schreibtisch wies sie als Muffy B. Blue aus.

»Heißen Sie wirklich so?« Nudger wies auf das Schild.

»Aber ja doch. Wie heißen Sie denn?«

»A. Nudger.«

»Wofür steht das A?«

»Wofür steht das B?«

Die wimperngetuschten Augen wurden schmal. »Was soll das? Sind Sie ein Groucho-Marx-Fan oder was?« Muffy B. Blue sah wütend aus.

Ein kleiner Mann mit unglaublich breiten Schultern und einer Wespentaille stand gelassen in der Tür zu einem inneren Büro und starrte Nudger an. Er trug einen adretten grauen Anzug, hatte modisch geschnittenes blondes Haar und sah auf eine grobgeschnittene Art gut aus, obwohl seine Haut mit Narben einer längst vergangenen Akne überzogen war. Wenn er groß gewesen wäre, hätte er ein Pferdegesicht gehabt, aber seine Winzigkeit und der Anzug verliehen ihm eine gewisse Eleganz. Ein muskulöser Jockey, herausgeputzt für einen amüsanten Abend. Er fragte: »Was geht hier vor, Muff?«

»Ihre Empfangsdame hat mich gerade beschuldigt, ein Marxist zu sein«, sagte Nudger.

Der Mann schien einen Augenblick verwirrt, dann lächelte er mit übergroßen, perfekten Zähnen und sah noch pferdeähnlicher aus. »Muff interessiert sich nicht für die politischen Einstellungen anderer«, sagte er. »Sie geht nicht einmal zur Wahl. Das ist mein Ernst.«

Muffy sagte: »Ich weiß nicht, was er will, Mr. Marlyk.«

»Ich muß mit Ihnen reden«, sagte Nudger zu Marlyk.

»Wollen Sie etwas verkaufen?«

»Die Pille danach.«

»Mann, sind Sie aber putzig!«

»Eigentlich bin ich Privatdetektiv und muß mit Ihnen über einen Klienten reden.«

»Sie haben so ein einnehmendes Wesen, wie könnte ich es Ihnen abschlagen?«

Nudger wußte, daß Marlyk es ferner vorzöge, wenn die Polizei sich nicht in Nudgers Fall einschaltete. Falls das möglich war. Vielleicht könnte ein wenig Geld in Nudgers Hand verhüten, daß er jemandem bei der Sitte noch mehr zahlen mußte. Mit Büros auf dem Land und in der Stadt mußte Marlyk viel Schmiergeld auf viele Leute verteilen.

Er führte Nudger in ein großes Büro mit einem gediegenen

Kirschbaumschreibtisch. Marlyk hatte einen leichten Schritt und bewegte sich mit der Anmut und Körperbeherrschung eines Athleten. Er war wahrscheinlich beinahe Fünfzig, schätzte Nudger, aber in ausgezeichneter Kondition. Die Art von fixem kleinen Mann, die einen beim Handball total auspowert und dabei nicht einmal außer Atem gerät.

Auf Marlyks Aufforderung nahm Nudger in einem bequemen grauen Samtsessel neben dem Schreibtisch Platz. Er wartete, bis Marlyk sich gesetzt hatte, bevor er fragte: »Kennen Sie einen Mann namens Jake Dancer?«

»Aber ja«, sagte Marlyk. »Er ist ein guter Freund einer meiner Angestellten.«

»Wie gut kennen Sie ihn?«

Marlyk zuckte die Achseln in dem eleganten Anzug. »Auf was für einer Skala? Ich will damit sagen, er ist schon hier gewesen, um Helen – das ist seine Freundin – abzuholen, und Helen hat ihn zu einigen Betriebsfeiern mitgebracht.«

»Welcher Art von Feiern?«

»Cocktailparties, dem Betriebspicknick...«

»Sie machen ein Betriebspicknick?«

»Aber ja doch. Wir sind eine enge Gemeinschaft.« Marlyk lehnte sich zurück, nahm einen goldenen Kugelschreiber vom Schreibtisch und rollte ihn zwischen den Fingern. »Das hier ist ein ehrliches, nützliches Geschäft, Mr. Nudger. Das ist mein Ernst. Ein Manager kommt auf Geschäftsreise nach St. Louis, stellt fest, daß es für ihn vorteilhaft ist, wenn er zu der ein oder anderen geschäftlichen Veranstaltung von einer schönen Frau begleitet wird, und wir vermitteln sie ihm. Das ist für viele Manager ein Machtsymbol. Und Sie wären überrascht, wenn Sie die Namen unserer Stammkunden hörten. Es sind wichtige und einflußreiche Männer.«

»Ein Freund aus dem Sittendezernat hat mir gesagt, daß Sie auch gelegentlich Prostituierte vermitteln.«

Marlyk kicherte wiehernd und warf den Kopf zur Seite; er erinnerte wirklich an einen Zwerghengst. »Ihr Freund irrt sich. In diesem Geschäft kursieren eine Menge Gerüchte.« Er ließ den Kugelschreiber auf den Schreibtisch klappern und beugte sich vor. »Wer ist denn nun Ihr Klient? Jake Dancer?«

»Nein.«

»Sagen Sie mir, wer es ist?«

»Nein.«

»Warum sind Sie dann hier? Hat Dancer etwas angestellt?«

»Jemand hat neulich abend versucht, ihn zusammenzuschlagen.«

Marlyk schürzte die Lippen über den langen Zähnen. Ein Jetliner, der auf dem Lambert International Airport landen wollte oder gerade von dort gestartet war, flog dicht über ihnen hinweg; sein Donner erschütterte die vergoldeten Gemälderahmen an der Wand. »Bei jemandem wie Dancer muß man mit so etwas rechnen. Er scheint ein prächtiger junger Mann zu sein, und das ist mein Ernst, aber er hat auch so seine Probleme.«

»Probleme?« fragte Nudger.

»Mit Alkohol, vielleicht mit Drogen. Und mit dem Glücksspiel. Wenn Dancer zusammengeschlagen wurde, hat es wahrscheinlich mit Spielschulden zu tun. Der arme Hund hat bloß Glück in der Liebe. Helen Crane bekommt ihm gut. Das ist mein Ernst. Sie bekäme jedem gut.«

Scheinbar war alles, was Marlyk sagte, sein Ernst. Oder vielleicht nur das, von dem er sagte, es sei sein Ernst. »Kennen Sie einen der Spieler, denen Dancer Geld schuldet?«

Marlyk schüttelte den Kopf. »Ich kann Ihnen da wirklich nicht helfen. Ich wette nie, außer es ist zu meinen Gunsten manipuliert. Und das ist kein Glücksspiel.«

»Hat Dancer jemals jemanden erwähnt, den Sie kennen?«

»Niemanden, der mit Glücksspiel zu tun hat. Er kennt jedoch jeden zweiten Barkeeper in der Stadt, einige von ihnen nehmen auch Wetten an, deshalb wäre es ein Leichtes für ihn, eine Wette zu placieren.« Marlyk beugte den Oberkörper über den goldenen Kugelschreiber und rollte ihn mit dem rechten Zeigefinger über den Schreibtisch an einen Glasaschenbecher. Wie ein kleiner Junge mit einem Spielzeug. Er suchte nach Worten. »Dancer ist ein liebenswerter Junge, Nudger, und ich würde ihm gern bei der Lösung seiner Probleme helfen. Das ist mein Ernst. Er ist so freundlich wie ein übergroßer Welpe, der das Leid kennengelernt hat. Er bringt einen dazu, ihm helfen zu wollen. Es ist jammerschade, zuzusehen, wie ein Junge wie er zum Säufer wird.«

»Hat Helen Crane jemals etwas gesagt, aus dem sich schließen läßt, warum Dancer sich dem Trunk ergeben hat?«

»Nein. Aber ich sehe Helen auch gar nicht so oft. Die meiste unserer Arbeit wird telefonisch erledigt. Die Klienten rufen an, und wir verständigen unsere Angestellten und geben ihnen eine Liste mit den Verabredungen. Und wer weiß schon, warum jemand wie Dancer zum Säufer wird? Sogar Psychologen und Sozialarbeiter haben darauf keine Antwort.«

Die Gegensprechanlage summte, und Muffy sagte Marlyk, er habe ein dringendes Gespräch auf der Vier. Nudger argwöhnte, daß die Nachricht abgesprochen worden war; die loyale Sekretärin half, das Büro von einer Plage zu befreien. Die Geschäftswelt übte sich in Verschlagenheit.

Marlyk zuckte bedauernd die Achseln. Privatgespräch und so. Ende der Unterhaltung.

Nudger erhob sich. »Sie haben mir sehr geholfen, Mr. Marlyk.«

»Na, das will ich doch hoffen«, sagte Marlyk. »Das ist mein voller Ernst.«

Er stand nicht auf, als Nudger hinausging.

Als er durch das Vorzimmer kam, wackelte Nudger mit den Augenbrauen und tat so, als schnippe er Asche von einer Zigarre, aber Muffy B. Blue beachtete ihn kaum, sah nur flüchtig auf und murmelte: »Arschloch.«

Sie mußte ihm nicht sagen, daß es ihr Ernst war.

Als Nudger ins Büro zurückkam, bat ihn eine Nachricht auf dem Anrufbeantworter, Helen Crane anzurufen, wenn es vor zwei Uhr war. Nach zwei, bat Helens weich modulierte Stimme, sollte Nudger sie im Zoo treffen, wo sie bis ungefähr vier Uhr im oder in der Nähe des Elefantenhauses zu finden sei.

Nudger sah auf die Uhr. Sie zeigte fünf nach elf und war stehengeblieben. Schon vor Stunden.

Er nahm den Hörer in die Hand und wählte mit einem Kugelschreiber die Nummer der Zeitansage. Nachdem ihm eine kühle Frauenstimme versichert hatte, sein Alter werde herrlich, wenn er nur eine private Altersversorgung bei der führenden Bank des Geschäftsviertels abschlösse, wurde er informiert, daß es kurz vor halb vier war und die Temperatur am Flughafen zweiunddreißig Grad betrug.

Nudger legte den Hörer auf und machte sich auf den Weg zum Zoo, wo es wahrscheinlich noch heißer war als am Flughafen. Das Elefantenhaus, was? Wenn er sich recht erinnerte, besaß das zwar eine Art Klimaanlage, an den meisten Sommertagen war es dort aber trotzdem immer noch zu heiß. Auf der ganzen Welt gab es keinen Elefanten, der ein Deodorant benutzte.

Als er die Haustür aufdrückte, tropfte ihm eine Schweißperle vom Kinn auf den Armrücken. Dankbar, kein Fell zu besitzen, fragte er sich, was die Eisbären bei diesem Wetter taten.

Zu viele Lebewesen auf dieser Welt waren gezwungen, sich einer feindseligen Umgebung anzupassen.

11

Die Eisbären im Zoo waren in einem Gehege, das ihnen die Wahl ließ, ob sie sich drinnen oder draußen aufhalten wollten. Draußen hatten sie einen Miniatursee und ein paar künstliche Gesteinsformationen, aber drinnen war es kühl. Die Kinder und die schwitzfleckigen Touristen mit den Fotoapparaten um den Hals sahen die sauber beschrifteten Schilder mit den lateinischen Bezeichnungen der Bären und ihrer Heimat, aber keine Bären. *Ursus fortus* verschwundibus.

Und überhaupt war es viel zu heiß, um durch den Zoo zu schlendern. Nudger glaubte, daß die Bären klüger seien als die Menschen, die immer noch ständig den Hals reckten, um einen Blick auf sie zu erhaschen; irgendwo hatte Darwin einen Fehler gemacht.

Nudger schleppte sich den Asphalthügel zum Elefantenhaus hinauf, erstaunt, wie überfüllt der Zoo an einem Wochentag war. Mehrere Kinder zogen eine Spur verschütteten Popcorns hinter sich her, hielten Zoo-Luftballons an Schnüren und rannten schreiend mit einer Geschwindigkeit, die der Hitze spottete, an ihm vorbei. Eine übergewichtige, rotgesichtige Frau, die aussah, als kippte sie gleich mit einem Schlaganfall um, jagte hinter ihnen her und rief: »Sparky! Sparky, bleib endlich stehen!« Ein Mann, der wie ein Gewichtheber aussah, schlenderte mit seinem Sohn im Kindergartenalter auf den Schultern vorbei; beide trugen ärmellose T-Shirts und blaue Cubs-Baseballmützen. Wahrscheinlich waren sie aus Chicago für die Spiele mit den Cardinals angereist. Nudger bahnte sich mit den Ellenbogen den Weg zur Betontreppe und fragte sich, wie viele Menschen im Zoo aus Chicago waren. Vielleicht waren die Bären bloß klüger als Baseballfans aus Chicago.

Das Elefantenhaus roch wie das Innere eines Ersatzreifens. Hier war es nicht ganz so brechend voll. Elefantengeräusche waren über dem Gemurmel der Zoobesucher zu hören: Schnauben und Seufzen, schwerfälliges Schlurfen mit baumdicken Beinen, das leise Schaben sehr rauher Haut, die an den Beton scheuerte, das Rasseln schwerer Ketten. Alles außer dem typischen lauten Trompeten, das in Tarzan-Filmen zu hören ist.

Helen stand am anderen Ende des niedrigen Gebäudes, schaute über die Köpfe einiger Kinder in eine der riesigen Boxen. Sie trug ein kühl aussehendes weißes Kleid mit einem roten Gürtel und rote Schuhe mit halbhohen Absätzen, die ihr ein einigermaßen bequemes Gehen gestatteten. Sogar aus der Entfernung sah Nudger, daß sie bessere Beine besaß als die Elefanten. Für einen Zoobesuch war sie zu elegant angezogen, aber schließlich trugen hier alle möglichen Leute alle möglichen Arten von Kleidung, paßten sich dem Stoffwechsel des veränderlichen Klimas in St. Louis an.

Sie sah Nudger kommen und lächelte ihr sanftes, beruhigendes Lächeln. »Danke, daß Sie gekommen sind.«

»Ich würde nie eine Verabredung in einem Elefantenhaus vergessen.«

Sie warf einen Blick zurück auf die Box, und Nudger blickte in die gleiche Richtung. Drei große Elefanten standen mit dem Kopf zur Menge, die Vorderbeine aneinandergekettet, Tier an Tier. Ab und an rasselten die schweren Ketten in einer Art Rhythmus, und die dressierten Mammuts fielen in einen zurückhaltenden Tanz, schwenkten die Rüssel und wiegten synchron die massigen Körper, reagierten auf die Dressur für die tägliche Elefantenschau, in der sie auf den Befehl ihres Abrichters diesen Tanz zur Musik vorführten. Es war hypnotisch, zuzusehen.

»Menschen reagieren manchmal genauso«, sagte Helen. »Sie spüren den Rhythmus und ziehen ihre Nummer ab, ohne es überhaupt zu merken.« Nudger wußte, daß sie an Jake Dancer dachte.

»Warum sind Sie hier?« fragte Nudger.

»Es ist kühl. Außerdem mag ich Elefanten.«

»Ich meine, warum sind Sie überhaupt im Zoo? In Bars und Restaurants mit Klimaanlage ist es auch kühl, und es stinkt nicht nach Dickhäutern.«

Helen wandte den Blick von den Elefanten ab und sah Nudger in die Augen. In ihren grauen Augen flackerte ein Feuer, das sich jederzeit zu einem Steppenbrand ausweiten und einen versengen konnte. »Ich treffe mich hier mit einem Klienten«, sagte sie. »Er verabredet sich immer im Zoo. Er hat diesen Tiertick. Sie zu beobachten, bringt ihn in Stimmung, sagt er.«

»Klingt nicht nur pervers, sondern auch gefährlich«, meinte Nudger. Er fragte sich, was genau nach diesen Treffen im Zoo passierte.

»Er ist nicht gefährlich. Alle Stammkunden werden von Mr. Marlyk überprüft. Erst der Zoo, dann das Omni Hotel, dann wieder zu Frau und Kindern nach Chicago.«

Schon wieder Chicago.

Nudger mußte einfach fragen. »Welche Tiere schaut er sich denn so gerne an?«

»Schimpansen. Ich soll ihn in einer halben Stunde im Affenhaus treffen.«

Nudger fragte sich, wie jemand durch den Anblick von

Schimpansen erregt werden konnte, aber schließlich hatte er sie auch noch nie genau betrachtet.

»Katzen«, sagte Helen. »Die großen Katzen turnen mich an. Wie sie schreiten und einen anstarren, und die ganze Kraft, die unter dem Fell vibriert. Ich mag Löwen und Tiger, aber nicht so sehr wie Panther. Panther sind ausgesprochen sexy.« Nudger glaubte, sie nehme ihn auf den Arm, aber er war sich nicht sicher. Sie schenkte ihm einen katzenhaften Blick. »Sehen Sie sich auch gern Katzen an?«

Er nickte. »Tigerkatzen, manchmal. Mit einem Wollknäuel.«

»Ich nehme an, Sie sind ein Hundeliebhaber.«

»Das bin ich.« Er hoffte, sie hatte es nicht persönlich gemeint.

Einer der Elefanten schwenkte den Rüssel und warf einen Metalleimer um, der rasselnd in den Graben rollte, der die Menschen von den anderen Tieren trennte. Die Kinder vor Nudger und Helen pfiffen und lachten. Der Elefant rollte ein riesiges Auge, ungerührt von dem Witz. Eigentlich eher gelangweilt. Er hatte alles schon einmal gesehen, andere Eimer verbeult. Wahrscheinlich warf er, wenn niemand da war, ständig zum Spaß Eimer in den Graben.

Helen sagte: »Ich habe nachgedacht. Ich mache mir Sorgen um Jake.«

»Deshalb haben Sie mich engagiert.«

»Ich meine, mehr Sorgen als heute morgen. Er wird dort draußen, in der Hütte, nervös.«

»Trinkt er wieder?«

»Nein. Die Born-Again-Flasche ist noch immer unangebrochen. Zumindest war sie es, als ich heute morgen weggefahren bin.«

»Gibt es irgend etwas Bestimmtes, das ihn nervös machen könnte?«

Sie schüttelte den Kopf; das blonde Haar trug sie heute hochgesteckt, eine schöne Honigfarbe vor dem düsteren Grau des Elefantenhauses. »Das klingt jetzt blöde«, sagte sie, »aber ich glaube, vielleicht liegt es am Wald. Jake ist ein Stadtmensch und hat bis auf seine Zeit in Vietnam immer in der

Stadt gelebt. Es könnte sein, daß ihn der Wald und dieses Wetter mit der ganzen Hitze und Luftfeuchtigkeit an den Dschungel und an seine Militärerfahrungen erinnert.«

Nudger ließ sich das durch den Kopf gehen. Es war möglich. Wahrscheinlicher aber war, daß Dancer den Trinkertatterich hatte und Trubel und Alkohol brauchte. Es war nicht leicht für jemanden wie Dancer, sich herauszuhalten, während sich draußen die Welt drehte und er etwas wollte, aber nicht wußte, was. Wenn er Angst hatte und es niemanden, gar niemanden, gab, dem er zumuten wollte, ihm zu helfen.

»Ich habe mit einer Freundin geredet«, sagte Helen. »Sie verreist für eine Woche und sagt, Jake kann ihre Wohnung benutzen. Die Wohnung ist weit unten in Mehlville, wo Jake sich nie herumgetrieben hat und wo ihm niemand über den Weg laufen dürfte, der ihn kennt. Ich meine, er könnte ab und zu aus dem Haus gehen oder wenigstens aus dem Fenster schauen und Autos und Menschen sehen. Ich glaube, dort wird er es wahrscheinlich eher aushalten können.«

Mehlville war ein Vorort im Süden von St. Louis, zwanzig Autominuten von der Innenstadt entfernt; Nudger war nicht sicher, daß er weit genug entfernt war, um Dancers Sicherheit zu gewährleisten. Helen sprach, als handele es sich um Neu-Delhi. »Wer ist diese Freundin? Die mit der Wohnung.«

»Marge? Sie arbeitet auch bei Partners Unlimited, aber sie ist für eine Woche unten in Florida, auf einer Yacht.«

»Als was?«

»Sie selbst zu sein, sonst nichts.«

»Kennen Sie sie schon lange? Ich meine, glauben Sie, daß Sie ihr vertrauen können?«

»Wir haben keine Teenagergeheimnisse miteinander geteilt, aber wir sind befreundet. Ich habe lange überlegt, bevor ich sie wegen der Wohnung gefragt habe. Und ich habe ihr nicht gesagt, wo sich Jake jetzt aufhält. Sie ist einer der wenigen Menschen, denen ich vertraue, Nudger, und sie wird ohnehin für eine Woche nicht da sein.«

Nudger kratzte sich am Kopf und beobachtete einen Elefanten, der ihn beobachtete. Der Elefant bog seinen Rüssel zurück und kratzte sich hinter dem Ohr.

»Na schön«, sagte Nudger. »Es ist besser, als daß er einen Hüttenkoller bekommt und sich aus dem Staub macht.« Aber er fragte sich, ob es nicht vielleicht für alle Beteiligten sicherer wäre, wenn Dancer für eine Weile völlig von der Bildfläche verschwände.

Helen lächelte. »Es gibt nur einen Haken, Nudger. Marge reist frühestens übermorgen ab, also muß, während ich in der Stadt bin, jemand bei Jake bleiben und auf dem Feldbett schlafen. Es ist nur für ein oder zwei Nächte.«

»Ich nehme an, es ist okay«, sagte er, aber der Vorschlag gefiel ihm nicht. Was ihm gefiel, war die Gelegenheit, Dancer genauer zu beobachten, herauszufinden zu versuchen, warum er nicht ganz richtig tickte, was ihn zu einer selbstzerstörerischen Bombe machte, die sich von niemandem entschärfen ließ.

»Danke, Nudger.« Dabei drückte sie ihm den Arm. Sie war wirklich dankbar für seine Hilfe. Liebte Dancer wirklich. Sie besaß eine fundamentale Offenheit und Beherztheit, die da wäre, bis zu ihrem Tod, unabhängig davon, welche anderen Eigenschaften von der Zeit oder der Erfahrung zerstört wurden. Gelassen war sie aufrichtig mit sich selbst und allen anderen, ohne auf die Folgen Rücksicht zu nehmen. Vielleicht war es das, was manche Leute unter Charakter verstanden.

»Ich werde ein paar Sachen packen und in einer Stunde zur Hütte hinausfahren«, sagte er.

Sie atmete so tief ein, daß sich unter dem weißen Kleid ihr Busen leicht hob. Nudger bemerkte, daß er den Atem anhielt.

»Ich gehe jetzt besser ins Affenhaus«, sagte sie.

O Gott! dachte Nudger.

Sie schickte sich an zu gehen, und er packte sie am Arm, hielt sie auf, hoffte, nicht den blütenweißen Stoff des Ärmels zu beflecken, der sich in seinem Griff knisternd-sauber anfühlte, zart und leicht zu verderben. »Sind Sie sicher, daß Ihnen dieser Typ nichts tun wird?« fragte er.

»Ganz sicher. Einige der anderen Frauen haben mir alles über ihn erzählt. Er ist Familienvater. Und Mr. Marlyk versteht sein Geschäft und liest die gefährlichen Spinner aus.«

»Es bleibt immer noch ein Risiko, Helen.«

»Wie überall.«

Nudger gab ihren Arm frei und sah sie davongehen. Der elegante Hüftschwung in dem weißen Kleid verdrehte den Männern den Kopf und entzog den Elefanten ihre Aufmerksamkeit.

»Das sind afrikanische Elefanten«, sagte ein alter Mann mit wäßrigen blauen Augen und ganz wenigen Zähnen neben Nudger. »Man kann es an den Ohren erkennen. Indische Elefanten haben kleine Ohren, wie Kohlblätter.«

»Das habe ich nicht gewußt«, sagte Nudger. Er wollte weg hier, jetzt, da Helen nicht mehr da war. Es trieb ihn, zum Affenhaus hinüberzugehen und einen heimlichen Blick auf den Affen-Fan zu werfen, mit dem sie verabredet war, aber bei der Vorstellung verspürte er eine leise Scham, als beabsichtige er eine Verletzung der Intimsphäre. Und vielleicht tat er das auch.

Der Alte neben ihm fühlte sich durch Nudgers Antwort ermutigt. Es war nett, auf jemanden zu treffen, der nicht wußte, was man selber wußte. »In Afrika gibt es keine Tiger«, platzte der Alte heraus und spritzte bräunlichen Speichel auf Nudger. »Nur in Indien. Man sieht sie zwar immer in den Safarifilmen, aber in ganz Afrika gibt es keine Tiger – höchstens im Zoo.«

»Was Sie nicht sagen.« Der alte Schlawiner wußte über Afrika und Indien wirklich Bescheid. Nudger wandte sich um und ging aus dem Elefantenhaus.

»Tiger sind eigentlich freundliche Katzen«, rief der alte Mann ihm nach.

Das glaubte Nudger nicht.

Als er durch den brodelnden Zoo auf einen Ausgang zuging, dachte er über das Versprechen nach, das er Helen gegeben hatte. Erinnerte sich an die ruhigen grauen Augen. Nudger sah sich selbst als einen Sammler von Informationen. Manchmal mußte er einen Stein umdrehen, um zu finden, was er brauchte, und das konnte gefährlich sein; etwas, mit dem er nicht gerechnet hatte, konnte hochfahren und ihn beißen. Das war sein Berufsrisiko. Aber Leibwächterjobs lehnte er immer ab, und der Dancer-Fall entwickelte sich allmählich zu einem solchen. Nudger hatte Angst vor Menschen, die andere Menschen so ängstigten, daß sie einen Leibwächter brauchten. Er hatte Angst vor denen, die Jake Dancer bedrohten.

Aber hier war er im Begriff in seinen (eventuell seinen) Granada zu steigen und zu einer abgeschiedenen Hütte zu fahren, um bei einem labilen Mann zu bleiben, den jemand als Zielscheibe betrachtete. Verrückt. Hätte er es auch nur in Erwägung gezogen, wenn die Bitte nicht von der schönen Helen gekommen wäre?

Als er vom Zoo wegging, hörte er eine Robbe bellen. Vom Vogelhaus waren drei verzweifelte, gellende Schreie eines exotischen Vogels zu hören. Ein anderes Tier, vielleicht eine große Katze, knurrte desinteressiert.

Wie im Dschungel, dachte Nudger; er schloß für einen Augenblick die Augen und spürte die versengende Last der Sonne. Weit hinter ihm stieß ein Tier ein langgezogenes, bellendes Lachen aus, in dem ein unverkennbar düsterer primitiver Humor lag, der einem in die Knochen fuhr.

Mußte eine lachende Hyäne sein.

Lachte Nudger aus.

12

Der Granada lief reibungslos und hielt Nudger auf der Fahrt zur Hütte kühl. Er mußte sich eingestehen, daß er das Auto allmählich ins Herz schloß. Nach dem störrischen kleinen VW schien es besonders liebenswürdig und groß wie ein Lincoln, und es besaß eine beeindruckende glänzende Kühlerhaube mit einem Chromornament, das ihm trotz des Rosts und der vielen Meilen auf dem Tachometer den Eindruck von Prestige verlieh. Alles schien mit dem Auto zu stimmen; die Maschine freundete sich mit dem Menschen an.

Nudger drosselte die Klimaanlage, als er an einem Burger Palace vorbeifuhr, und bremste dann ab. Das Hamburgerrestaurant sagte ihm, daß er bald abbiegen mußte. Da war schon das Holzschild: MUDDY RIVER ROAD. Nudger bog nach rechts ab, und die Reifen winselten und surrten auf dem schmalen, zweispurigen Asphalt, der von der Hitze klebrig war. Für ein paar Meilen blieb er auf der Muddy River Road, dann bog er scharf auf einen noch schmaleren Waldweg.

Üppig belaubte Bäume drängten sich an das Auto, und der Boden fiel ab, als er sich dem Fluß näherte. Steine prallten von der Innenseite der Kotflügel ab, und tiefe Furchen verursachten ein Hoppeln und Rucken, das Nudger ein hohles und flaues Gefühl im Magen gab. Er schob sich eine Antacidtablette in den Mund, kaute zerstreut und betrachtete die Hütten, an denen er gelegentlich vorbeifuhr. Durch die Bäume waren nur die Dächer zu sehen; hier ein Schindelfirst, dort ein Schieferschornstein. Die Leute in dieser Gegend legten Wert auf ihre Privatsphäre.

Dann erspähte er das vertraute dunkle Zederndach. Er drosselte den Wagen auf Schrittgeschwindigkeit, bis er die staubige Zufahrt sah, beinahe verborgen von Laubwerk, und bog nach rechts ab.

Eher ein Privatweg als eine Zufahrt und eher eine Hindernisbahn als ein Privatweg, war die Muddy River Road eine gute Teststrecke für die Federung des Granadas. Für die Federung eines Panzers.

Das Fahrgestell quietschte und rasselte mächtig, zog aber weiter, rüttelte Nudger so heftig durch, daß er sich darauf konzentrieren mußte, das Lenkrad festzuhalten. Ein Fenster klapperte laut im Metallrahmen.

Schließlich zockelte der Granada um eine absinkende Kurve, und die Hütte lag vor Nudger.

Er parkte den Wagen neben der Vorderveranda, wartete, bis sich die Staubwolke gelegt hatte, und trat in die Halbschatten der spätnachmittäglichen Hitze. Zu seiner Linken raschelte es. Ein kleines braunes Kaninchen hoppelte, so schnell und gerade es eben konnte, davon und verschwand im Wald.

Die Hütte besaß ein Steildach und hatte nur vorn und hinten Fenster. Nudger stapfte auf die Veranda und rief: »Dancer? Jake?«

Keine Antwort. In einem Baum hinter der Hütte krächzte eine Krähe; sonst war nichts zu hören.

Es war möglich, daß Dancer den Wagen kommen gehört hatte und sich nicht blicken lassen wollte. Obwohl Helen ihm gesagt hatte, daß Nudger kam, konnte er schließlich nicht wissen, wer in dem Granada saß.

»Dancer? Ich bin's, Nudger!«

Nudger hämmerte an die Tür.

Nach ungefähr einer Minute drehte er versuchsweise den Knauf, fand die Tür unverschlossen und schob sie auf. Die Angeln quietschten, als gehörten sie zu einem Spukhaus und nicht zu einem modernen kleinen Zufluchtsort.

Drinnen war es heiß, die Luft regungslos und abgestanden. Von der Schwelle konnte Nudger den einzigen Raum der Hütte überblicken: ein schwarzes Vinylsofa und schwarze Vinylsessel, ein grobgewebter Teppich mit einem indianischen Muster, ein grobgezimmerter Couchtisch, eine Lampe mit Pergamentschirm, ein Steinkamin mit einem großen ungeschälten Holzklotz als Sims. Der Klotz war genau in der Mitte durchgesägt und oben zu einer glatten Oberfläche abgeschmirgelt worden. An der hinteren Wand waren ein kleines Waschbecken, ein Herd und ein Eichentisch. Von der Schlafstelle auf dem Dachboden konnte Nudger nur den vorderen Teil und eine Ecke des Betts sehen.

»Dancer?«

Er ging durch den Raum und stieg langsam die schwere Holztreppe zum Dachboden hoch. Wenn Dancer da oben war, mußte er kochen, denn in der Nähe der Dachspitze mußte die Temperatur über vierzig Grad betragen.

Nudger erwartete halb, Dancer im Bett zu finden, und horchte beim Treppensteigen auf Atemgeräusche.

Er hörte Atem, aber nur seinen eigenen, der von der Anstrengung schwer ging.

Der Dachboden war leer. In dem Bett mit der gesteppten Tagesdecke und einem Messingkopfende schien niemand geschlafen zu haben. In dem winzigen, abgeschrägten Raum herrschten Hitze und Stille und ein scharfer Zederngeruch. Eine braune Spinne huschte über den Boden und verschwand vorsichtig in einer Ritze zwischen den Bohlen. Eine Wespe summte ständig hoch oben in einem Dachwinkel; ihr gefiel die Hitze.

Nudger betrachtete das Bett, dachte an Helen und ging wieder nach unten, wo es kühler war.

Aber nicht viel kühler. Er ging zur Klimaanlage im Fenster auf der Nordseite und schaltete sie auf die höchste Stufe ein. Dann stand er eine Weile in dem kühlen Luftzug, starrte auf die Tür und wartete darauf, daß Dancer aus seinem Versteck kam und hereinspazierte. »Tut mir leid, Nudger«, würde Dancer sagen, »aber ich muß höllisch aufpassen.« Oder vielleicht würde er Nudger sagen, daß nun die Reihe an ihm, Nudger, war, sich zu verstecken, während nach ihm gesucht wurde. Manche Spiele der Kindheit änderten sich kaum; aus ihnen wurde nur Ernst.

Fünf Minuten gingen vorüber, und niemand kam durch die Tür.

Zehn Minuten.

Nudger sah die Born-Again-Bourbonflasche auf dem Kaminsims und ging zu ihr hinüber.

Nicht angebrochen, wie Helen gesagt hatte. Also hatte Dancer die Hütte wahrscheinlich nüchtern verlassen. Aber vielleicht war er auf der Suche nach einem Drink. Vielleicht kippte er lieber heimlich einen Drink, als Helen sehen zu lassen, daß er die Flasche auf dem Kaminsims geöffnet hatte, aus der erst dann getrunken werden sollte, wenn seine Schulden und ihre gemeinsamen Schwierigkeiten aus dem Weg geräumt waren. Die Flasche mit dem Billigbourbon leuchtete eigenartig schön, reflektierte das gleißende Sonnenlicht, das durch das Vorderfenster hereinströmte. Ein bernsteinfarbenes Versprechen einer Zukunft ohne Angst.

Als eine Stunde verstrichen war, sperrte Nudger die Hütte hinter sich ab, stieg in den Granada und fuhr zur Muddy River Road zurück. Dancer war zu Fuß, also hatte ihn doch sicher jemand gesehen, wenn er die Gegend um die Hütte verlassen hatte. Vielleicht war er immer noch unterwegs und ging, nur ein paar Autominuten von der Abzweigung zur Hütte entfernt, auf der Suche nach einer Mitfahrgelegenheit mit ausgestrecktem Daumen den Highway entlang.

In einem kleinen Spirituosengeschäft in einer Tankstelle beschrieb Nudger Dancer und fragte die schnurrbärtige alte Frau mit dem unbewegten Gesicht hinter der Theke, ob sie ihn heute gesehen hatte. Sie verneinte und wandte sich wieder der Country-&-Western-Show auf dem tragbaren Fernseher mit einem streichholzschachtelgroßen Bildschirm zu. Johnny Cash sang gerade ›Orange Blossom Special‹, aber aus dem blechernen kleinen Lautsprecher hörte er sich an wie Dolly Parton.

Nudger fuhr auf dem Highway zum Burger Palace hinunter, froh, von der Countrymusik wegzukommen. Er war zwar ein Bluesfan, aber trotzdem wollte ihm Cashs dunkle Stimme nicht aus dem Kopf gehen. Der Mann war nicht umsonst so gut im Geschäft.

Der Burger Palace war sauber und kühl, ganz funkelnder Stahl und orangenes Plastik, aber nur etwa ein halbes Dutzend Teenager lümmelte sich in einer Ecknische, während ein paar Tische entfernt ein traurig aussehender Mann in einem Overall und einem schmierigen weißen T-Shirt sie ignorierte und einen Hamburger mampfte.

»Kann ich Ihnen helfen?« fragte ein pickliger Teenager hinter der Theke. Er hatte nach hinten gekämmtes blondes Haar, eine Schweinsnase, und auf die orange-graue Burger Palace-Uniform war der Name Fred aufgenäht. In jeder Burgerbude gab es mindestens einen von dieser Sorte.

»Ist vor kurzem ein Mann hier gewesen, mittelgroß, dunkles Haar, hübsch? Er müßte von dem langen Marsch verschwitzt gewesen sein, wollte vielleicht nur telefonieren.«

»An so einen kann ich mich nicht erinnern«, sagte Fred. In den kleinen blauen Augen flackerten plötzlich Interesse und Argwohn auf. »Warum suchen Sie ihn denn?«

»Er ist mein Bruder«, sagte Nudger. »Vor drei Jahren hatte er einen Unfall, und ab und zu vergißt er, wo er ist.«

»Ui! Soll ich die Polizei anrufen?«

»Nein, nein«, sagte Nudger. »Wir möchten, daß das in der Familie bleibt, bloß keinen Wirbel machen.«

Fred nickte verständnisvoll. Niemand hatte gern Wirbel. »Wir können ja Norb fragen«, schlug er vor und wandte den Kopf zu einer offenen Tür hinter der Theke. »Norbert!«

Norbert war der Manager, und er war dort geschult worden, wo alle Kettenrestaurantmanager indoktriniert wurden. Er besaß die Polyesterhosen, das kurzärmelige weiße Hemd und den Blick permanenter Gereiztheit über einem aufgesetzten Lächeln. Und er trug die Krawatte, die nie gänzlich aufgebunden wurde; jeden Abend wurde sie gelockert und jeden Morgen übergestreift und der Knoten so festgezurrt, daß das schmale Ende länger war. Norbert und Fred gehörten zusammen; sie kamen immer im Gespann.

Nudger wiederholte Dancers Beschreibung für Norbert, der aufmerksam zuhörte, als könnten Nudgers Worte eine geheime Bedeutung haben, und dann den Kopf schüttelte. »Nie gesehen«, sagte er bestimmt. Ein entscheidungsfreudiger Mensch. Wieder die Managerschulung.

»Ich hab' den Kerl gesehen«, rief der jugendliche schwarze Koch hinter der Küchentheke. Burger Palace hatte alles zu bieten.

»Corky«, sagte Norbert, der Manager, diensteifrig. »Laß die Fritten stehen und sprich mit dem Mann. Er sucht seinen Bruder.«

Corky kam hinter den beiden Theken hervor und ging auf Nudger zu. Er war ungefähr einen Meter neunzig groß und wog um die neunzig Pfund. »Der sah aber gar nich wie Ihr Bruder aus«, sagte er zu Nudger.

»Eigentlich sind wir Halbbrüder«, sagte Nudger.

Corky lächelte. Er hatte einen goldenen Eckzahn. Er glaubte nicht, daß Nudger die Wahrheit sagte, aber es war ihm egal. »Er kam vor ungefähr zwei Stunden hier rein«, sagte er. »Hat eine große Cola zum Mitnehmen gekauft, wollte ganz besonders viel Eis.«

»Ja«, sagte Fred. »Jetzt erinnere ich mich.«

Corky warf einen Blick auf ihn und ließ den Eckzahn aufblitzen.

»Hat er telefoniert?« fragte Nudger.

»Nö«, sagte Corky. »Er stand 'ne Weile da an der Tür, nukkelte die Cola und ging dann raus auf den Highway. Ich hab' gesehen, daß er versucht hat, ein Auto anzuhalten, während er rückwärts ging, aber dann ist er aus meinem Blickfeld verschwunden.« Er schaute zu Norbert hinüber. »Das is alles, was ich gesehen hab', weil ich gerade ein paar Sonderangebote für die Abendkundschaft vorbereitet habe.«

Nudger sah die Sonderangebote aufgereiht unter der Warmhaltelampe in einem matten Schein liegen, der ihre Verpackung gelb aussehen ließ. »Sie wissen nicht, ob ihn jemand mitgenommen hat?«

»Keine Ahnung, Mann. Ich war beschäftigt.«

»In welche Richtung ist er gegangen?«

»Diese Richtung.« Corky wies in Richtung Stadt.

»Sind Sie sicher?«

»Todsicher.«

Na also, dachte Nudger. Ein sauberes Stück Detektivarbeit, lediglich zu spät. Es verschaffte ihm wenig Befriedigung.

»Okay«, sagte Norbert. »Am Drive-in-Fenster stehen ein paar Autos.« Norbert war wieder entscheidungsfreudig.

Als Corky und Fred sich wieder an die Arbeit getummelt hatten, sagte er Nudger, er sei froh, ihm habe helfen zu können, obwohl er ihm nicht im geringsten geholfen hatte. Norbert würde es in der Burgerbranche weit bringen, entschied Nudger.

Er dankte allen Beteiligten und trat wieder in die Hitze hinaus, erleichtert, dem Geruchsgemisch von Fichtennadeldesinfektionsmittel und Frittierfett zu entkommen.

Auf dem Weg zurück in die Stadt hielt Nudger nach Dancer Ausschau, sah ihn aber nicht. Er wußte, daß er vom Zoo direkt zur Hütte hätte hinausfahren sollen, ohne vorher in seiner Wohnung vorbeizuschauen. Wahrscheinlich hätte er Dancer überhaupt nicht allein in der Hütte lassen sollen. Dancers Verfolger waren keine Amateure. Ein schöner Leibwächter. Helen würde im Dreieck springen. Sie hätte den Affenliebhaber engagieren sollen.

13

»Wo hast du denn den ganzen Tag gesteckt?« fragte Claudia Bettencourt, als Nudger mit seinem Schlüssel die Tür zu ihrer Wohnung aufsperrte. Claudia war elegant gekleidet, und er dachte, sie sei im Begriff auszugehen, aber als sie die Stöckelschuhe abstreifte und am Verschluß der goldenen Halskette nestelte, begriff er, daß sie gerade nach Hause gekommen war. Er hoffte, sie habe sich bei ihrem Rendezvous mit Biff Archway nicht amüsiert.

»Wo hast denn du gesteckt?« fragte er.

Sie gab keine Antwort. Statt dessen ging sie durch das Wohnzimmer und zog im Gehen den Reißverschluß des Kleides auf; sie war schlank und graziös, und das Spiel ihrer Hüften unter dem weiten Stoff verursachte ein eindeutiges Zusammenziehen in Nudgers Lenden. Der schmale, nackte Rücken war tiefbraun; war sie in einem dieser Sonnenstudios gewesen? Hatte mit Hautkrebs geflirtet? Nudger müßte sie danach fragen, aber nicht jetzt. Sie könnte das Wochenende irgendwo an einem Strand mit Biff Archway verbracht haben, und davon wollte Nudger nichts wissen.

Auf ihr Drängen und das ihres Analytikers versuchten er und Claudia gerade, sich an ein Arrangement zu gewöhnen, bei dem sie mit anderen Männern ausging und Nudger, so er wollte, mit anderen Frauen verkehren konnte. Claudia behauptete, sie brauche ihre neue Freiheit, um sich gänzlich von der katastrophalen Ehe mit dem verabscheuungswürdigen Ralph Ferris zu erholen.

Nudger haßte Ralph Ferris sogar noch mehr als Biff Archway, aber nur wenig mehr. Also hatte er sich schließlich einverstanden erklärt, ihre Romanze zu Claudias Bedingungen fortzusetzen, aber er war sich nicht sicher, wie lange er mit diesem Arrangement leben konnte.

Archway, ein Spitzensportlertyp, der an derselben Mädchen-High-School arbeitete, an der Claudia Englisch unterrichtete, trainierte außerdem das Baseballteam. Widernatürlich gesund und gut aussehend, war er ein Kampfsportmeister, todschick angezogen, und besaß die Ausstrahlung eines

Collegefootballstars, der sich bis ins mittlere Alter seine Topkondition erhalten hatte.

Der Mann war einfach zu gut, um wahr zu sein.

Also hatte Nudger heimlich Archways Werdegang überprüft. Er war tatsächlich ein Star-Angriffsspieler im Kansas-State-Team gewesen und zum bestgekleideten Sportler des Teams gewählt worden. Er war in Topkondition. Breiter Brustkorb, vorspringendes Kinn, der Typ Mann, mit dem Frauen automatisch ins Bett hüpfen. Die Welt war ein angenehmer Ort für Biff Archway. Dieser Sack.

Wie ein spät erblühtes Blumenkind der sechziger Jahre hatte Claudia verkündet, sie ›müsse sich selbst finden‹. Archway war zu ihren ›anderen Männern‹ geworden und Teil der Entwicklung. Inzwischen wachte Nudger nachts oft auf und grübelte, was wohl Biff Archway in eben diesem Moment tat.

Was immer Claudia in diesen Tagen – oder Nächten – tat, sie versuchte jedenfalls nicht, sich umzubringen.

Er ging in die Küche, öffnete den alten Kühlschrank mit den abgerundeten Ecken und nahm eine kalte Dose Busch-Bier heraus. Claudia hatte zwar im Wohnzimmer die Klimaanlage eingeschaltet, aber nicht in der Küche, und es war warm dort. Nudger riß die Lasche ab, spürte kaltes Bier herauszischen und ihm zwischen Daumen und Zeigefinger tropfen, dann ging er schnell in das Wohnzimmer zurück.

Er setzte sich auf die lange Couch, trank sein Bier und sah sich in der Wohnung um. Es war eine Altbauwohnung in der Wilmington Street in South St. Louis, mit Dampfheizungskörpern, abgebröckeltem Stuck und Buntglasfenstern zu beiden Seiten des zugemauerten Kamins. Heute abend war sie ordentlich und sauber, bis auf ein paar Zeitschriften, die auf einen der Sessel am Fenster zur Straße geworfen worden waren; die vierfarbigen Seiten waren aufgeschlagen und verknickt und hatten eine vage Ähnlichkeit mit bunten Vögeln, die abgestürzt waren. Die Stehlampe neben dem vollbeladenen Sessel war eingeschaltet und warf ein sanftes Licht durch den vergilbten, geriffelten Schirm. Es war die Lampe, die Claudia immer brennen ließ, wenn sie abends ausging. In der

Luft hing der Zitronenduft einer Möbelpolitur. Auf dem Couchtisch waren keine Wasserringe, die Kissen auf den Möbeln waren exakt geknifft und die Aschenbecher sauber. Von Biff Archway war nichts zu sehen.

Claudia kam ins Wohnzimmer zurück. Obwohl es erst kurz nach zehn war, trug sie einen knielangen gelbbraunen Morgenmantel und war barfuß. Sie tappte herüber und setzte sich neben Nudger auf die Couch. Er fragte sich, ob sie erwartete, daß er hier übernachtete, vielleicht zur Abwechslung Biff Archway übertrumpfte.

Biff Archway. Himmel, er mußte aufhören, ständig an Biff Archway zu denken. Der Mann würde wahrscheinlich ohnehin bald an einem zu starken Herzen sterben. Oder vielleicht an einem zu starken Immunsystem oder einer Arterienerweichung. Auf dem Totenschein stände dann ›übermäßige Gesundheit‹. Zu viele Weizenkeime konnten tödlich sein.

Nudger betrachtete Claudias Profil: dunkles Haar, entschlossener Mund und Kinn, Nase zu lang, aber sehr gerade. Claudia besaß eine zurückhaltende Würde, als wäre sie aus einem mittelalterlichen Gemälde in einem Museum in die wirkliche Welt herabgestiegen. Sie wandte sich ihm zu und richtete warme dunkle Augen auf ihn; ein alter Meister hätte sich schwer getan, die eigenartige Kombination von Übermut und Melancholie in diesem Blick einzufangen. Es war, als hätte sie gerade einen guten Witz und eine schlechte Nachricht gehört. »Möchtest du noch immer nicht über deinen Tag reden?« fragte sie.

Nudger nahm einen langen Zug Bier. Es brannte ihm in der Kehle und ließ seine Stimme ein wenig rauh klingen. »Ich habe die meiste Zeit in Kneipen verbracht«, sagte er. »Nicht, um zu trinken.«

Dann erzählte er ihr alles. Über Helen Crane und Jake Dancer und den großen Mann mit dem kräftigen Schlag und dem ebenso kräftigen Atem. Daß Dancer aus der Hütte verschwunden war und Nudger den größten Teil des Abends damit verbracht hatte, von einer Kneipe zur anderen zu gehen und nach ihm zu fragen. Niemand hatte Dancer gesehen, aber alle wünschten ihm nur Gutes und hofften, seine

Probleme lösten sich in Luft auf. Er war ein solcher Prachtkerl, liebenswürdig und gutherzig. Konnte mit seinem Charme einer Schlange die Haut ab- und wieder anziehen, dieser Dancer.

»Wer wollte so einen Heiligen töten?« fragte Nudger.

Claudia sagte: »Ich weiß nicht. Vielleicht ist es so, wie du denkst; er schuldet jemandem Geld und kann nicht zahlen, und dieser jemand möchte an ihm ein Exempel statuieren, für den Fall, daß andere Schuldner auf die Idee kommen könnten, sie müßten auch nicht zahlen.«

»Das ist möglich«, sagte Nudger. »Ich vermute, sogar wahrscheinlich. Das ist die Geschichte vieler Spätfilme.«

»Das Leben imitiert die Kunst«, sagte Claudia. »So etwas gibt's.« Sie schlug die schlanken Beine übereinander; der gelbbraune Morgenmantel öffnete sich für einen Moment und enthüllte glatte Oberschenkel. Nudgers Augen sandten ein Signal an die Lenden. Die Lenden bedankten sich. »Denkst du, diese Helen Crane ist sexy?« fragte Claudia.

»Ich denke, sie ist in Dancer verliebt«, sagte Nudger, aber er dachte außerdem, es könne nichts schaden, wenn Claudia ein bißchen eifersüchtig werden würde. Sollte *sie* doch leiden; sollte doch sie nachts aufwachen und grübeln. Dieses Körnchen Gerechtigkeit könnte sie veranlassen, ihre Einstellung zu der Frage der gegenseitigen Freiheit zu überdenken. Vielleicht bereute sie es bereits. Da hatte sie eben Pech.

»Wenn du dich zu ihr hingezogen fühlst«, sagte Claudia, »solltest du vielleicht deinen Gefühlen nachgeben.«

Nudger rückte verblüfft ein Stückchen von ihr ab. »Soll das etwa ein Witz sein? Das ist eine rein geschäftliche Beziehung. Und ich habe dir doch gerade gesagt, daß sie völlig vernarrt ist in den Mann, den ich zu finden versuche.«

»Du hast aber auch gesagt, daß sie eine teure Prostituierte ist. Warum erweiterst du nicht eure geschäftliche Beziehung? Du und sie könntet einander Klienten sein.«

Nudger lachte auf. Er wußte nicht, ob sie es ernst meinte. Vielleicht wußte sie es auch nicht. Wie war er nur in eine so verworrene Affäre geraten? Wie war die Welt nur so geworden?

Sie lächelte und sagte: »Laß uns ins Bett gehen.«

Also hatte sie ihn nur geneckt. Er hatte es vermutet. Trotzdem nahm er ihr die Bemerkung übel. »Wo warst du heute abend?« fragte er.

»Bei einem Spaghettiessen in der Schule. Nach der Elternversammlung.«

»Hast du Archway gesehen?«

»Ja. Aber er ist schon früh gegangen – mit Myra, der Hokkeytrainerin.«

Nudger erinnerte sich, Trainerin Myra vorgestellt worden zu sein. »Der Frau mit den breiten Hüften und den muskulösen Unterarmen?«

»Genau der.«

»Sie scheinen zueinander zu passen.«

Claudia beugte sich zur Seite und küßte Nudger auf die Wange. Nudger kam sich wie ein Ersatzspieler vor, der für Biff Archway ins Spiel gebracht worden war. Sie drängte sich an ihn und erforschte mit der Zunge sein Ohr. Der Morgenmantel öffnete sich wieder. Noch mehr Bein. Plötzlich kam er sich wie ein Stammspieler vor.

Sie stand auf und ging ins Schlafzimmer. Er folgte ihr, als wäre er an einer Leine. Ein Bild des Jammers.

Claudia hatte die Klimaanlage angestellt, und im Schlafzimmer war es kühl. Unter dem Morgenmantel war sie nackt, und sie lag schon auf der Bettdecke, als Nudger sich auszog und neben sie legte.

Er streichelte die glatten Oberschenkel, den Bauch und die tassengroßen Brüste mit den reifen braunen Warzen. Manchmal stellte er sich vor, diese Brüste seien geschwollen und stillten sein Kind. Eine seltsame Anwandlung für einen über vierzigjährigen Veteranen einer miserablen Ehe. Was hatte das zu bedeuten?

Claudia wälzte sich halb auf ihn, preßte ihm den Schenkel in die Seite und leckte seine Brust, rieb die Wange an dem dichten dunklen Haar, das ihm bis in die Halskuhle wuchs. Nudger legte den rechten Arm um sie und liebkoste ihr Kreuz und die Kurve ihrer festen Hinterbacken. Sie biß ihn spielerisch in die Brust. Er hörte ihr leises, kehliges Stöhnen und das seidige Knistern von Haut, als sie ein Bein um seines schlang. Die Bettfedern quietschten. Das Blut hämmerte ihm in den Ohren. Das Telefon klingelte.

Telefon?

Sie rollte sich von ihm weg, nahm klappernd den Hörer von der Gabel und sagte atemlos Hallo.

»Ja«, sagte sie nach einem Augenblick mit fester Stimme. »Gut. Ja, er ist hier. Ich, äh, rufe ihn.« Sie hielt Nudger den Hörer hin.

»Hammersmith«, flüsterte sie.

Nudger hielt sich den Hörer ans Ohr, ohne es zu berühren. Er schaute auf seine erschlaffende Männlichkeit hinunter und dachte daran, aufzulegen. Oder Hammersmith von Claudia ausrichten zu lassen, daß er ohne ihr Wissen die Wohnung verlassen hätte. Er gelobte, sich von Hammersmith nicht die Stimmung verderben zu lassen, nicht zerstören zu lassen, was hier geschah.

Hammersmith mußte ihn in die Muschel atmen gehört haben. »Nudge?«

»Ja?«

»Willst du eine tote Frau sehen?«

14

In dem Teil des Leichenschauhauses, in dem sie sich befanden, war es kühl. Nudger dachte, ausnahmsweise wäre er lieber woanders in der Hitze. Er zuckte zusammen. Schaute.

Die Tote war ungefähr so groß wie jene, die in der Nähe des McDonald's aus dem Mississippi gezogen worden war. Sie lag auf einer Stahlbahre mit funkelnden Speichenrädern. Die Gase, die sich in ihrem Gewebe angesammelt hatten, waren unter einem Abzugskasten freigesetzt worden, der von einigen Polizisten ›Furzabsauger‹ genannt wurde, und sie war kaum angeschwollen. Trotzdem sah sie kaum noch menschlich aus; der Fluß und die Tiere darin hatten ihr zugesetzt.

»Der Gerichtsmediziner schätzt, daß sie mindestens eine Woche im Wasser gelegen hat«, sagte Hammersmith. Er streichelte eine Zigarre, die ihm aus der Hemdtasche ragte, als brenne er darauf, sie anzuzünden und den antiseptischen Geruch des Leichenschauhauses zu vertreiben. Dies eine Mal wäre Nudger froh gewesen, Hammersmith eine seiner schrecklichen grünlichen Zigarren anstecken zu sehen. Toxisch mochten sie sein, aber sie rochen nicht nach Tod.

Nudger starrte auf das fahle, zerstörte Gesicht der Frau und spürte, wie sein Magen sich um sich selbst wickelte. Er schluckte; es mußte laut genug gewesen sein, daß Hammersmith es hören konnte.

»Was hältst du davon, Nudger?« Hammersmith wies auf den schlaffen, verrunzelten Busen.

Nudger schaute und traute seinen Augen nicht. Etwas wie ein großer Ohrring durchbohrte die verhutzelte und dunklere rechte Brustwarze. Zuerst dachte er wirr, daß es etwas sein mußte, das der Gerichtsmediziner zu Identifikationszwecken angebracht hatte; vielleicht sollte später eine Kennmarke an dem Ring befestigt werden.

Dann sah Nudger, daß der Ring, nachdem er die Warze durchbohrt hatte, grob zusammengeschlagen worden war, so daß er ohne Werkzeug nicht mehr entfernt werden konnte. Eine dilettantische Arbeit. Kein Arzt täte so etwas. Kein vernünftiger Arzt.

»Schau dir mal den Rücken und die Seiten an, Nudge. Das stammt nicht aus dem Fluß. Das ist vor dem Tod passiert. Sie ist ausgepeitscht worden. Gefoltert.«

»Der Ring durch die Brustwarze...«, sagte Nudger.

»Ist dazu da, daß man eine Hundeleine einhaken kann«, sagte Hammersmith gelassen. »Eine gängige Praxis bei einigen der Perversen, die auf Fesseln stehen; ich habe Bücher gesehen, in denen Anleitungen gegeben werden. Der Gerichtsmediziner sagt, der Ring wurde vorher erhitzt, so daß die Wunde ausgebrannt war und nicht geblutet hat. Manchmal wird Novocain benutzt. Manchmal hält man Eiswürfel an die Warze, damit sie taub wird, also spürt man eigentlich recht wenig. Zunächst. Könnte der nächste logische Schritt nach durchbohrten Ohren sein.«

»Mein Gott!« Nudgers Magen kniff gegen den Gürtel. Er verspürte nicht nur Abscheu und Wut, sondern auch Mitleid mit der toten Frau. Kein Mensch, gleich, wie schändlich oder vergeudet sein Leben war, verdiente, was dieser Frau angetan worden war; jemandes Tochter, Schwester, Frau, Geliebte. Was, um alles in der Welt, war nur mit den Menschen los, daß sie zu Monstren wurden? »Glaubst du, sie war dabei bei Bewußtsein?«

»Hoffentlich nicht. Laß uns davon ausgehen, daß sie betäubt war. Aber wir können das jetzt noch nicht wissen. Vielleicht nie.« Hammersmith' feister, rosafarbener Zeigefinger näherte sich bis auf wenige Millimeter dem rechten Handgelenk der Toten. »Siehst du diese Male, Nudge? Sie war gefesselt, eventuell mit Draht. Und ich nehme an, sie war auch geknebelt, für den, äh, den Eingriff.«

»Meine Güte, wer bringt denn so etwas fertig?«

»Da draußen laufen eine Menge Leute herum, die zu einem solchen Sadismus fähig sind. Dabei sehen sie so normal aus wie du und ich. Jedenfalls wie ich. Ich habe im Sittendezernat gearbeitet, Nudge; ich weiß Bescheid.«

»Man hört von so etwas«, sagte Nudger. »Aber man sieht es nicht oft. Wenn man Glück hat, sieht man es nie.«

»Ich habe es gesehen. Erinnerst du dich an Lars Kovar?«

Nudger nickte. Kovar war ein Polizist des Sittendezernats, der vor ein paar Jahren gefeuert worden war, weil er angeblich eine jugendliche Prostituierte gefoltert hatte. Es hatte nicht genug Beweise für eine Anklage gegeben, aber genug, um Kovar auf unbefristete Zeit zu suspendieren. Er hatte die Entscheidung nicht angefochten.

»Was er diesem Mädchen angetan hat, war genauso übel wie das hier«, sagte Hammersmith. »Sie hat überlebt, sich aber vor Angst zu sehr in ihr Schneckenhaus zurückgezogen, um je gegen Kovar auszusagen. Dann war da dieser Mann, drüben in East St. Louis, der seine Frau im Keller an einen Stuhl gebunden und in Brand gesteckt hat. Und dann war da dieser S/M-Club, draußen in Chesterfield, der aus dem Ruder gelaufen ist. Völlig aus dem Ruder. Die Geschichte wurde vertuscht, weil die Beteiligten Geld und teure Anwälte hatten. Was sage ich, ein paar davon *waren* teure Anwälte.«

»Wie alt war diese Frau?« fragte Nudger. Ihm war nicht danach, sich eine Litanei von Sexualverbrechen anzuhören. Seinem Magen bekam das nicht.

»Ungefähr Dreißig.« Hammersmith sah leidenschaftslos auf die Leiche hinunter. Mit den Jahren war er, zumindest an der Oberfläche, gegen diesen Anblick abgestumpft. Er konnte seine Verletzlichkeit abschalten und mußte nicht fühlen, was Nudger fühlte. »Sie tauchte, wie die andere, unten im Hafenviertel auf. Neben dem Robert-E.-Lee-Restaurant. Allerdings nicht so, daß sie jemand aus dem Fenster hätte sehen können und sein teures Steak oder seinen Hummer von sich gegeben hätte. Rücksichtsvoll von ihr. Ein Mann auf einem vorbeifahrenden Schleppkahn hat sie gesehen und über Funk die Polizei verständigt.«

»Zwei Leichen, die beinahe an der gleichen Stelle auftauchen«, sagte Nudger. »Das ist schon seltsam.«

»Das läßt vermuten, daß sie an beinahe der gleichen Stelle in den Fluß geworden worfen sind«, sagte Hammersmith.

Er nickte dem gelangweilt aussehenden Leichenschauhauswärter zu, der in ihrer Nähe stand. Der Mann, ein dünner, grauhaariger Kerl in den Fünfzigern, mit einem beunruhigend leichenhaften Aussehen, schlurfte heran. Hammersmith sagte: »Vielen Dank, Larry«, und ging auf den Ausgang zu.

Dankbar folgte Nudger Hammersmith. Er war schon fünf Minuten zuvor bereit gewesen, von hier zu verschwinden. Hinter sich hörte er die Räder der Bahre auf dem glänzenden Kachelboden; eines hatte eine Delle, oder vielleicht klebte ein Kaugummi daran, und holperte etwas beim Rollen.

»Hast du die beiden Toten als Opfer desselben Täters vermerkt?« fragte Nudger.

»Noch nicht. Aber ich bezweifle nicht, daß es dazu kommen wird, wenn wir die Autopsieberichte verglichen haben.«

Sie traten in die schwüle, feuchte Nachtluft hinaus.

Obwohl es nach elf war, war es immer noch drückend heiß, wahrscheinlich um die siebenundzwanzig Grad. In der Innenstadt speicherte der Beton die Hitze jeden Tages und fügte die des nächsten hinzu. Die alten Menschen in den Backsteinhäusern der ärmeren Viertel, die meistens ohne Klimaanlage oder auch nur einem Ventilator, waren aus Angst vor Einbrüchen nicht gewillt, die Fenster zu öffnen, und in der täglich zunehmenden Hitze sahen sie sich in erbarmungslosen Ziegelöfen leben – und manchmal sterben.

Aber draußen herrschte eine bessere Luft als im Leichenschauhaus. Hammersmith führte ein Feuerzeug an die Zigarre, zog und schlürfte geräuschvoll. Der Rauch trieb langsam in der trägen Nachtluft davon, als zöge ihn ein Magnet zu dem hellen Dunst der Quecksilberlampe an der Kreuzung.

»Warum wolltest du, daß ich mir das anschaue?« fragte Nudger.

»Du warst dabei, als wir die erste Leiche aus dem Fluß gefischt haben«, sagte Hammersmith. »Ich habe mir gedacht, da könntest du ebensogut auch die zweite sehen. Vielleicht bezieht sich ein Fall, an dem du arbeitest, darauf; vielleicht hörst du etwas Sachdienliches, wenn du in der Stadt herumstolperst und den Leuten auf die Nerven gehst.«

Nudger glaubte Hammersmith kein Wort. Der Lieutenant setzte Nudger gerne der blutrünstigen Seite der Polizeiarbeit aus; er wußte um Nudgers nervösen Magen, der ihn gezwungen hatte, den Polizeidienst zu quittieren. Ein feiner Freund.

»Ich glaube, du bist auch ein Sadist«, sagte Nudger.

Hammersmith überraschte ihn. »Vielleicht bin ich ein wenig sadistisch. Ein Polizist kann im Lauf der Zeit von so etwas in Mitleidenschaft gezogen werden. Wie Kovar. Das ist eine Frage des Grades, nehme ich an. Kehrseite der Medaille und so. Aber ich werde dir etwas sagen, Nudge. Ich meine, es wäre eine gute Idee, wenn du zu diesem Ende der Detektivarbeit nicht den Kontakt verlierst. Ich möchte nicht, daß du die Gefahren deines Berufes auf die leichte Schulter nimmst. Was du manchmal tust, obwohl du kein Held bist.«

»Diesmal nicht«, sagte Nudger. »Ich sehe mich höllisch vor. Und mein Fall hat überhaupt nichts mit toten Frauen im Fluß zu tun.«

Hammersmith legte den Kopf zurück, stieß eine riesige Rauchwolke aus und blickte zu den wenigen Sternen hinauf, die über dem Leuchten der Stadt zu sehen waren. »Man kann nie wissen, Nudge. Einstein hatte eine Theorie, daß sich irgendwann und irgendwo alle Parallelen schließlich schneiden.«

»Keiner von uns wird lange genug leben, um da dabei zu sein«, sagte Nudger. »Und es ist unwahrscheinlich, daß ich irgend etwas höre, das dir bei diesen beiden Mordfällen helfen kann.«

Ein Auto sauste zu schnell an ihnen vorbei, die Reifen summten auf dem noch immer heißen Asphalt. Hammersmith wandte seine Aufmerksamkeit von den Geheimnissen des Universums ab und richtete sie auf irdischere und dringlichere. »Aber du wirst die beiden Frauen nicht vergessen?«

»Du hast ja dafür gesorgt, daß ich sie nicht vergessen kann«, sagte Nudger. »Vielleicht nie.«

Hammersmith lächelte, als wolle er sagen, seine Methoden mochten zuweilen verrückt scheinen, funktionierten jedoch. Er verstand etwas von Parallelen. Auf seine Art vielleicht mehr als Einstein.

Nudger wischte eine winzige weiße Motte beiseite, die ihm beharrlich die Nase hinaufzuflitzen versuchte, verabschiedete sich und schleppte sich durch die Hitze zum Granada. Zum zwanzigsten Mal, seit er den Wagen fuhr, war er froh, daß er mit einer Klimaanlage ausgestattet war, und er wollte sich überlegen, ob er es sich nicht vielleicht doch leisten konnte, den Granada zu kaufen. Er kannte jemanden, der alte VWs umbaute und vielleicht an einem schnellen Bargeschäft für sein altes Auto interessiert war.

Er setzte sich hinter das Steuer, ließ den Motor an und lehnte sich bei dem vollaufgedrehten Gebläse der Klimaanlage zurück.

So blieb er ein paar Minuten lang starr sitzen, bevor er den Wagen langsam vom Randstein weglenkte.

Statt wieder zu Claudia, würde er in seine eigene Wohnung fahren. Er würde schwitzend allein im eigenen Bett liegen. Er würde nicht den Körper der Frau berühren, die er liebte. Nicht heute nacht. Er wollte, nach dem, was er gerade gesehen hatte, keine Haut berühren. Er würde statt dessen schlafen.

Wenn er konnte.

15

»Hoffentlich nehmen Sie es mir nicht übel«, sagte der Barmann, »aber Sie sehen aus, als hätten Sie heute morgen einen Kaffee nötig.«

»Ich habe letzte Nacht schlecht geschlafen.« Nudger setzte sich auf einen Hocker. Edgy's hieß diese Kneipe in South St. Louis, in der Grand Avenue. Sie war lang und schmal, mit künstlichen Topffarnen auf der Fensterbank, die den Blick ins Freie versperrten. Die Bar selbst war alt, aus Mahagoni und fast so lang wie der Raum. Es gab eine Reihe rotgepolsterter Nischen an der gegenüberliegenden Wand, und, wo es der Platz gestattete, standen ein paar kleine Tische, und rote vinylbezogene Hocker reihten sich an der Bar. An einer der dunkelverschalten Wände hing ein auf eine Platte montierter Blauer Marlin. Er war groß genug, um einen mächtigen Kampf geliefert zu haben, aber das war schon lange her. Die Spiegelwand hinter der Bar reflektierte Regale mit diversen alkoholischen Getränken; die Morgensonne suchte sich ihren Weg zwischen den künstlichen Farnen, wurde von dem Spiegel und den Bourbon- und Scotchflaschen zurückgeworfen und schickte in der Nähe des Fensters einen rechtwinkligen Strahl atemberaubend getönten Lichts über den Boden und die Bar. Buntglasfenster in Kathedralen warfen dieses magische Licht. Das Sonnenlicht fing sich in winzigen Glassplittern auf dem ramponierten Kachelboden.

»Neu in der Gegend?« fragte der Barmann, als er eine Tasse schwarzen Kaffees vor Nudger auf die Bar stellte. Die

Tasse war weiß und am Rand angeschlagen und stand nicht auf einer Untertasse, sondern auf einem dünnen Korkuntersetzer, auf dem in roter Schnörkelschrift EDGY'S zu lesen war. Auf dem s thronte eine winzige nackte Frau und baumelte mit den Beinen. LOVE TO PARTY stand in einer Sprechblase über ihrem Kopf.

»Überhaupt nicht aus dieser Gegend«, sagte Nudger. »Ich war gestern abend schon einmal hier, aber Sie hatten geschlossen.«

»So? Das tut mir leid. Wir hatten ein bißchen Ärger. Sahne? Zucker?«

»Schwarz, danke. Was für Ärger?«

Der Barmann, ein weißhaariger, drahtiger kleiner Kerl in einer roten Weste und einem zuckerstangengestreiften Hemd, schenkte ihm ein runzliges, weltkluges Lächeln und sagte: »Sie können doch unmöglich ein Polizist sein?«

»Ich könnte schon, bin es aber nicht. Privatdetektiv.«

»Soll das ein Witz sein?«

»Scheint manchmal so.«

Der drahtige Kleine wischte sich unter der Bar die Hand an einem Geschirrhandtuch ab und bot sie Nudger an. Als dieser einschlug, sagte der Barmann: »Ich heiße Billy Edgemore. Nennen Sie mich Billy. Mir gehört der Laden hier. Ich bin noch nie einem Privatdetektiv begegnet. Jedenfalls, soviel ich weiß.«

»Wir üben uns in Zurückhaltung. Ich übe am fleißigsten. Ich heiße Nudger. Haben die Glassplitter auf dem Boden irgend etwas mit dem Ärger von gestern abend zu tun?«

Billy warf einen flüchtigen Blick auf das Gefunkel, und die klaren blauen Augen wurden schmal. »Ich dachte, ich hätte alles aufgekehrt.«

»Sie haben gute Arbeit geleistet; die Sonne fängt sich in den Splittern, sonst hätte ich nichts bemerkt.«

»Gestern abend gegen zehn sind hier ein paar Flaschen und Gläser zerbrochen«, sagte Billy. »Keine große Affäre. Ein paar Gäste hatten Streit, das ist alles.«

Nudger nahm einen Schluck Kaffee und verbrannte sich die Zunge; wann würde er es je lernen? Ein Barkeeper in einem Hotel hatte ihm gesagt, Jake Dancer trinke manchmal im Edgy's; kurz vor Mitternacht war Nudger hiergewesen, aber die Tür war abgesperrt gewesen und das GESCHLOSSEN-Schild hatte schief im Fenster gehangen.

»Ich bin auf der Suche nach Jake Dancer«, sagte er. »Kennen Sie ihn?«

Billy ging ein paar Schritte die Bar hinunter, kam zurück und nickte. Er trug eine schwarze Fliege, und sein Scheitel schien mit einem Lineal gezogen worden zu sein; ein Mann, der immer viel mit Menschen zu tun gehabt hatte und dem ein adrettes Aussehen zur Gewohnheit geworden war. Er schien zu dem Schluß gekommen zu sein, Nudger ebenso vertrauen zu können. Nudger wußte, warum.

»Gestern abend haben Sie nicht die Polizei gerufen«, sagte Nudger.

»Ich habe keine Veranlassung dazu gesehen«, sagte Billy. »Sehe immer noch keine. Wenn es in so einer Kneipe zu oft Ärger gibt, veranstalten die Nachbarn und die anliegenden Geschäftsleute einen Heidenspektakel, wollen mir den Laden dichtmachen. Und das können sie auch. Das Gesetz bietet einem Wirt nur wenig Schutz. Die Nachbarschaft stellt eine Petition auf die Beine, und mehr braucht es oft nicht. Urplötzlich verkaufe ich Lexika.«

»Die Polizei hat Besseres zu tun, als Sie zu schikanieren«, sagte Nudger. »Wahrscheinlich.«

Billy stützte sich mit einem Ellbogen auf die Bar. »Jake Dancer stand bei dem gestrigen Ärger im Mittelpunkt«, sagte er.

Nudger stellte die dampfende Tasse auf den Untersetzer. »Hat er den Ärger verursacht?«

Billy schüttelte den Kopf, schob sich mit einer gepflegten, aber faltigen Hand eine Locke weißen Haares aus der Stirn; er war älter, als er aussah. »Nö. Jake hat an einem Tisch gesessen, Bourbon getrunken und niemanden gestört, als es losging. Um die Wahrheit zu sagen, war er, glaube ich, ziemlich blau, als er gegen halb zehn hier hereinkam. Er wurde jedoch schlagartig nüchtern, als die beiden Männer hereinkamen und ihn belästigt haben.«

»Welche beiden Männer?«

»Ich habe sie nie zuvor gesehen. Beide waren groß, aber der eine war riesig. Sie saßen ein paar Minuten neben Dancer, unterhielten sich, dann wollte Jake aufstehen, der Riese wollte ihn daran hindern und hat ihn an der Schulter gepackt. Jake hat eine Bierflasche vom Nebentisch genommen – sie war auch noch voll – und sie ihm auf dem Kopf zerschlagen. Der Riese blinzelte und grinste nur. Dann grapschte der andere Mann nach Dancer, und alle drei sind auf den Beinen, zusammen mit einem halben Dutzend Stammgäste, denen nichts lieber ist als eine Keilerei. Fäuste und Flaschen flogen durch die Luft. Das Ganze hat nicht einmal eine Minute gedauert, aber als es vorbei war, waren Dancer und die beiden Männer verschwunden. Jemand meinte, Dancer sei hinausgelaufen und die beiden, die die Schlägerei angefangen hatten, seien hinter ihm hergejagt.« Billy zuckte die Achseln und rückte die Fliege gerade. »Ich habe den Laden dann dichtgemacht und eine Weile aufgeräumt. Kam heute morgen um sechs rein, um den Rest zu erledigen. Deshalb habe ich auch so früh geöffnet; vielleicht kann ich so das entgangene Geschäft von gestern wieder reinholen.«

»Bis jetzt haben Sie immerhin eine Tasse Kaffee verkauft«, sagte Nudger.

»Nö. Die geht auf Kosten des Hauses.«

Nudger bedankte sich mit einem Nicken und hob die Tasse zu einem leichten Toast. »Wie gut kennen Sie Jake Dancer?«

»Gut genug. Um die Wahrheit zu sagen, hab' ich eine Art Schwäche für Jake. Er erinnert mich an meinen Cousin Arnie, der in Vietnam gefallen ist. Jake war nämlich auch in Vietnam.«

Nudger nickte.

»Deshalb habe ich Jake näher kennengelernt«, sagte Billy. »Habe ihm sogar ab und zu ein bißchen Geld geliehen. Er hat gern mit mir geredet, mir sein Leid geklagt, wenn er auf das falsche Pferd gesetzt oder beim Pokern eine Kleine Straße verschenkt hat. So etwas. Nicht seine wirklichen Probleme.«

»Wirkliche Probleme?«

»Klar. Wenn man ihn auch nur ein bißchen kennt, weiß man, daß ihm etwas an der Seele nagt. Ich habe es schon zuvor bei anderen gesehen. Vielleicht verfolgen ihn seine Kriegserlebnisse, vielleicht etwas anderes. Darüber hat er nie mit mir geredet. Ich nehme an, er behält es für sich, damit er zusehen kann, wie es ihn von innen auffrißt. Wie das Kaninchen die Schlange näher kommen sieht und aus Faszination bewegungsunfähig ist.«

»Sie mögen ihn und scheinen ihn zu verstehen. Haben Sie ihm je gesagt, er solle sich um Hilfe bemühen?«

Billy schüttelte den Kopf und lächelte traurig. »Nö. Wenn ich gedacht hätte, daß er auf mich hört, hätte ich es ihm gesagt. Aber Menschen wie Jake rollen auf Schienen, die sie irgendwohin führen, und es ist zwecklos, sie überreden zu wollen, aus den Geleisen zu springen.«

Nudger nahm vorsichtig wieder einen Schluck Kaffee. Abgekühlt. Stark. Gut. Aber die Zunge tat ihm noch immer weh, wo er sie sich verbrannt hatte. »Billy, Sie sind ein Fatalist.«

»Wahrscheinlich. Jedenfalls, was Menschen wie Jake angeht. Ich habe so viele von ihnen gesehen. Und es ist jammerschade um Jake, weil er ein Prachtkerl ist. Würde nicht einmal einem tollwütigen Hund etwas zuleide tun, der ihm nachsetzt. Jake ist jemand, dem man helfen will, so gut man eben kann. Ich habe ihm geholfen, indem ich ihm einen Dekkel gab, den er wahrscheinlich nie bezahlen wird, und ihm ab und zu ein bißchen Geld geliehen habe.«

»Haben Sie ihm geraten, weniger zu trinken? Es nicht so schwer zu nehmen?«

Billy lachte leise und ohne Humor. »Man verschwendet bloß seine Zeit, wenn man jemandem wie Jake sagt, er solle es nicht so schwer nehmen und den Alkoholkonsum einschränken. Das weiß ich genau. Wir kommen miteinander aus, und er vertraut mir, weil ich ihm keine Predigten halte.«

»Hat er jemals gesagt, wem er Geld schuldet?« fragte Nudger.

»Er schuldet allen möglichen Leuten Geld. Buchmachern, Kredithaien, seiner Freundin Helen. Wahrscheinlich schulden auch eine Menge Leute ihm Geld.«

»Sie kennen Helen?«

»Hab' sie ein paarmal gesehen. Jake hat sie vor ein paar Monaten mitgebracht und uns miteinander bekannt gemacht. Ein Vollweib. Vielleicht sollte ich das nicht sagen, aber vielleicht hat sie zuviel Klasse für Jake.«

»Sie ist gut für ihn«, sagte Nudger.

»Oh, das bezweifle ich nicht. Aber ist Jake gut für sie? Ich meine, es ist, als wäre sie an Bord eines sinkenden Schiffes. Er hat sogar einmal erwähnt, daß er sich von ihrem Arbeitgeber Geld geliehen hat. Was passiert, wenn Jake das Geld nicht zurückzahlen kann?«

»Dancer hat sich von Brad Marlyk Geld geliehen?«

»Wenn das Helens Arbeitgeber ist.«

Draußen fuhr ein weißer Lieferwagen vor, und ein vierschrötiger Mann in einem ärmellosen grünen T-Shirt und schmutzigen weißen Jeans stolzierte herein; er trug einen langen, verbeulten Werkzeugkasten. Er lächelte und sagte: »Ganz schön heiß hier drinnen, Billy.«

»Wenn du fertig bist, spendier' ich dir ein Bier«, versprach Billy. »Einer meiner randalierenden Gäste hat gestern abend in der Toilette die Rohre demoliert; Ernie soll sie reparieren.«

»Zum dritten Mal in diesem Monat.« Ernie lächelte immer noch. Er hatte schlechte Zähne, die weit auseinanderstanden und ihn wie einen zerschlagenen Halloween-Kürbiskopf aussehen ließen.

Billy begleitete Ernie zum Tatort, kam dann nach ein paar Minuten zurück und stellte sich wieder hinter die Bar. Aus dem hinteren Teil des Lokals hörte man mehrmals das Rauschen der Toilettenspülung, dann das Zischen von mit Hochdruck laufendem Wasser.

Nudger trank den Kaffee aus und dankte Billy, daß er sich die Zeit genommen hatte, mit ihm zu reden. Er glitt vom Barkocker hinunter.

»Ich weiß nicht, in welchen Schwierigkeiten Jake jetzt steckt, daß ein Privatdetektiv nach ihm sucht, aber ich bin so etwas wie eine Vaterfigur für ihn, und in gewisser Weise fühle ich mich für das, was er tut, verantwortlich. Für mich ist er beinahe so etwas wie ein ungeratener Sohn. Ein zum

Untergang Verdammter. Sie müssen mir sagen, wenn ich irgend etwas tun kann, um ihm zu helfen.«

»Natürlich.«

»Oder Helen zu helfen.«

»Warum fühlen Sie sich für sie verantwortlich?« fragte Nudger. »Sie kennen sie doch kaum.«

»Eigentlich sollte ich mich auch nicht für Jake verantwortlich fühlen«, sagte Billy, »aber ich tue es nun mal.« Er ließ sein trauriges, weltkluges Lächeln über die Bar blitzen. »Ich fühle mich sogar ein bißchen verantwortlich für das, was mit Ihnen passiert, Mr. Nudger. Für jeden, der in Jakes Leben verstrickt ist. Manche Menschen führen das Chaos mit sich wie einen Moskitoschwarm, der jeden in helle Aufregung versetzt. Wissen Sie, was ich meine? So ist Dancer. Es ist alles seine Schuld und doch auch wieder nicht. Wenn ein verletzter Mensch wie Jake über den Jordan geht, geht er nicht allein. Das sollten Sie im Hinterkopf behalten.«

»Werde ich«, versprach Nudger und ging auf das gleißende Sonnenlicht hinter den allzu grünen Topffarnen zu.

Hinter ihm wurde wieder die Spülung gezogen.

16

Nudger ließ sich in der Toilette seines Büros in Maplewood kaltes Wasser über die Handgelenke laufen. Danny hatte ihm gesagt, daß oben eine Klientin auf ihn wartete; Danny hatte sie sich genau angesehen, den Doughnut Shop kurz abgesperrt und sie hinaufgeführt, wie die meisten von Nudgers Besuchern. Warum auch nicht? Was sollte sie schon stehlen, die IBM-Schreibmaschine vom Trödel? Wenn Nudger auf etwas wirklich Wertvolles aufpassen mußte, nahm er es gewöhnlich mit nach Hause in seine Wohnung oder legte es in sein Schließfach in der Citizens Bank. Besser, Danny ließ potentielle Klienten hinein, damit sie von der Straße oder aus dem Doughnut Shop kamen, als daß sie wieder weggingen. Besser, ein paar Briefklammern zu verlieren als Klienten. Eileen hatte ihm das einmal gesagt; der gute Rat eines Feindes war oft der beste Rat.

Aber sein Besuch war bereits seine Klientin.

Helen sagte, laut genug, daß er sie trotz des rauschenden Wassers verstehen konnte: »Er hat mich gestern abend spät angerufen. Genaugenommen, um eins in der Früh.«

Nudger drehte den Wasserhahn zu und trocknete sich Handgelenke und Hände an einem Handtuch ab, auf dem SHERATON stand. Er fühlte sich jetzt frischer. Helen schwitzte nicht; als Danny sie in das Büro geführt hatte, hatte er die Klimaanlage eingeschaltet. Danny, der Gentleman. Der meiste Geruch aus dem Doughnut Shop war mittlerweile aus dem Büro gefiltert, aber nicht genug, daß er gar nicht mehr zu riechen war.

»Was hat er denn gesagt?« fragte Nudger, als er in das Büro zurückkam. Er setzte sich hinter den Schreibtisch, und der Drehstuhl quietschte. Helen zuckte ein wenig zusammen, war wieder nicht auf der Hut gewesen. Sie sah richtig kühl aus, wie sie da saß, mit dem hochgesteckten glatten blonden Haar und den cremefarbenen Armen in der kurzärmeligen pinkfarbenen Bluse. Heute trug sie baumwollartige weiße Hosen, die die wohlgeformten Knöchel nicht verdeckten und um die Taille mit einem Gürtel aus einem breiten, geflochtenen Seil zusammengehalten wurden. Sie sah aus wie ein Model, bereit, sich auf einem Segelboot für ein Werbeplakat für einen teuren Scotch fotografieren zu lassen. Aber statt dessen war sie hier, süchtig nach einem Mann, der Born-Again-Bourbon becherte.

»Er wollte mir nicht sagen, von wo aus er anrief«, sagte sie.

Nudger drehte sich hin und her. Quietsch! Quietsch! »Warum ist er nicht in der Hütte geblieben?«

»Er sagte, die Wände rückten immer näher an ihn heran. Jake ist nicht der Typ, der es irgendwo lange allein aushält, Nudger.«

»Hörte er sich an, als habe er getrunken?« fragte Nudger.

»Ja. Aber er war nicht betrunken, als er anrief. Da bin ich sicher. Er wußte, was er sagte.«

»Was nicht viel war.«

»Weil er eben wußte, was er sagte; er mußte sich nicht ständig rechtfertigen, wie jemand, der einen in der Krone hat.«

»Warum hat er überhaupt angerufen? Was hat er gesagt?«

Ihr Gesicht wurde weicher; die Eifersucht versetzte Nudger einen Stich, und er wünschte, er hätte nicht gefragt. Mit Helen zu reden war manchmal so, wie mit Claudia zu reden. Blonde Helen, dunkle Claudia. Sie waren Gegensätze, doch in ihrem tiefsten Inneren einander seltsam ähnlich. »Er sagte, er wollte mich nur wissen lassen, daß es ihm gutgeht und daß er mich liebt.«

»Glauben Sie, daß es ihm gutgeht?«

»Nein, es klang, als habe er Angst. Eine solche Angst, die einen dazu bringt, aufzugeben und das, vor dem man Angst hat, geschehen zu lassen. Es hinter sich bringen.«

Nudger dachte daran, was Billy Edgemore früher am Morgen gesagt hatte, an das Kaninchen und die Schlange. An diese Art tödlicher Faszination. Er drehte sich wieder mit dem Stuhl und sah aus dem Fenster auf den Himmel hinter den Häusern auf der anderen Straßenseite. Auf dem Blau war nicht der Schimmer einer Wolke. Nicht ein Hauch. Im Himmel war nichts außer Hitze. St. Louis, die schwüle Stadt. Und wie eine schwüle Frau hatte sie ihre Zeiten, und nach der Hitze konnte sie einen im Winter mit einem Blick zusammenschrumpfen lassen. Stadt der Extreme. Könnte am Wetter liegen, daß die Leute hier manchmal Verrücktheiten anstellten.

Nudger drehte sich wieder zurück und sah Helen direkt in die Augen. »Jemals von einer Kneipe namens Edgy's in South St. Louis gehört? Einem Barmann namens Billy?«

Helen spielte mit dem Seilende, das unter der pinkfarbenen Bluse baumelte. Marineerotik. »Ich bin mit Jake ein paarmal dort gewesen und habe Billy kennengelernt. Er schien ein netter Mensch zu sein.«

»Ich glaube schon, daß er ein netter Mensch ist. Und er sieht sich selbst als eine Art Vaterfigur für Jake.«

»Das wundert mich nicht; manchmal sehe ich mich selbst als seine Mutterfigur. Jake provoziert so etwas.«

Nudger fragte sich, warum das so war. Vielleicht lebte die Spezies Mensch unter dem Einfluß des Herdentriebes und fühlte sich von Geburt an für schwache, mutterlose Tiere verantwortlich. Ein Verirrter wie Dancer war zweifellos in Gefahr, den der Herde nachziehenden Löwen zum Opfer zu fallen. Niemand – außer den Löwen – wollte, daß das geschah, weil etwas von Jake Dancer in jedem von uns ist. Wir können uns mit ihm identifizieren, und das verdrießt uns. Dancer hatte den Kniff verlernt; er konnte nicht länger so tun, als sei die Welt so, wie er sie sehen wollte und das Realität nennen. Das bedrohte die Realität aller, also brannten sie darauf, Dancer zu beschützen, ihn in die allgemeine Selbsttäuschung und den Schutz der Herde zurückzuzerren.

Nudger wippte in seinem Stuhl nach vorn und befahl sich, mit der Philosophiererei aufzuhören; sie hatte ihm schon ein paarmal Ärger eingebracht, und er wollte nicht, daß sich das wiederholte. »Jedenfalls sagte dieser Billy, Dancer habe sich von Brad Marlyk Geld geliehen.«

Helen sah überrascht aus, und Nudger war sicher, daß der Ausdruck in den grauen Augen nicht gespielt war. Überrascht und ein bißchen verärgert. »Jake hat mir nie etwas davon gesagt.«

»So?«

»Ich hätte nicht gedacht, daß er Brad Marlyk gut genug kennt, um ihn um ein Darlehen anzugehen. Sie sind sich nur ein paarmal begegnet.«

»Soweit Sie wissen.«

»Offensichtlich.«

Nudger sah wieder aus dem Fenster. Dieselbe blaue Leere. Dann flatterte eine Taube vorbei. Sie machte einen Sturzflug, stieg dann steil hinauf und verschwand auf dem Dach des gegenüberliegenden Hauses. Widerlich. Luftratte.

»Vielleicht hat Dancer größere Schulden als Sie vermuten«, sagte Nudger.

»Vielleicht, vielleicht auch nicht. In den letzten Monaten ist die Welt ziemlich verwirrend geworden.«

»Deshalb sind Sie ja auch zu mir gekommen.« Nudger lächelte. »Ich sollte Ihnen helfen, die Sache zu klären.« *Nicht sie zu vermasseln.*

»Ich nehme an, sie wäre sogar weniger klar, wenn ich Sie nicht engagiert hätte.«

Noch ein Vielleicht, dachte Nudger. Ein großes.

»Ich werde Brad Marlyk nach dem Darlehen fragen«, sagte Helen.

»Es wäre vielleicht besser, wenn ich ihn frage.«

Sie dachte einen Augenblick darüber nach: »Okay.«

Nudger sagte: »Zwei Männer kamen gestern abend ins Edgy's und haben sich kurz mit Dancer unterhalten. Es gab eine Schlägerei, und er ist aus dem Lokal weggelaufen. Es hörte sich so an, als seien das dieselben Männer, die ihn vor dem Marriott zusammengeschlagen haben.«

Sie machte einen Moment große Augen. Erschreckt und entrüstet. »Wurde er verletzt?«

»Nein, gestern abend nicht. Er muß ihnen entkommen sein; er hat Sie anschließend angerufen.«

Helen senkte den Kopf. Nudger dachte, sie würde anfangen zu weinen, sie starrte jedoch nur auf das saubere weiße Seilende, das sie um die Finger geschlungen hatte, als wollte sie einen Knoten binden und könnte sich nicht genau daran erinnern, welches Ende durch die Schlaufe geführt wurde. »Mist!« sagte sie. »Was geht hier vor?«

»Ich weiß es nicht«, sagte Nudger. »Aber ich werde es herausfinden. Ich werde weiter nach Dancer suchen. Er kann Ihre Frage beantworten; er weiß, was vor sich geht.«

Sie sah verwirrt drein, besorgt. »Weiß er das wirklich?«

Auf dem Schreibtisch schrillte das Telefon. Nudger beugte sich auf dem Stuhl vor, nahm den Hörer ab und meldete sich mit seinem Namen.

»Nudge«, sagte Hammersmith' Stimme, »wir haben ein Problem.«

Nudger spürte seinen Magen drohen. Ihm gefiel Hammersmith' Unterton nicht. »Was für ein Problem?«

»Claudia.«

Nudger dachte sofort an die toten Frauen aus dem Fluß. Hatte Claudia wieder einen Selbstmordversuch unternommen? Einen erfolgreichen? *Du lieber Himmel!* Er versuchte, sich nichts anmerken zu lassen. »Was ist passiert?«

»Sie liegt in Zimmer Zwei-Zweiundfünfzig im Incarnate Word Hospital, Nudge. Es ist nicht schlimm, aber jemand ist ein bißchen grob mit ihr umgegangen und hat ihr einen Schrecken eingejagt; darum ging es ihnen, ihr Angst einzujagen. Das ist ihnen auch gelungen. Sie hat nach dir gefragt. Ich denke, du solltest besser, sobald du kannst, hierherkommen. Ich bleib' solange bei ihr.«

Nudger bedankte sich bei Hammersmith, legte den Hörer auf und erhob sich. Seine Hände schwitzten. Sein Hals war wie zugeschnürt.

Helen sah die Pein in seinem Gesicht. »Ist etwas passiert?«

»Nicht mit Dancer«, versicherte er ihr. »Eine Freundin ist verletzt.«

»Das tut mir leid. Ist sie schwer verletzt?«

»Nein, glaub' ich nicht.« Er wollte unbedingt so schnell wie möglich zu Claudia.

Helen erhob sich aus dem Stuhl vor dem Schreibtisch, hievte die graue Strohhandtasche an den langen Tragriemen hoch. Sie warf sich die Riemen mit beiläufiger Anmut und Präzision über die Schulter, verlieh der alltäglichen Handlung Stil. »Ich hoffe, Ihrer Freundin geht es bald wieder gut.«

»Es wird schon gutgehen.« Nudger fragte sich, ob das stimmte. Fühlte sich hilflos.

Sie gingen gemeinsam aus dem Büro, Detektiv und Klientin, verwirrt und in Angst um die Menschen, die sie liebten und die von innen und außen von Dämonen verfolgt wurden.

17

Die untere Hälfte des Zimmers war lindgrün, die obere Hälfte bis zur quadratischen weißen Decke heller gestrichen. Claudia lag auf dem Rücken in einem Bett, neben dem ein Nachttisch mit einer Platte aus rostfreiem Stahl stand. Auf dem Nachttisch standen ein Tablett mit einem Plastikkrug und einem Wasserglas, ein Telefon und eine Schachtel Kleenex, auf der ein weißes zusammengeknäultes Tuch lag, das wie eine schöne Blüte aussah. In der Luft lag ein schwacher Pfefferminzgeruch. Nur teilweise hinter einem beigen Trennvorhang verborgen lag die andere Patientin des Zimmers, eine Frau, deren Namensschild am Bettende sie in großen schwarzen Buchstaben als Rose Allstein auswies.

Als Nudger und Hammersmith auf Claudia zutraten, linste Rose um die Ecke des Trennvorhangs, wie ein neugieriges Tier aus einem Versteck späht. »Hallo«, sagte sie schüchtern, eine freundliche, rundgesichtige Frau, der jegliche Energie geraubt worden war.

»Hallo«, sagte Nudger, und Rose lehnte sich wieder zurück und war nicht mehr zu sehen.

Claudia schlug die Augen auf, als sie ihn hörte.

»Hallo«, sagte sie.

»Hallo«, sagte er.

Nudger sah, daß Hammersmith den Mund öffnete, um ›Hallo‹ zu sagen, und sich rechtzeitig auf die Lippen biß. Genug war genug. Hammersmith nahm eine Zigarre aus der Hemdtasche, starrte sie an und steckte sie wieder zurück.

Der Lieutenant hatte vor dem Krankenhaus auf Nudger gewartet und ihm versichert, daß Claudia nicht schwer verletzt worden war. Nach dem Telefonat mit Nudger hatte er mit dem Arzt gesprochen; Claudias Schock rührte weniger von ihren Verletzungen denn von ihrer Angst, und sie war nicht so ernsthaft verletzt wie zunächst befürchtet worden war.

»Ich werde heute abend entlassen«, sagte sie. Sie sah immer noch verängstigt aus, die dunklen Augen blickten gequält, als habe sich die Angst für immer in ihnen eingenistet.

Nudger sah weder Schrammen noch blaue Flecken. Er wußte, daß das nichts bedeuten mußte, nicht, wenn sie von Profis in die Mache genommen worden war. Solche Leute waren auf innere Verletzungen spezialisiert. Was hatten sie ihr angetan? Hammersmith hatte es nicht genau gesagt. Nudger beschloß, Claudia nicht zu fragen; er würde den Arzt fragen.

Nudger beugte sich hinunter und küßte sie auf die Stirn. Sie war kühler als das kühle Zimmer. »Wie fühlst du dich?«

Sie zwinkerte. »Fühl doch selbst und finde es heraus.«

Nudger lächelte. Er nahm nicht an, daß sie sexuell belästigt worden war, wenn sie solche Witze machen konnte. Sie hatte ihn beruhigen wollen, und das war ihr gelungen. »Wie ist das denn passiert?« fragte er.

Sie machte die Augen zu, bevor sie antwortete, als könne sie sich so besser erinnern. »Sie haben an die Tür geklopft – zwei Männer. Ich habe die Kette nicht ausgehakt und die Tür einen Spalt geöffnet. Einer von ihnen sagte ›Wir sind die Handwerker‹ und hat gegrinst, dann hat der andere gegen die Tür gedrückt, und bevor ich wußte, wie mir geschah, lag ich auf dem Boden, und sie haben mich geschlagen.«

»Womit?« fragte Hammersmith.

»Mit den bloßen Fäusten. Über mich gebeugt. Und sie waren so – systematisch. Der Große hat mir in den Magen geschlagen, daß mir die Luft wegblieb, bis ich keinen Ton von mir geben konnte. Dann haben sie mir in aller Seelenruhe in die Seiten und auf den Rücken geschlagen. Ab und an hat mir einer von ihnen wieder in den Magen oder auf die Brust geschlagen, damit ich nicht zu Atem kommen konnte.« Eine Träne kroch unter dem fest zugekniffenen Lid hervor, brach sich Bahn und rollte ihr die Wange hinunter. Andere Tränen folgen, als sei ein Damm gebrochen.

Claudia schwieg.

»Sie haben sie nicht fest geschlagen«, sagte Hammersmith. »Meint jedenfalls der Arzt. Nur fest genug. Nichts gebrochen, Nudge.«

»Dann haben sie mich verbrannt«, sagte Claudia.

Nudger rang mit seiner Wut, seiner eigenen Angst, seinem aufkeimenden Verlangen nach Rache. Im Hinterkopf wußte er, daß Claudia vielleicht um dieser Reaktion willen mißhandelt worden war. Jemand hatte ihm eine Nachricht zukommen lassen, die in ihm Wut und dann Angst hervorrufen sollte. »Wo haben sie dich verbrannt?«

Sie hielt die Augen geschlossen und wies mit dem Kopf auf ihre Brust. »Dort. Auf der linken Brust. Mit einer Zigarette. Sie haben einfach mein Bluse hochgestreift, an meinem BH gezerrt, bis der Träger zerrissen ist, und eine brennende – eine brennende Zigarette darangehalten.«

»Diese Schweine! Wie oft?« Nudger spürte, daß Hammersmith ihn am Oberarm gepackt hatte und zudrückte. Jemand ging über den Flur, weiche Sohlen glucksten und knietschten auf dem gewachsten Boden.

»Nur ein einziges Mal«, sagte Claudia. »Dann haben sie ein Geräusch unten in der Vorhalle gehört und sind verduftet. Lem Akers kam gerade nach Hause. Wenn sie dieses Geräusch nicht verscheucht hätte, hätten sie mir bestimmt noch mehr angetan.« Lem Akers war ein neunundsiebzigjähriger pensionierter Eisenarbeiter, der alleine in Claudias Nachbarwohnung hauste. »Der Große hat gelacht, als er mir die Zigarettenglut aufgedrückt hat«, sagte Claudia, »hat mich gespannt beobachtet, als sei ich ein Tier, das er zu einem Experiment benutzt. Hat sich über das Resultat gefreut.« Sie schluckte, öffnete die Augen, und Nudger sah tief in den Pupillen nacktes Entsetzen wie Nadelspitzen aus schwarzem Licht. Ihm war, als sähe er in ihren Schädel. »Ich konnte nicht einmal aufschreien...«

Er küßte sie noch einmal, auf den Mund, schmeckte das Salz ihrer Tränen, und trat vom Bett zurück. Er wartete einen Moment, bevor er wieder etwas sagte, weil er fürchtete, seine Stimme könne ihm zittern. »Diese Schweine! Was haben Sie zu dir gesagt?«

»Nichts. Bloß diesen Handwerker-Witz, als sie die Kette aus dem Rahmen gebrochen haben. Ich hatte Angst, sie würden mich vergewaltigen, und das hätten sie vielleicht auch getan. Ich habe nur ihr Atmen und das Lachen des Großen gehört. Es war ein schrilles, schleimiges Lachen. Gräßlich.« Sie schauderte.

»Hast du einen der beiden je zuvor gesehen?« fragte Hammersmith.

»Ich glaube nicht. Nein, ganz sicher nicht.«

Nudger erstickte fast an der Last der Schuld. Gewiß war er irgendwie dafür verantwortlich. Hatte Claudia in einen seiner vergangenen oder gegenwärtigen Fälle hineingezogen. Seine hirnverbrannte Art, sich den Lebensunterhalt zu verdienen, war gefährlich für ihn und alle, die er kannte. Jemand wollte sich an ihm rächen oder ihn dazu bringen, sich aus dem Fall zurückzuziehen. Vielleicht hatten sie sogar geglaubt, er wäre bei Claudia in der Wohnung. Vielleicht waren sie ihm einmal gefolgt, als er dort übernachtet hatte, und hatten gedacht, es wäre *seine* Wohnung. *Vollidioten!*

»Ich habe einen Mann abgestellt, draußen vor der Tür Wache zu schieben«, sagte Hammersmith. »Niemand wird dir hier etwas tun. Wenn du heute abend entlassen wirst, kommst du mit Nudge ins Revier und schaust dir ein paar Verbrecheralben an; mal sehen, ob du einen der Kerle identifizieren kannst. Ich bitte dich nicht gern darum, aber du solltest es am besten tun, solange deine Erinnerung noch frisch ist.«

»Wenn du willst, komme ich sofort mit«, sagte Claudia.

Hammersmith lächelte. »Heute abend ist früh genug.«

»Ich bleibe heute nacht bei dir – danach«, sagte Nudger.

Sie streckte langsam die Hand aus und fuhr mit den Fingerspitzen ganz sacht über seinen Handrücken. »Willst du die Situation ausnutzen?«

»So bin ich eben«, sagte Nudger.

»Der Arzt sagt, du sollst dich ausruhen«, sagte Hammersmith. »Du wirst ein paar Tage Schmerzen haben, aber du wirst schon wieder.«

»Das hat er mir auch gesagt«, sagte Claudia. »Dann hat mir die Schwester etwas gegeben. Außer der Brandwunde tut mir jetzt nichts mehr weh, und der Schmerz ist auszuhalten. Zuerst war er das nicht.«

»Ich rufe dich am Nachmittag an«, sagte Nudger. »Dann kannst du mir sagen, um wieviel Uhr du entlassen wirst. Inzwischen sehe ich mich in deiner Wohnung um und schaue, ob ich einen Anhaltspunkt finde, wer dein Herrenbesuch war.«

»Okay.«

Nudger berührte sanft ihre Wange und küßte sie noch einmal auf den Mund.

»Ciao, Lover«, flüsterte sie. Dann, lauter, zu Hammersmith: »Ciao, Jack. Und danke.«

Hammersmith sagte: »Ciao.«

Nudger und Hammersmith gingen zur Tür.

»Nudger.« Claudia ließ ihn innehalten. »Ich habe versucht, Biff Archway zu erreichen, um ihm zu sagen, daß er nicht, wie verabredet, vorbeikommen soll. Sollte er auftauchen, während du in der Wohnung bist, möchte ich keinen Ärger. Verstanden?«

»Versprochen«, sagte Nudger gepreßt. *Himmel!* dachte er. Er folgte Hammersmith zur Tür.

»Ciao«, sagte Rose. Bekümmert. Sie hatte einen Teil des Gesprächs mitangehört.

Nudger sagte: »Ciao.«

Hammersmith sagte nichts.

Im Warteraum der Notaufnahme nahm sich ein Dr. Martino – klein, dunkelhäutig, sachlich – die Zeit, Nudger zu sagen, daß keine von Claudias Verletzungen ernsthaft oder auch nur entfernt lebensbedrohlich waren. Prellungen um die Rippen, ein paar blaue Flecke in der Beckengegend. Und natürlich die Brandwunde, nicht auf der Warze, aber direkt neben dem Warzenhof. Martino rückte seine Goldrandbrille zurecht und schüttelte den Kopf bei der Beschreibung, als wollte er sagen: ›Was sich die Menschen einander nicht alles antun.‹ Er sah viele solcher Verletzungen hier, wo geschlagene Frauen nach häuslichen Auseinandersetzungen herkamen und wo die Polizei manchmal Opfer brutaler Vergewaltigungen einlieferte.

Er wolle Claudia noch einmal untersuchen, sagte er, aber er sei sicher, daß sie diesen Abend gegen acht nach Hause gehen könne. Die Rippen seien bandagiert, und Claudia müsse in ein paar Tagen zu ihrem Hausarzt gehen, um sich zu vergewissern, daß alles erwartungsgemäß heilte. Und die Brandwunde dürfe sich nicht entzünden.

Nudger schüttelte Dr. Martino die Hand und gab ihm eine Geschäftskarte, auf deren Rückseite er seine Privatnummer gekritzelt hatte. »Rufen Sie mich an, wenn sie irgend etwas brauchen sollte, wenn irgendeine Veränderung eintritt«, sagte er. »Ich meine, rufen Sie mich an, wenn auch nur der geringste Anlaß besteht.« Ihm mißfiel die in Krankenhäusern

– allen Krankenhäusern – überall spürbare Selbstzufriedenheit der Bürokratie – und er mißtraute ihr. Menschen wurden verlegt und falsche Diagnosen gestellt; die falschen Glieder wurden amputiert. Nicht häufig, aber manchmal. Manchmal war oft genug. Er wollte, daß sie wußten, daß Claudia jemandem am Herzen lag, sehr am Herzen lag.

Dr. Martino versprach, notfalls anzurufen und steckte die weiße Geschäftskarte in die Kitteltasche. Eine Glocke schlug leise viermal, und er hob den Kopf, als handele es sich um ein Signal, das ihn rief. Er verabschiedete sich von Nudger und Hammersmith, lief dann geschäftig den Flur hinunter und verschwand durch breite Türen, die sich geräuschlos öffneten und schlossen.

»Er scheint in Ordnung zu sein«, sagte Hammersmith.

»Ja.«

Hammersmith sagte: »Krankenhäuser sind wirklich das Letzte. Laß uns schleunigst von hier verschwinden, Nudge. Bestell ein paar Blumen und laß sie Claudia heute nachmittag zuschicken.«

Nudger hielt beides für eine gute Idee. Er zermalmte ein paar Antacidtabletten. Bis er aus dem Krankenhaus draußen war, hatte er zwei weitere gegessen.

Das Herz hämmerte ihm gegen die Rippen, befahl ihm, die Männer zu finden, die Claudia das angetan hatten und ihnen mehr Schmerzen zu bereiten, als sie ihr zugefügt hatten.

Sein Magen, durch Erfahrung gewitzt, wußte, daß es auch anders ausgehen konnte.

18

Muffy B. Blue trug heute Rüschen. Eine Unmenge Rüschen. Und sie trug noch immer den knallroten, glänzenden Lippenstift und zuviel Rouge auf den aufgedunsenen Wangen. Und viel dunkle Wimperntusche. Das Make-up und die weiße Rüschenbluse ließen sie vage wie einen Clown aussehen, der eine Sexbombe parodiert. Als Nudger die Büroräume von Partners Unlimited betrat, hob sie den Blick von ihrer Lektüre auf dem Schreibtisch und sagte: »Sie schon wieder. Ich bin nicht überrascht.«

»Das sollten Sie auch nicht«, erwiderte Nudger. »Ich bin mit Brad Marlyk verabredet.«

»Das wußte ich nicht«, sagte Muffy. »Ich bin nicht überrascht, daß Sie hier sind, weil mein Tag schon so angefangen hat. Erst habe ich verschlafen, dann ist mein Auto nicht angesprungen, dann habe ich mir einen Nagel eingerissen, und das hat wahnsinnig weh getan, und nun Sie. Eine beschissene Sache nach der anderen. Sie müssen angerufen haben, als ich nicht da war, und direkt mit Mr. Marlyk gesprochen haben.«

»Habe ich. Sie waren wahrscheinlich auf der Toilette und haben sich noch mehr Make-up aufgeklatscht.«

Die Tür zu Mr. Marlyks Büro ging auf, und eine wunderschöne Blondine kam mit wiegenden Hüften heraus. Zuerst dachte Nudger, es sei Helen; gleiche Größe und Statur, ähnlicher Teint und Haarfarbe. Aber obwohl beide im selben Alter und derselbe Typ waren, war diese Frau doch ein paar Zentimeter kleiner und hatte ein breiteres, weniger fein geschnittenes Gesicht als Helen. Zehn Jahre und zwanzig Pfund später würde sie ihr gutes Aussehen verlieren. Doch jetzt besaß sie es. Und wie. Sie sah Nudger und lächelte – ein umwerfendes Lächeln; er bekam weiche Knie. Dann sagte sie: »Ciao, Muffy«, und verschwand durch die Tür.

Nudger beobachtete, wie sie über den sonnigen Parkplatz zu einem Dodgekabrio tänzelte und wegfuhr. Sein Herz rannte ein Dutzend Meter hinter dem Wagen her und kehrte dann wieder um.

»Eine nett aussehende Frau«, sagte er.

Muffy B. Blue lächelte. Es hatte nicht die geringste Ähnlichkeit mit dem Lächeln der Blondine; es war, als kenne sie plötzlich seine verwundbare Stelle und wäre ihm gegenüber im Vorteil. »Sie heißt Melissa. Sie ist begabt. Wirklich sehr begabt. Sind Sie interessiert? Ich wette, Sie sind es, Sie Macho-Racker.«

»Ich bin ausschließlich an Ihnen interessiert«, sagte Nudger. »Ich ertappe mich dabei, daß ich ab und zu an Sie denke, z. B. wenn ich im Abfluß stochere.«

»Sie können mich mal«, sagte Muffy.

»Was würde das kosten?«

»Für Sie? Gar nichts.«

Die Bürotür ging auf, und Brad Marlyk trat einen Schritt heraus. Heute trug er ein nicht gerade dezentes grünkariertes Sportsakko mit einem pastellgrünen Hemd und einer braungrüngestreiften Krawatte. In diesem Aufzug könnte er Muffy überallhin begleiten. Er sah erst Muffy an, dann Nudger, als störe er vielleicht und frage sich, wobei. Dann zuckte er die Achseln und sagte: »Nudger, kommen Sie herein.«

Nudger setzte sich und betrachtete über den breiten Schreibtisch hinweg den ponygesichtigen kleinen Mann mit dem Zuchthengst-Ego. Die dicken Schulterpolster des Sakkos ließen Marlyk beinahe aussehen, als trüge er einen Anzug aus den vierziger Jahren. Stolz auf seine breiten Schultern, dieser Marlyk. Ein Zwerg, aber zäh. Glaubte er jedenfalls.

»Hat Muffy Ihnen wieder Schwierigkeiten gemacht?« fragte er. Er schien die abgebrühte Vorzimmerdame zu bewundern. Nudger fragte sich, ob sie mehr war als eine Angestellte und vielleicht einen Anteil an dem Geschäft besaß. Ein Unternehmen wie Partners Unlimited konnte nicht einfach irgend jemand einstellen, um potentielle Kunden willkommen zu heißen.

»Ich glaube, insgeheim mag sie mich«, sagte Nudger.

Marlyk feixte; die übergroßen Zähne sahen im spätnachmittäglichen Sonnenlicht, das sich durch die heruntergelassenen Jalousien zwängte, gelb und falsch aus. »Nö, glauben Sie mir, das tut sie nicht. Wenn Leute hereinkommen, die sie mag, benimmt sie sich ganz wie eine vorbildliche Empfangsdame. Sie ist höflich und hat eine Antenne für ihre Bedürfnisse, wenn Sie wissen, was ich meine. Muff ist wirklich sehr feinfühlig.«

»Glauben Sie, daß sie ja sagt, wenn ich sie frage, ob sie mit mir ausgehen will?« fragte Nudger.

»Ich glaube, sie wird Ihnen in die Eier treten. Wumm! Bevor Sie bis zwei zählen können. Ich habe gesehen, wie sie das mit Männern gemacht hat, die sie erzürnt haben. Das ist mein Ernst.« Marlyk lehnte sich weit zurück und verschränkte die Arme über der Brust. Seine Und-jetzt-zum-Geschäftlichen-Pose. »Was wollen Sie, Nudger, außer meine Sekretärin auszuführen und ihr einen Kuß zu geben?«

»Ich habe gehört, daß Sie Jake Dancer Geld geliehen haben. Ich möchte wissen, wieviel und wofür.«

»Das ist eine ziemlich vertrauliche Angelegenheit, meinen Sie nicht auch?«

»Das wird es nicht bleiben, wenn ich Dancer nicht finde und sich die Polizei an der Suche beteiligt. Ich würde dem Vermißtendezernat einen Tip geben müssen. Das ist sowohl meine berufliche Obliegenheit als auch meine Pflicht als aufrechter Bürger.«

»Ein überzeugendes Argument«, sagte Marlyk. »Wenn Sie es in eine Rede einarbeiten, können Sie vielleicht irgendwo zu irgend etwas gewählt werden. Wissen Sie, Sie sind genau der Typ, der jemanden dafür prügelt, weil er einem Freund einen Gefallen getan hat.«

»Wie groß war der Gefallen?«

»Tausend Dollar. Dancer hat gesagt, er braucht sie, um Spielschulden zu bezahlen, sonst könnten ihm die Leute, denen er es schuldet, etwas antun. Das war so eine ehrliche Masche, daß ich ihm das Geld gegeben habe.«

»Bestimmt zu einem hohen Zinssatz.«

»Zum Vorzugszins«, sagte Marlyk. »Wie immer der zu der Zeit stand. Wir haben nicht einmal einen Vertrag gemacht. So arbeite ich eben, wenn ich einem Bekannten Geld leihe. Ich bin genau wie eine Bank, habe bloß mehr Vertrauen.«

Marlyk war ein ulkiger Mensch, und irgendwie machte es Spaß, mit ihm zu reden; er versuchte, einem ein X für ein U vorzumachen, und log sich dabei in die eigene Tasche. »Aber mit einer völlig anderen Art von Inkassoabteilung«, sagte Nudger.

»Ich doch nicht. Nicht bei läppischen tausend Dollar für jemanden wie Dancer. Als ich ihm das Geld gegeben habe, war mir klar, daß ich es wahrscheinlich in den Schornstein schreiben kann. Das ist mein Ernst. Ich habe es hauptsächlich wegen Helen Crane getan.«

»Hat sie von dem Darlehen gewußt?«

»Nein. Dancer wollte nicht, daß ich es ihr sage. Aber ich wußte, daß er als nächstes sie um das Geld anhauen würde. Und Helen ist so gutmütig; sie hätte es ihm geliehen. Dieser Dancer ist ein liebenswerter Junge, Nudger, aber eine Klassefrau wie sie könnte etwas viel Besseres haben, wenn sie nur wollte.«

»Sie liebt ihn«, sagte Nudger.

»Ja. Seltsamerweise.«

»Hat Dancer je einen Teil des Geldes zurückgezahlt?« fragte Nudger.

»Nö. Er hat es nie mehr erwähnt, seit er es eingesteckt hat. Er sollte es mir in drei Monatsraten zurückzahlen. In zwei Wochen ist die zweite Rate fällig, und ich habe noch nicht einmal die erste gesehen.« Marlyk zuckte ostentativ mit den sehr breiten Schultern, ein langsames Heben und Senken teuren Karostoffes. »Mein Verlust ist eines Buchmachers Gewinn. So ist das Leben.«

»Helen meinte, daß Dancer Sie nicht gut genug kennt, um sich von Ihnen Geld zu leihen.«

»Ha! Wenn jemand wie Dancer einem einmal begegnet ist, kennt er ihn gut genug, um ihn anzuhauen. Er hat gleich gesehen, daß ich ein ausgesprochen großzügiges Wesen habe, und das hat er ausgenutzt. Ich bin zäh und ein Mann von Welt, Nudger, aber ich habe ein weiches Herz.«

Nudger schaute genau hin, ob Marlyk ihn auf den Arm nehmen wollte. Kein Anzeichen zu bemerken. Es war sein Ernst.

»Das paßt zu Ihrem Geschäft«, sagte Nudger, »der Menschheit einen Dienst zu erweisen.«

»Sie glauben, Sie machen einen Witz, aber es ist die reine Wahrheit. Ich vermittle Gesellschaft, bekämpfe, was die Menschen am meisten fürchten: Einsamkeit.«

Marlyks Bemerkung enthielt genug Wahrheit, um Nudger den Mund zu stopfen.

»Manchmal«, fuhr Marlyk fort, »ist es mehr als bloß eine

Begleiterin, eine Frau, die bezaubernd aussieht, am Arm eines auswärtigen Großkopfs mit einem Spesenkonto.«

»Ich bin sicher, daß es mehr ist«, sagte Nudger.

Marlyk bewegte den Kopf auf diese seltsame pferdehafte Art, als habe ihn ein lästiges Insekt gestochen, und er versuche, es aus den Augenwinkeln zu sehen. »Mir gefällt nicht, was Sie da anzudeuten scheinen, Nudger. Außerdem habe ich keine Zeit mehr für Ihre Klugscheißerei. Auf meinem Kalender stehen heute noch wichtige Termine.«

Marlyk stand auf und befand sich nun ein paar Zentimeter über Nudgers Augenhöhe.

»Haben Sie eine Idee, wo ich Jake Dancer finden könnte?« Nudger war sitzen geblieben.

»Soll das etwa ein Witz sein? Ich habe Dringenderes zu tun, als mir über den dämlichen Freund einer meiner Angestellten Gedanken zu machen.« Marlyk sah angewidert genug aus, um gleich auszuspucken. »Himmel, da tut man jemandem einen Gefallen, und das hat man nun davon! Ein Privatschüffler zieht in einem Büro seine lahme Nummer ab. Auf der Stelle verschwinden Sie, oder ich lasse Muff die Polizei rufen.«

»Und wenn sie die auch beschimpft?«

»Muff wird freundlich dafür sorgen, daß man Ihnen die Lizenz entzieht.«

Wahrscheinlich keine leere Drohung, dachte Nudger. In der Kundenkartei von Partners Unlimited könnten ein paar sehr einflußreiche Namen stehen.

»Das ist mein Ernst«, beteuerte ihm Marlyk.

Nudger hatte ohnehin die Nase gestrichen voll. Er hatte alles erfahren, was hier zu erfahren war, und er hatte es satt, Marlyk zuzuhören. Jemand wie Marlyk war zwar amüsant, aber nur für kurze Zeit.

Nudger stand auf, nickte und ging aus dem Büro. Langsam, damit Marlyk sah, daß er ihn nicht vertrieben hatte. Alles ganz gemächlich.

Im Vorzimmer war Muffy damit beschäftigt, einem gepflegten Managertyp zu zeigen, wie er ein Formular auszufüllen hatte. »... wirklich elegant und auf der Höhe des Zeitgeistes«, sagte sie gerade. Der Klient sah Nudger und schwieg. Er wirkte ein wenig verlegen, als wäre er bei einer negativen Vierteljahresbilanz ertappt worden. Muffy funkelte Nudger wütend an.

»Mr. Marlyk hat mir Ihre Telefonnummer gegeben«, sagte er. »Ich hoffe, Sie haben nichts dagegen.«

»Aber keine Spur«, erwiderte sie. »Ich habe ein paar Bekannte, die Sie unbedingt kennenlernen sollten.«

Nachdem er Partners Unlimited verlassen hatte, machte Nudger Zwischenstation in der Bar des Hilton Hotels am Flughafen und schlug die Zeit tot, hielt sich solange wie möglich an zwei Bieren fest. Hier war es schummrig und kühl, und er wollte nicht eher gehen, bis es Zeit war, Claudia im Incarnate Word Hospital abzuholen. Ein paar Vertreter diskutierten am anderen Ende der Bar über Politik, und zwei ziemlich affektiert aussehende ältere Frauen saßen an einem Tisch und tranken exotische grüne Drinks, die er noch nie gesehen hatte. Niemand schenkte Nudger die geringste Beachtung, das war ihm recht. Er wollte nicht politisieren. Er wollte keinen grünen Drink. Er wollte im Augenblick Ruhe und Anonymität. Jeder brauchte ab und an einen Zufluchtsort. Eine Pause von dem rauhen Spiel.

Als er kein weiteres Bier mehr hinunterbrachte und der Barmann ihn erwartungsvoll anzustarren begann, als werde es wieder Zeit, daß Nudger sich seinen Platz an der Bar verdiente, ging er in das Foyer, setzte sich auf ein Plüschsofa und las einen verknitterten *Post-Dispatch,* den jemand liegengelassen hatte.

Die Hitzewelle sollte weiterhin andauern. Der Präsident sprach von Rüstungskontrolle und drohte einem Führer aus dem Mittleren Osten. Vergewaltigung, Mord, Chaos und politische Korruption. Anscheinend überall. Die Cardinals waren im Begriff, einen Werfer einzutauschen, nachdem sie dreimal hintereinander gegen die Cubs verloren hatte. Die *Cubs!*

Beträchtlich aufgemuntert durch das Wissen, daß es anderen noch schlechter ging als ihm, legte Nudger die Zeitung beiseite, schaute auf die Uhr und verließ das Hotel, um ins Krankenhaus zu fahren.

Claudia war schon angezogen, als er ankam, saß auf der Bettkante und wartete auf ihn. Das Bett war hoch, und sogar mit ihren langen Beinen berührten die Zehen nicht ganz den Boden. Sie sah heute abend besser aus, als wäre ihr nichts Ungewöhnliches widerfahren.

Als sie Nudger kommen sah, stand sie auf, eilte zu ihm und küßte ihn. »Auf dich ist immer Verlaß«, sagte sie. In der Hand hielt sie das kleine Bukett, das Hammersmith geschickt hatte, das aber Nudger, in seine Probleme mit Dancer verstrickt, völlig vergessen hatte. Es sah wie Pfingstrosen aus, aber Nudger verstand nicht viel von Blumen.

»Man hat mir gesagt, man müßte sie ins Wasser stellen«, sagte er. »Eine Vase oder ein Glas.«

»Denen passiert nichts; ich habe ein feuchtes Taschentuch um die Stiele gewickelt. Sie werden tagelang halten, ohne zu welken.«

Beinahe hätte er den Arm um sie gelegt und sie an sich gezogen, dann fiel ihm ihr grün und blau geschlagener Oberkörper ein. Sie trug eine weite graue Bluse, die die Rippenbandagen kaschierte. Er glaubte nicht, daß sie einen BH trug, und überlegte, ob das wegen der Brandwunde war. Er wurde von neuem wütend, als er an die Sache mit der Zigarette dachte, und er mußte sich zusammennehmen.

Sie hatte seine Anspannung bemerkt. »Ich fühle mich jetzt gut«, sagte sie ihm. »Wirklich, mir geht es gut.«

»Hast du schon zu Abend gegessen?«

»Hier? Soll das ein Witz sein? Ich dachte, wir könnten irgendwohin gehen und etwas Leckereres als Wackelpudding mit Kirschgeschmack essen.«

Als sie aus dem Zimmer gingen, steckte Nudger den Kopf hinter den Trennvorhang, um sich von Rose zu verabschieden, aber das Bett war leer.

»Ihr Mann hat sie am Nachmittag abgeholt«, sagte Claudia. »Die Schwester hat mir gesagt, sie könne ebensogut zu

Hause sein; sie hat inoperablen Bauchspeicheldrüsenkrebs und nicht mehr lange zu leben.«

Muffy hat recht gehabt, dachte Nudger düster; es war so ein Tag. Vielleicht sogar so eine Welt. Er hatte Rose nur einmal kurz gesehen, und er fragte sich, weshalb ihr naher Tod ihn so deprimierte. Aber gleich aus welchem Grund, Claudias Neuigkeit über Rose schien intim und vernichtend.

Er versuchte, dieses Gefühl abzuschütteln, als er mit Claudia im Fahrstuhl hinunterfuhr, um die Entlassungsformalitäten zu erledigen, aber es gelang ihm nicht völlig.

Sie fuhren zu Del Pietro's in der Hampton Street und aßen überbackene Ravioli, Salat mit dem Dressing des Hauses, Nudeln und warmes Brot. Claudia war froh, dem Krankenhausessen entkommen zu sein. Sie schien jeden Bissen Nudeln als etwas Kostbares zu betrachten, kaute langsam und lange, bevor sie schluckte.

Nach Spumone und Kaffee fuhr sie Nudger in die Innenstadt zum Polizeirevier. Seine Finanzen hatten ein Loch und sein Magen rumorte, aber das war es wert gewesen, Claudia beim Genießen einer guten Mahlzeit zuzusehen.

Als sie in Hammersmith' Büro waren, sagte Nudger: »Rose stirbt.«

»Wer?« fragte Hammersmith.

»Rose. Die Frau, die mit Claudia im Zimmer lag. Sie ist unheilbar krebskrank und hat nicht mehr lange zu leben.«

»Hm, das ist schlimm«, sagte Hammersmith, aber Nudger war sich nicht sicher, ob er es auch meinte. Wahrscheinlich hatte er Rose vergessen. Er begegnete vielen Menschen. Hammersmith führte ihn und Claudia in einen der winzigen Verhörräume, wo ein Stapel Verbrecheralben auf sie wartete. Der Raum hatte ein einziges Fenster, das auf der Außenseite mit dickem Maschendraht geschützt war. Die Scheibe war beinahe zu schmutzig, um hindurchzusehen, aber Nudger wußte, daß es ohnehin keine nennenswerte Aussicht gab. Das einzige Mobiliar waren ein Holztisch und zwei Stühle. Das war alles, und für das, was in diesem Raum gewöhnlich vor sich ging, genug. In der

Luft hing ein schwacher, abgestandener Ammoniakgeruch, wie nach Urin – und nach Angst. Es war still hier drinnen.

Die Alben waren abgegriffene Ringbücher, vollgestopft mit Fotos polizeibekannter Übeltäter. Viele der Fotos, im Profil und en face, waren im Gefängnis aufgenommen worden. Unter den Fotos standen keine Namen, damit die Zeugen bei der Identifizierung nicht von dem beeinflußt waren, was sie über die Männer gehört oder gelesen hatten.

»Das kann lange dauern«, warnte Hammersmith.

Claudia sagte ihm, es mache ihr nichts aus, sich dafür Zeit zu nehmen. Dann setzte sie sich auf einen der Stühle und zog das erste Album über den Tisch zu sich heran.

Hammersmith entschuldigte sich und ging wieder in sein Büro zurück.

Nach beinahe zwei Stunden hielt Claudia im Durchblättern inne und sagte: »Der da.«

Nudger sah ihr über die Schulter.

Ihr rechter Zeigefinger lag auf dem Schwarzweißfoto eines Mannes mit einem langen Gesicht und hohlen Wangen. Er blickte leidenschaftslos und doch leise herausfordernd in die Kamera, als könne er seine Verachtung für den Fotografen kaum verbergen. In der Profilaufnahme sah er mit hocherhobenem Kinn unbeteiligt geradeaus, als zeige er sich von seiner guten Seite. Als habe er eine gute Seite.

»Besteht noch ein Zweifel?« fragte Nudger.

»Keiner«, antwortete Claudia.

Nudger sagte ihr, sie solle warten und ging dann, um Hammersmith zu holen.

»Bist du dir auch ganz sicher?« Hammersmith betrachtete das Foto, auf das Claudia deutete. Ein merkwürdiger Unterton lag in seiner Stimme.

Da erkannte Nudger, daß auch er den Mann schon vorher gesehen haben könnte. Er hatte sich täuschen lassen, weil es unmöglich war, von einer Porträtaufnahme auf jemandes Größe zu schließen. Und das war kein Gefängnisfoto mit einer klar gekennzeichneten Meßlatte hinter dem Fotografierten. Das Fehlen der Meßlatte führte in die Irre. Aber dies könnte der große Mann sein, der ihn in der Tiefgarage des

Supermarktes herumgeboxt hatte, der Jake Dancers Gesicht mit einem Messer bedroht hatte.

»Das ist der, der mich mit der Zigarette verbrannt hat«, sagte Claudia mit einer Stimme wie gespannter Draht.

»Wie kommt es, daß ich nicht überrascht bin?« fragte Hammersmith. »Das ist Lars Kovar.«

19

»Wir werden Kovar zur Fahndung ausschreiben.« Hammersmith beugte sich über Claudias Schulter und klappte das Verbrecheralbum zu. Der schwere Einband fiel mit einem Knall zu und verursachte einen leichten Luftzug in dem ruhigen Raum. »Zuletzt habe ich gehört, daß er für einen Buchmacher namens Sammy Weld Schulden eintreibt.«

Nudger kannte einige Buchmacher, aber er hatte noch nie von Weld gehört. Er wollte ihn kennenlernen. Wenn Kovar einer der Männer war, die Jake Dancer vor dem Marriot zusammengeschlagen hatten, könnte Sammy Weld einer der Buchmacher sein, die Dancer bedrohten, obwohl es möglich war, daß Kovar sein Knochenbrechertalent an eine Reihe von Auftraggebern vermietete. Menschen wie Kovar neigten dazu, ihren finsteren Vorstellungen von Spaß und Profit zu folgen.

Eine Polizeisirene jodelte draußen auf der Chouteau Street, eine plötzliche Erinnerung an ein Universum außerhalb des winzigen Verhörraums.

»Wo kann ich Weld finden?« fragte Nudger.

Hammersmith legte den Kopf zur Seite, daß die glatten Hängebacken über den Kragen wabbelten. »Du hast doch nicht etwa vor, Kovar aufzuspüren und auf einen Rachefeldzug zu zotteln, Nudge?«

»Würde mir nicht im Traum in den Sinn kommen«, antwortete Nudger aufrichtig. Kovar jagte ihm eine Heidenangst ein; er war es zufrieden, die Polizei den unsanften Riesen zur Strecke bringen zu lassen und mit ihm fertig zu werden. »Die Dinosaurenjagd überlasse ich dir und Fred Flintstone. Ich will nur mit Weld reden. Ich glaube, daß jemand, über den ich Erkundigungen einziehe, bei ihm ein paar Wetten placiert haben könnte.«

»Dieser Jake Dancer?«

Nudger nickte.

»Ich habe dir doch gesagt, daß ich mich erkundige, Nudge. Oder von jemandem Erkundigungen einholen lasse. Jemand von der Sitte hat bereits mit Weld gesprochen, und Weld behauptet, Dancer nie gesehen zu haben.«

Nudger war nicht überzeugt. »Könnte sein, daß Weld etwas zu verbergen hat. Was ist, wenn er derjenige ist, der Kovar zu Claudia geschickt hat?«

Hammersmith zog die grau werdenden Augenbrauen hoch und spitzte den Mund. Er sah aus wie ein Engel im Streß. »Warum sollte er?« fragte er.

»Um mich hintenrum nachdrücklich zu ermahnen, mit der Suche nach Jake Dancer aufzuhören.«

»Ein Versuch, dir über Claudia Angst einzujagen? Ärger für dich oder die Deine, wenn du dich weiterhin mit derselben Spur abplackst?«

»Immerhin *habe* ich Angst«, sagte Nudger. »Und ich und die Meine hatten schon Ärger.«

Hammersmith blickte einen Moment zu Boden, dann schüttelte er den Kopf. »Das akzeptiere ich nicht, Nudge. Weld hat diese Macke mit Frauen, sieht sich selbst als Kavalier der alten Schule; er könnte vielleicht Kovar beauftragen, dir mit der Zange die Zähne zu ziehen, aber er würde ihn nie auf Claudia hetzen.«

»Was ist mit Welds Hintermännern?« fragte Nudger. »Hat er vielleicht Partner? Größere Buchmacher, die ihm Bargeld zur Verfügung stellen, wenn er es braucht oder seine Wetten mittragen?«

»Nö. Er arbeitet selbständig. Ein Unikum. Er ist in diesem Geschäft vor allem deshalb, weil er Geld braucht, um sein Image und sein Ego zu polieren. Nicht, daß er nicht auch das Notwendige tut, um eine überfällige Schuld einzutreiben. Das ist das Evangelium für Leute wie Weld; gehört einfach dazu.«

»Ein feines Evangelium.«

Claudia stand auf und wollte sich strecken, aber die geprellten Rippen ließen sie abrupt die Arme senken. Ihr Gesicht war weiß.

»Vielleicht wäre eine Vendetta gar keine schlechte Idee«, sagte Nudger, als er die beiden senkrechten Schmerzfalten über ihrer Nasenwurzel sah.

»Ich bin mehr an Prävention als an Rache interessiert«, sagte Claudia. »Was heute geschehen ist, ist ein Teil der Geschichte, der sich nicht wiederholen soll.«

Nudger fragte sich, was Biff Archway tun würde, wenn ihm Claudia davon erzählte. Wahrscheinlich wie ein Filmstar in einem Ein-Mann-Kommandounternehmen auf Lars Kovar losstürzen und seine Kampfsportkünste auf den großen Mann anwenden. Ein paar Kugeln mit den Zähnen fangen, den riesigen Kovar durch die Luft schleudern, Rache nehmen, aber mit Fair play. Eventuell die ganze Zeit lächeln, diese Gelegenheit genießen, zu trainieren und zugleich einen der Bösen auf dieser Welt zu schlagen. Besser als Joggen oder auf der Nautilusmaschine ins Schwitzen zu geraten. Und in eindeutiger und edler Absicht. Und vielleicht mit einer Belohnung. Bestimmt einer Belohnung von Claudia.

»Nudge?« fragte Hammersmith.

»Ja?«

»Sammy Weld verbringt viel Zeit im Paddlewheel, einer Kneipe unten im Laclede's Landing im Hafenviertel. Wickelt dort seine Geschäfte ab, nimmt auf alles Wetten an, von Ballspielen bis zum Himmel-und-Hölle. Er hat großen Erfolg bei Frauen und zieht sich an, als hätte er Errol Flynns gesamte Garderobe geerbt, sieht sich gern in der Tradition der Spieler, die früher auf den Schaufelraddampfern gearbeitet haben.«

»Schon wieder der Fluß?« sagte Nudger.

»So?«

»Parallelen.«

»Was?«

»Nicht so wichtig.«

Nachdem Claudia die Strafanzeige gegen Lars Kovar unterschrieben hatte, half ihr Nudger zum Auto, obwohl sie keine Hilfe benötigte. Die Luft draußen roch frisch, und aus Südosten wehte eine Brise, aber es war immer noch heiß, und die Luftfeuchtigkeit schien sogar noch gestiegen zu sein.

Er half Claudia auf den Beifahrersitz des Granada, ging dann um das Auto herum und setzte sich ans Steuer. Wieder war er froh, daß er nicht den VW fuhr. Er war nicht der geeignete Wagen, um Menschen mit Rippenverletzungen zu befördern. Seine Federung war seit Jahren hinüber; er war der geeignete Wagen um beim Fahren Farben zu mischen.

»Das ist ein hübsches Auto.« Claudia fuhr mit der Hand über den vinylgepolsterten Sitz.

»Er gehört einer älteren Witwe namens Mrs. Fudge. Ich überlege, ob ich ihn kaufen soll.«

»Das solltest du. Du solltest besser mit dir umgehen.«

In dieser Nacht schlief Nudger bei Claudia, hielt sie im Arm, bis sie im kühlen Luftzug der Klimaanlage einschlummerte.

Sie lagen auf der Bettdecke, um kühl zu bleiben, aber Nudgers Rücken war feucht, wo sich seine Körperwärme auf der Matratze gestaut hatte, und Claudias Wange war naß auf seiner nackten Brust. Ihr dunkles Haar war strähnig und klebte ihr an der Stirn. St. Louis im Sommer.

Um fünf Uhr wurde Nudger von Donner geweckt. Sekunden vor jedem Schlag erhellten Blitze das Zimmer.

In dem periodisch fahlen Licht sah er Claudia zusammengerollt neben sich liegen; sah die glatte Krümmung der Hüfte und den Schwung der Schenkel. Claudia wimmerte, wachte aber nicht auf. Nudger langte hinüber und legte ihr sacht die Hand auf die Stirn – kühl jetzt, nicht verschwitzt –, das Wimmern hörte auf, und ihr Atem wurde gleichmäßig.

Es goß in Strömen; der Regen überflutete die Dachrinne und rann geräuschvoll auf das Mauerwerk und den Durchgang darunter. Eine kurze Pause von der Hitze. Ein kühles Glas Limonade aus dem Himmel für eine Stadt, die es gebrauchen konnte.

Als der Sturm vorbei war, schlief Nudger.

Um halb acht am nächsten Morgen duschte er gemeinsam

mit Claudia; bibbernd standen sie unter der kalten Wasserbrause, in der großen, klauenfüßigen Badewanne, in dem alten gekachelten Bad. Hinterher trockneten sie sich mit riesigen rauhen Frottierhandtüchern ab. Eigentlich Strandtücher, die Claudia gegen Coupons von einer Waschmittelpackung eingetauscht hatte. Auf seinem Handtuch prangte eine Palme, auf ihrem flogen Pelikane in einer pittoresken V-Formation vor einer orangenen Sonne. Nudger war sicher, daß Pelikane nicht in Formation fliegen.

Er dachte daran, Claudia wieder ins Schlafzimmer zu locken und dafür zu sorgen, daß sie zu spät zur Arbeit kam, aber er entschied, dies sei vielleicht nicht der geeignete Moment dafür. Staat dessen half er ihr, die Rippen wieder mit einer drei Meter langen Bandage zu umwickeln. Dann zogen sie sich an, und er kochte den Kaffee, während sie Rühreier briet.

Nach dem Frühstück begleitete er Claudia zu ihrem Auto, das ein paar Häuser weiter unten auf der Wilmington Street abgestellt war. Er sah zu, wie sie wegfuhr, auf dem Weg zu ihrem Unterricht in der Stowe-High-School, draußen in dem Vorort. Ein paar Nachbarn standen am Fenster oder hatten es sich bereits im Schatten auf ihren Veranden bequem gemacht, behielten die Nachbarschaft argwöhnisch und kritisch im Auge. Nudger hatte ihnen einige Male Anlaß zum Staunen gegeben, aber er wußte auch, daß sie sich gern ihre eigenen Seifenopern schrieben. Das konnte nichts schaden. In der Regel.

Er stieg in den Granada, fuhr ins Büro, und dabei war ihm so klar bewußt wie noch nie zuvor, daß ihrer beide Berufe nicht gut zueinander paßten. Grammatik und Kanonen; Spieler und Zensuren; Erzieher und Entsetzen. Das tat nicht gut. Nicht viele Gemeinsamkeiten, über die man beim Abendessen reden konnte, obwohl ihre Tischgespräche gelegentlich lebhaft waren.

In Nudgers Büro bat ihn eine Nachricht auf dem Anrufbeantworter, Helen Crane anzurufen.

Er tat das sofort, nachdem er die Klimaanlage eingeschaltet hatte, und hoffte, Helen wüßte etwas Neues über Dancers Verschwinden.

Sie wollte wissen, ob er etwas Neues über Dancer wüßte. Fair genug. *Sie* hatte schließlich *ihn* engagiert.

»Hat Jake je den Namen Sammy Weld erwähnt?« fragte Nudger.

»Nicht, daß ich wüßte. Warum?«

»Weld ist ein Spieler und Buchmacher. Er könnte einer von Dancers Schuldnern sein.«

»Könnte er«, sagte Helen. »Aber ich glaube nicht, daß ich den Namen je von Jake oder jemand anderem gehört habe.«

»Wie steht es mit einem Lars Kovar? Nicht hübsch und nur eine Idee kleiner als eine Sequoia.«

»Ich bin sicher, daß ich den Namen nie gehört habe«, sagte Helen. »Ich würde mich daran erinnern, und ich wüßte auch, ob ich diesem Kovar begegnet bin, wenn er wirklich so groß ist, wie Sie sagen.«

»Er kratzt mit dem Kopf an die Wolken«, sagte Nudger. »Ich werde heute morgen versuchen, diesen Weld aufzutreiben und ihn zu fragen, ob Dancer sich bei ihm gemeldet hat. Es könnte über Lars Kovar eine Verbindung geben.«

»Wer ist denn nun eigentlich dieser Kovar?«

»Ein niederträchtiger Ex-Polizist und möglicherweise einer der Männer, die Jake zusammengeschlagen haben. Außerdem benutzt er Frauen gerne als Aschenbecher.«

»Was wollen Sie damit sagen? Steht er auf S/M? Verbrennt er Frauen mit Zigaretten und Zigarren?« In ihrer Branche hatte Helen schon von solchen Dingen gehört.

»Genau das tut er.«

»Pervers«, sagte Helen.

»Er soll für Sammy Weld Schulden eintreiben.«

Helen schwieg eine Zeitlang. Dann sagte sie: »Das wächst sich allmählich zu einer haarigen Angelegenheit aus, Nudger.«

»Geradezu pelzig.«

»Mir gefällt nicht, daß sich Jake mit solchen Leuten eingelassen hat.«

»Wir wissen nicht, ob er sich wirklich mit ihnen eingelassen hat.«

Aber Nudger war sich ziemlich sicher, daß Dancer zumindest mit Kovar zu tun gehabt hatte. Und Kovar und sein gleichermaßen niederträchtiger Helfer waren genau die Leute, denen ein nervöser, verletzlicher Veteran mit einem Alkoholproblem aus dem Weg gehen sollte. Der Krieg war die Hölle, zugegeben, aber er war nicht die einzige Hölle.

Helen bat Nudger, sie anzurufen, wenn er etwas über Dancer erfahren sollte. Sie gab ihm eine Telefonnummer und eine Durchwahl, unter der sie den ganzen Tag und eventuell auch am Abend zu erreichen war.

Nachdem sie aufgelegt hatte, suchte Nudger in seinem illegal erworbenen Gegenverzeichnis der Telefongesellschaft die Adresse, die zu der Nummer gehörte.

Es war die Nummer des Radisson Hotels. Die Durchwahl gehörte – nach den ersten beiden Ziffern zu urteilen – zu einer Suite im obersten Stock. Der Chemikerkongreß war wahrscheinlich zu Ende gegangen, aber VIP Morrison könnte noch geblieben sein, um weiterhin seine Privilegien zu genießen. Vielleicht hatte es sich gelohnt, für all die vielen Beförderungen zu kämpfen.

Nudger ließ das Verzeichnis mit einem dumpfen Schlag wieder in die unterste Schreibtischschublade fallen und trat dann die Schublade zu. Was man mit Geld nicht alles kaufen konnte. Ihm war ein wenig übel. Er sagte sich, es läge an der Hitze.

Er schaute im Doughnut Shop vorbei, trank ein Glas Eiswasser und fachsimpelte mit Danny über Baseball, dann fuhr er ins Hafenviertel, um zu sehen, ob Sammy Weld im Paddlewheel Geld zählte und sich Asse in den Ärmel schob.

Nudger freute sich auf dieses Gespräch. Er hatte keinen Spieler mehr gesehen, der auf Schaufelraddampfern arbeitete, seit... Howard Keel in *Showboat*.

20

Laclede's Landing ist ein Viertel mit veralteten Backsteinhäusern, von denen viele restauriert worden sind oder gerade restauriert werden und sich in dem großen gekrümmten Schatten des *Archs* eng an das Westufer des Mississippi kuscheln. Die meisten Straßen sind mit Kopfsteinpflaster gepflastert, das in kürzester Zeit die Stoßdämpfer jedes Autos ruiniert. Das Landing ist eher ein Viertel für Schuhleder als Reifen; bei schönem Wetter wimmelt es auf den Bürgersteigen von Touristen, Einheimischen und Straßenmusikanten. Restaurants, Bars und Spezialitätengeschäfte ziehen sich die rauhen Straßen entlang. Ein amüsanter Abend für einige Bewohner oder Besucher von St. Louis beinhaltet ein gutes Abendessen in einem Restaurant der Innenstadt oder im Hafenviertel und einen anschließenden Spaziergang durch das Landing, mit kurzen Aufenthalten in den Jazzclubs und Straßencafés.

Abends und am Wochenende herrscht im Landing am meisten Betrieb. Jetzt waren nur wenige Menschen auf den malerischen engen Straßen unterwegs, als Nudger den Granada hinter einem Getränkelastwagen parkte. Der Ausliefferer, dessen dicker Wanst das schweißfleckige T-Shirt spannte, lud die Kisten vom LKW ab und fuhr sie auf einem Transportwagen über die Kopfsteine in das Paddlewheel. Der Transportwagen klapperte laut, und die Kisten tanzten auf und ab, beinahe heftig genug, um die Flaschen zu zerbrechen.

Nudger folgte dem hüpfenden Bourbon. Er blickte nach oben, bevor er die gebeizte Vordertür aufdrückte, die Eichentür eines längst verschwundenen Herrenhauses aus der Zeit vor dem Bürgerkrieg, und sah, daß die oberen drei Stockwerke des vierstöckigen Hauses sich zur Straße zu neigen schienen und aussahen, als könnten sie jeden Moment hinunterstürzen. Ein Instant-Schuttberg. Das Erdgeschoß war saniert und mit dunkelblauen Segeltuchmarkisen und getönten Fenstern ausgestattet worden. Ein großer Schaufelraddampfer war auf das große Fenster gezeichnet worden, und neben der Eichentür hing ein halbes, authentisch aussehendes Schaufelrad, das im Bürgerkrieg verankert war.

Als er hineinging, wäre Nudger nicht überrascht gewesen, den guten alten Mark Twain an einem Holztisch bei einem Bier hocken zu sehen. In einer Ecke fände vielleicht ein Kartenspiel statt, verschwitzte Männer entspannten sich nach einem anstrengenden Tag vom Ballenheben und Kähneschleppen oder umgekehrt. Statt dessen war das Lokal leer, abgesehen von dem Barmann, der den Empfang der Getränkelieferung quittierte.

Nudger setzte sich ans Ende der Bar und wartete, während der Auslieferer eine Gratisdose Pepsi hinunterschüttete und sich mit dem Barkeeper unterhielt, einem recht jungen Mann mit einem struppigen Schnurrbart und gewelltem dunkeln Haar. Das Paddlewheel beanspruchte das gesamte Erdgeschoß des Hauses; die Trennwände waren eingerissen und der ursprüngliche Holzboden war abgeschliffen und lackiert worden. Hinter der Bar hing ein großes reichverziertes Modell eines Schaufelraddampfers, der sich seinen Weg durch Wasser aus Baumwolle bahnte, braungefärbt wie der nahegelegene Fluß, abgesehen von den Stellen, welche die von dem Schaufelrad erzeugte Gischt darstellen sollten. Jemand hatte sich mit diesem Dampfer viel Mühe gegeben. Ähnliche Dampfer fuhren, nur ein paar Blocks entfernt, immer noch auf dem Wasser, Ausflugsdampfer wie die *Huck Finn.* Oder die *President,* die für den Sommer aus New Orleans gekommen war. Oder Kreuzdampfer wie die luxuriöse *Delta Queen*, schwimmende Hotels und Vergnügungszentren, die den gesamten Fluß hinauf- und hinunterzogen, sich wohlhabenden Gästen andienten, die einmal unbeschwert kosten wollten, was beinahe vom Winde verweht war.

An den Wänden des Paddlewheels hingen Zeichnungen und alte Fotografien von Dampfern. An der Decke hing ein monumentaler Kronleuchter aus einem Speichenruder, mit dessen Hilfe vor hundert Jahren gefährliche Strömungen und Untiefen passiert worden waren. Holznischen mit hohen Rückenlehnen zogen sich die vertäfelten Wände entlang. Tische mit roten Tischdecken und einer Sturmlampe in der Mitte standen dichtgedrängt in der Mitte des Raums. Obwohl das Paddlewheel eine Klimaanlage besaß und trotz der zunehmenden Morgenhitze kühl war, rotierten träge die breiten Holzflügel eines halben Dutzends Ventilatoren und warfen beruhigende, huschende weiche Schatten über Wände und Tische.

Der Barkeeper ließ leise ein Radio laufen, eingestellt auf einen Rocksender, dessen Musik nicht zu der Einrichtung paßte. Klassische Beatlesnummern. Nudger sah, daß er wegen des vielen Haares und des dunklen Schnurrbarts zwar jung wirkte, aber tatsächlich Anfang Vierzig war. Das erklärte, weshalb die Musik nicht laut genug dröhnte, um den Dampfer hinter der Bar auf seinem Baumwollstrom vom Kurs abkommen und gieren zu lassen.

Als der Auslieferer den stählernen Transportwagen klappernd vor sich her aus der Tür geschoben hatte und verschwunden war, schlenderte der Barmann hinter die Bar und nickte Nudger zu, wartete auf seine Bestellung.

»Auch so eine.« Nudger wies auf die leere Pepsidose, die der Fahrer auf der Bar stehengelassen hatte. »Nur hätte ich gerne ein Diätpepsi.«

Der Barkeeper holte ein Diätpepsi, goß die Hälfte davon in ein Glas und stellte Dose und Glas vor Nudger auf die Bar. Nudger legte einen Dollar auf die Bar. Der Barkeeper sagte, das Cola koste einen Dollar neunzig. Nudger war nicht überrascht. Er legte einen zweiten Dollarschein auf den ersten. Die Beatles sangen ›Penny Lane‹. Nudger fragte: »Haben Sie Sammy Weld heute schon gesehen?«

Er erwartete ein Ablenkungsmanöver, eine Veränderung in den dunklen Augen des Barkeepers, ein Fischen nach einer Zehn-Dollar-Bestechung. Wie im Film oder im Detektivroman.

Statt dessen sagte der Barkeeper, kein Romantiker: »Er wird gegen zehn kommen, wie immer. Sammy steht nicht zeitig genug auf, um früher hier zu sein.«

»Ich nehme an, so früh ist sowieso noch niemand da, mit dem er Geschäfte machen kann«, sagte Nudger.

Wieder keine Ausflüchte. »Oh, er rechnet, während er da

drüben in der Ecknische frühstückt. Man könnte sagen, er macht sein Buch. Natürlich hat Sammys Geschäft, was es auch sein mag, nichts mit dem Lokal zu tun. Obwohl es für ihn so eine Art Büro ist.«

»Vielleicht schmeckt ihm das Essen hier«, sagte Nudger.

Der Barmann zuckte die Achseln. Er trug eine blaue Schürze mit – was sonst? – einem Dampfer auf der Brust. Das Schiff sah genauso aus wie das Modell hinter der Bar, das, wenn man es genau betrachtete, haargenau so aussah, wie der Dampfer im Fenster. »Kann ich ihm nicht übelnehmen«, sagte er. »Wir haben die besten Waffeln in der Stadt. Möchten Sie welche probieren?«

»Danke, ich habe schon gefrühstückt.« Nudger sah auf die Uhr. Weld sollte in weniger als einer Stunde hier sein. Eine zusammengefaltete Morgenzeitung lag auf einem Barhocker; manchmal fragte er sich, warum er überhaupt ein Abonnement unterhielt. »Wie wäre es, wenn ich mein Cola in der Nische da trinke und die Zeitung lese, während ich auf Sammy warte? Ich muß mit ihm über eine Wette reden.«

»Eine Wette?« Der Barkeeper lächelte. »Ich weiß nichts von einer Wette. Worüber Sie mit Sammy reden wollen, ist allein Ihre Angelegenheit.«

»Und seine«, sagte Nudger.

»Und nicht meine.«

Nudger wußte, daß das nicht ganz stimmte. Das Paddlewheel wußte wahrscheinlich die Gäste zu schätzen, die von Welds Betätigung und seiner Spielerpersönlichkeit angezogen wurden. Ein bißchen Lokalkolorit, mit einem Tupfen des Grüns von Geld. Aber wenn der Barmann den Unschuldigen markieren wollte, hatte Nudger nichts dagegen. Was war Schuld, außer einer Frage des Grades?

»Sind Sie sicher, daß Sie keine Waffeln wollen?« fragte der Barmann. »Sie wissen nicht, was Ihnen da entgeht.«

»Danke, ich bin sicher.« Dieser Mann mit seinen Waffeln war schlimmer als Danny mit seinen Doughnuts.

Nachdem er sich in die Nische gesetzt hatte, blätterte Nudger die Zeitung durch, nahm im Umblättern Fetzen auf: ›Der Präsident wird heute – im Wald gefunden – Entscheidung des Supreme Courts – Nicaragua – Diskriminierung von – Gott in der dritten Klasse – die Gemäßigten im Iran – nicht wirklich Zensur – verdirbt unsere Kinder...‹ Er wollte nichts ausführlich lesen, bis er die Sportseite erreicht hatte, wo klügere Köpfe wie Sparky Anderson und Yogi Berra das Sagen hatten. Hui! Die Cards hatten es geschafft, hatten einen guten jungen Außenspieler gegen einen ehemals großartigen Werfer eingetauscht, der eine Rotatorverletzung auskuriert hatte.

Nudger gefiel der Tausch nicht. Wie viele Werfer hatten sich eigentlich je völlig von einer Rotatorverletzung erholt? Was, um alles in der Welt, war ein Rotator?

Pünktlich um zehn Uhr öffnete Sammy Weld die alte Eichentür und wuselte hinein, wie ein vielbeschäftigter Mann mit einem dicht gedrängten Terminkalender. Er grüßte den Barmann zackig-flott, tippte sich andeutungsweise an den Hut. Der Blick des Barmanns huschte zu Nudger, dann zurück, als beobachte er etwas, das mit Höchstgeschwindigkeit den Raum durchquerte.

Weld war mittelgroß, schlank und, was Frauen auf eine düstere Weise gefährlich hübsch nennen. Er trug einen gewöhnlichen beigen Anzug und ein weißes Hemd, aber statt einer Krawatte hatte er sich adrett ein königsblaues Halstuch um den Hals gebunden, das von einer großen, edelsteinbesetzten, silbernen Spange zusammengehalten wurde. Außerdem trug er einen weißen, breitrandigen Hut, den er, Gentleman, der er war, drei Schritte im Raum abhob und glattes, schwarzes, sorgfältig gekämmtes Haar entblößte. Nudger erinnerte sich an Hammersmith' Bemerkung über Weld und Errol Flynns Garderobe. Weld war Mitte Dreißig, und er bewegte sich mit Anmut und Entschlossenheit. Aber er war eine Idee zu gut gekleidet, zu selbstgefällig und manieriert. Er hätte dem Männlichkeitsideal von Hollywood, dem er zweifellos gleichzukommen glaubte, entsprochen, nur war er für die Hauptrolle einen Tick zu tuntig.

Er ignorierte Nudger, ging zu einer Ecknische und setzte sich. Er hatte wirklich das Gebaren eines Mannes, der zur

Arbeit im Büro erscheint. Der Barmann brachte ihm sofort Kaffee und Sahne in einem silbernen Kännchen.

Nudger stand auf und ging über den Bohlenbelag zur Nische hinüber. »Sammy Weld?«

Weld sah auf und lächelte. Er hatte sogar einen bleistiftdünnen Schnurrbart wie Errol Flynn. »Sie müssen Nudger sein«, sagte er.

»Woher wissen Sie das?«

»Ein Lieutenant Hammersmith hat mich wissen lassen, daß Sie mich vielleicht aufsuchen. Er hat mir geraten, Ihnen behilflich zu sein, Ihnen keine Lügen zu erzählen. Sagte, ich sollte Sie behandeln, als wären Sie der Papst.« Wieder das hübsche Lächeln. »Er weiß nicht, daß ich gar nicht katholisch bin.«

Nudger setzte sich Weld gegenüber. Er hatte einen schleppenden, vornehmen Südstaatenakzent erwartet; statt dessen sprach Weld mit einem Hauch des näselnden Ozarkdialekts. Nudger sah ihn plötzlich aus einer anderen Perspektive: ein Junge vom Lande, der sich angestrengt um ein weltmännisches Image bemüht. »Ist das der einzige Grund, daß Sie mir behilflich sind?« fragte Nudger. »Hammersmith' Rat?«

»Nee. Ich habe nichts zu verbergen. Jedenfalls nicht vor Ihnen.« Er goß sich Sahne in den Kaffee und trank einen Schluck, dabei hielt er die Tasse zierlich in der Hand. Spreizte sogar ganz leicht den kleinen Finger ab. Jede Benimmdame schlösse ihn ins Herz, sähe in ihm einen eifrigen Schüler und eine Herausforderung. Halb Diamant, halb Stückkohle. »Worüber wollen Sie mit mir reden?«

»Jake Dancer.«

Weld stellte die Tasse ab und schwieg. Und in den schmal gewordenen Augen des Spielers lag nichts außer Vorfreude, als er den Barmann einen Teller mit Waffeln und ein Fläschchen Sirup herüberbringen sah. Die Waffeln rochen gut, süß und nach einem Hauch Zimt. Einen Moment war Nudger versucht, einige zu bestellen und ein zweites Mal zu frühstücken. Er hatte bloß zehn Pfund Übergewicht, warum also nicht zwölf Pfund?

»Was ist mit Jake Dancer?« fragte Weld, als er den ersten

Bissen in den Mund geschoben hatte. Damit hätte er die Benimmdame schockiert – kauen mit offenem Mund.

»Schuldet er Ihnen Geld?«

»Aber ja. Siebenhundertunddreißig Dollar.«

»Danebengegangene Wetten?«

Weld schluckte, nahm noch einen Bissen Waffel und schüttelte den Kopf. Anscheinend konnte er nicht mit leerem Mund reden. »Dancers Wetten gehen immer daneben. Pferde, Baseball, Golf, Karten, egal was, er hat schon auf alles seinen Hintern verwettet.«

»Haben Sie kürzlich den Teil von ihm gesehen, den er nicht verwettet hat?«

»Ich habe ihn seit Monaten nicht gesehen.«

»Wie steht es mit Lars Kovar?«

Weld hörte auf zu kauen. Er schluckte wieder, diesmal schwer. Nahm einen Schluck Kaffee. »Auch Lars habe ich seit ein paar Monaten nicht mehr gesehen.«

»Ich dachte, er arbeite für Sie in der Inkassoabteilung.«

Das Gespräch wurde allmählich ernst, möglicherweise sogar belastend. Weld zog die Augenbrauen hoch. »Lars erledigt von Zeit zu Zeit die ein oder andere Arbeit für mich. Er arbeitet für eine Menge Leute.«

»Und für wen arbeitet er in letzter Zeit?«

Weld goß ganz langsam Sirup über die Waffeln, soviel, daß er beinahe über den Tellerrand lief. Diese Waffeln rochen fantastisch! »Das kann ich Ihnen wirklich nicht sagen.«

Nudger sah zu, wie Sammy Weld sein Essen genoß. Der Spieler vermittelte den Eindruck, als habe er die Wahrheit gesagt. Aber immerhin konnte er sicher mit schlechten Karten gut bluffen. Das einzige, was er gewiß nicht vortäuschte, war seine Vorliebe für die Waffeln im Paddlewheel.

»Claudia Bettencourt«, sagte Nudger.

Keine Reaktion in Welds beherrschtem Gesicht. »Sollte ich diese Claudia kennen?«

»Bestimmt nicht.«

»Ich bin in Poplar Bluff mit einer Claudia zur Schule gegangen, aber ich habe ihren Nachnamen vergessen. Ist das dieselbe Claudia?«

»Nein, in jene Claudia hat Kovar mit der Zigarette ein Loch gebrannt«, sagte Nudger. Er spürte, daß er wütend wurde und unterdrückte das unproduktive, zuweilen gefährliche Gefühl.

Weld schien tief gekränkt. Er tupfte sich den Mund mit der Serviette ab und rückte den Stuhl vom Tisch zurück. »Sie denken doch nicht etwa, daß ich Lars Kovar bezahlt habe, damit er so etwas tut?«

»Ich weiß nicht«, sagte Nudger.

»Nun machen Sie mal einen Punkt, Nudger. Wenn Sie sich erkundigen, werden Sie feststellen, daß ich Frauen so etwas nicht antue. Weder persönlich, noch beauftrage ich jemanden damit. Zufällig respektiere ich Frauen, und sie respektieren mich.«

»Das ist Ihr Ruf«, gab Nudger zu.

Das schien Weld zu besänftigen. Er rückte schnell wieder nah an den Tisch heran und nahm die Gabel in die Hand. »Meinem Wort kann man vertrauen«, sagte er. »Wenn Sie sich erkundigen, werden Sie sehen, daß auch dieser Ruf berechtigt ist. In meiner Branche ist mein Wort alles, was ich habe. Wenn man meinen Beutel stiehlt, besorge ich mir einen neuen, doch wenn man den guten Namen mir entwendet, sitze ich bis zum Hals in der Scheiße.«

»Shakespeare?«

»Genau. Worum es geht, Nudger, ich schwöre Ihnen, seit mindestens einem Monat habe ich weder Lars Kovar noch Dancer gesehen. Was sage ich, vielleicht sogar seit zwei Monaten. Ich wäre Ihnen sehr verbunden, wenn Sie mir glauben und diesem Lieutenant Hammersmith sagen, daß ich Ihnen geholfen habe, so gut ich konnte, und er könne die Daumenschrauben lockern. Das wäre die reine Wahrheit.«

»Ich werde es ihm ausrichten«, sagte Nudger. Er stand auf.

Weld lächelte ihn wieder an. Wirklich ein hübsches Lächeln, auch wenn er sich dessen bewußt war. Jacketkronen. Fesch. Nudger verstand, weshalb Weld den Frauen gefiel. Er wußte, wie man nur für sie Illusionen schuf.

»Eines sage ich Ihnen. Hören Sie auf meinen Rat, und lassen Sie sich nicht mit Kovar ein, es sei denn, Sie benutzen eine Monster-Rakete. Er war ein niederträchtiger Polizist, aber er ist ein noch niederträchtigerer Zivilist. Er fügt anderen gern Schmerzen zu. Ich meine, es gefällt ihm! War das Ihre Freundin, die er mit der Zigarette verbrannt hat?«

»Meine Freundin«, sagte Nudger.

»Kovar. Dieses widerliche Schwein!«

Nudger wollte mit Weld nicht über Claudia reden. »Ihre Waffeln werden kalt«, sagte er und schickte sich an zu gehen.

»Nudger?«

»Ja?«

»Sie scheinen ein wirklich netter Kerl zu sein, aber leider nicht clever genug, um die Finger vom Spiel mit Dynamit zu lassen. Sie wissen nicht, wie die Chancen stehen. Sie müssen sich immer fragen: ›Wie stehen die Chancen?‹«

»Da könnten Sie recht haben.«

»Ich mag Sie. Mein Instinkt sagt mir, daß Sie anständig sind. Sie vertrauen mir, und ich vertraue Ihnen. Ich spüre, daß Sie ein Gentleman sind, und, soweit es mich betrifft, sollte Glücksspiel ein Geschäft von und für Gentlemen sein. Wenn Sie einmal eine Wette placieren wollen, kommen Sie zu mir, hier an diesen Tisch.«

Nudger lachte und sagte, das werde er tun.

»Und ein Gratistip«, sagte Weld. »Wetten Sie nicht darauf, daß die Cardinals am Saisonende Ihren Tabellenplatz verbessert haben.«

»Was ist mit dem neuen Werfer?« fragte Nudger.

Weld schüttelte den Kopf und sagte vielsagend: »Kaputter Rotator.«

»Was ist ein kaputter Rotator?« fragte Nudger.

»So etwas Ähnliches wie ein kaputter Ventilator«, sagte Weld. »Ich habe noch nie gesehen, daß ein Werfer damit ein Spiel gewonnen hätte.«

Nudger kam zu dem Schluß, daß, sollte er ständig bei ihm wetten, Weld gewinnen würde.

Draußen brachte die plötzliche Affenhitze Nudgers Frustration zum Kochen. Da war etwas vage Klägliches um Sammy

Weld, das das Leben als ein hoffnungsloses Spiel erscheinen ließ. Eines, das Nudger am Verlieren war.

Niemand wußte, wo er Dancer finden konnte. Leute hatten Dancer getroffen, mit ihm geredet, ihn bemitleidet, ihn gemocht, ihm Geld geliehen, ihm Drinks gekauft, gesagt, was für ein feiner Kerl er sei und wie gerne sie ihm einen Gefallen täten, aber immer war Dancer irgendwo anders. Wenn Nudger nicht selbst mit ihm geredet hätte, könnte er kaum glauben, daß Dancer nicht nur in der Fantasie von Spielern, Alkoholikern und Barkeepern existierte. Und in dem fehlgeleiteten Hirn und Herzen von Helen Crane.

Die einzige reale Möglichkeit, die Nudger noch blieb, lag in der Gewißheit, daß sich Dancer irgendwann mit Helen in Verbindung setzen würde. Wahrscheinlich wegen eines Darlehens. Danach würde er sich zweifellos wieder in Luft auflösen.

Der schnellste und sicherste Weg, Dancer aufzuspüren, entschied Nudger, war, Helen Crane zu folgen.

Es war leicht, Gründe zu finden, Helen zu folgen.

Er ging über die Straße, leckte sich Sirup von den Fingern und grübelte, wie er daran geraten sein mochte.

Vieles auf der Welt war rätselhaft.

21

Helen Cranes alter blauer Datsun stand auf dem Parkplatz auf der Nordseite des Radisson Hotels. Nudger fand draußen auf der Straße einen Parkplatz, von dem aus er, ohne aufzufallen, den Datsun im Auge behalten konnte. Der Hotelparkplatz war, abgesehen von einer Überdachung, ungeschützt und gewährte einen guten Blick auf die Autoreihen. Nudger warf ein paar Münzen in die Parkuhr, stieg wieder in den Granada und wartete.

Binnen einer halben Stunde war die Hitze im Auto nicht mehr auszuhalten. Er hatte ein paarmal den Motor angelassen und bei laufendem Motor und eingeschalteter Klimaanlage gesessen, aber er wußte, daß der Motor sich auf diese Weise in der über 30-Grad-Hitze des Julis in St. Louis bald überhitzen würde.

Schließlich stieg er aus, fand einen schattigen Platz auf der anderen Straßenseite, lehnte sich mit dem Rücken an ein Haus und stellte sich vor, daß die sanfte heiße Brise ihm tatsächlich Erleichterung brachte, statt ihn noch mehr schwitzen zu lassen. Aber ihm war, als schmelze er in seinen Schuhen wie Wachs. Die Sonne schien stillzustehen; anstatt unterzugehen, hing sie wie ein grelles orangenes Auge und würde die Qual unter ihr weitere zwölf Stunden lang beobachten, um dann die Folter wieder von vorn zu beginnen.

Nudger versuchte auf jede nur erdenkliche Art, kühl zu bleiben oder wenigstens kühle Gedanken zu denken und zugleich den Datsun im Auge zu behalten. Im Augenblick schien es keine gute Idee zu sein, Helen zu beobachten, aber er wußte, daß die Hitze seinen Blick trüben könnte. Einem gebratenen Gehirn war nicht zu trauen.

Endlich sah er zwei Reihen hinter dem Datsun ein Auto aus dem Parkplatz fahren. Der leere Parkplatz lag im Schatten des Betondachs.

Nudger stieg sofort wieder in den Granada, fuhr auf den Parkplatz und stellte sich auf diesen Platz.

Den Parkschein, den ihm die Stechuhr wie eine gierige Zunge entgegengestreckt hatte, steckte er in die feuchte Hemdtasche. Hier wurde das Parken nach Stunden berechnet; Nudger wußte, es würde ihn ein Vermögen kosten, wenn er noch lange warten mußte, bis Helen aus dem Hotel kam. Am Telefon hatte sie gesagt, er könne sie vielleicht noch am Abend unter der Nummer der Suite erreichen.

Nun, da er aus der Sonne war, mußte er sich überlegen, daß er ein wirklich dummes Spiel spielte, das Risiko einging, seine Zeit zu verschwenden und eine portemonnaiesprengende Parkgebühr auflaufen zu lassen. Aber es war noch die vernünftigste seiner schwindenden Optionen, wenn er Jake Dancer finden wollte. Auch andere suchten Dancer, und Nudger mußte ihn unbedingt als erster finden.

Er kurbelte alle Autofenster hinunter, erwischte einen

Hauch von Durchzug und lehnte sich wieder in das Polster zurück. Er wartete. Dachte kühle Gedanken.

Um Viertel nach drei kam Helen Crane aus dem Radisson. Sie wartete auf eine Lücke im Verkehr, überquerte dann die Kreuzung und ging zum Datsun.

Sie war allein und hatte einen nachdenklichen Gesichtsausdruck. Außerdem schwarze Stöckelschuhe und ein seidiges Kleid mit einem Blumenmuster, das ihr bei jedem ihrer großen Schritte elegant um die Schenkel flatterte.

Sie schien es eilig zu haben, und sie hatte die beschwingte Haltung einer Frau, die das Geschäftliche hinter sich und Zeit für sich hatte. Nudger war froh, den deutlichen Eindruck zu gewinnen, daß sie, gleich was sich in der Suite im obersten Stock des Radisson abgespielt hatte, erleichtert war, daß es vorbei war. Eine berufstätige Frau, die nach einem Arbeitstag aus dem Büro kommt. Nur ein Job.

Aber Nudger erinnerte sich daran, daß Helen meistens abends arbeitete. Er hörte das Klacken der Absätze auf dem Asphalt, als sie näher kam und zu ihrem Auto ging. Das Knallen der Autotür klang dumpf und zaghaft. Es war kein Cadillac oder Porsche, schien es zu sagen.

Statt zu ihrer Wohnung in der Osage Avenue zu fahren, fuhr sie nach Osten auf den Broadway, dann nach Süden und bog scharf nach rechts auf die Washington Avenue ab. Nudger wußte, wo sie hinfuhr.

Sie stellte den Datsun in der Washington Avenue ab, ging über die Straße und in das Gebäude, in dem das Innenstadtbüro von Partners Unlimited untergebracht war.

Wollte sie die Tageseinnahmen abgeben?

Diese Vermutung war nicht fair, entschied Nudger. Er wußte nicht wirklich, was sich im Hotel abgespielt hatte.

Er parkte einige Autolängen hinter ihr und litt immer noch unter der Lösegeldzahlung auf dem Parkplatz gegenüber dem Radisson. Er stand an einer Parkuhr, an der das rote Fähnchen der Zuwiderhandlung prangte, weigerte sich aber hartnäckig, Münzen einzuwerfen. Es gab Grenzen, wieviel jemand für das bloße Privileg stehenzubleiben bezahlen sollte.

Zehn Minuten später sagte eine Stimme neben seinem Ellbogen: »Soll ich Ihnen das Strafmandat in die Hand drücken oder an die Windschutzscheibe stecken?«

Nudger schaute nach links und sah einen Streifenpolizisten neben dem Fahrerfenster stehen. Er war ein untersetzter Mann mit Schweißflecken auf dem blauen Uniformhemd, einen Daumen in den Gürtel gehakt, gleich neben dem Pistolenhalfter. Ganz sachlich, doch Feindseligkeit lauerte einen Zentimeter unter der Oberfläche. Nudger hatte das Haus auf der anderen Straßenseite so konzentriert beobachtet, daß er nicht einen Blick in den Rückspiegel geworfen hatte und ihm entgangen war, daß der Polizist ein Strafmandat ausgestellt hatte.

»Puh«, sagte Nudger. »Ich wollte gerade wegfahren.«

»Spielt keine Rolle, Sir.«

»Ich habe hier bloß geparkt, um mich zu orientieren. He, ich würde es nicht einmal Parken nennen. Eher Halten.«

»Ich würde sagen Parken. Sie stehen seit mindestens zehn Minuten hier.«

Nudger wurde wütend. Er brauchte das nicht, nicht zusätzlich zu dem Geld, das er bereits fürs Parken ausgegeben hatte, der brüllenden Hitze und seiner nachlassenden Geduld mit Helen. Er ermahnte sich, daß seine Urteilsfähigkeit unter alldem gelitten haben könnte, hielt aber trotzdem nicht den Mund, sondern vergrößerte die Summe menschlicher Torheit. »Hören Sie, ich habe Freunde bei der Polizei.«

»Ich wette, ich hab' mehr.« Dem Polizisten gefiel Nudgers Verhalten nicht, aber zugleich schien er erfreut, ein Objekt für seine Gereiztheit gefunden zu haben.

»Ich war früher sogar selber Polizist.«

»Dann wissen Sie ja, daß man, wenn ein Mandat einmal ausgeschrieben ist, nichts mehr dagegen machen kann«, sagte der Polizist. Schweiß rann ihm die Nase entlang und verschwand in der Wildnis des struppigen Schnurrbarts. Er riß den Strafzettel vom Block ab und steckte ihn auf der Fahrerseite unter den Scheibenwischer. Er ließ den Wischer mit unnötiger Gewalt auf das Glas zurückschnappen. Bei diesen drückenden Temperaturen wurden die Menschen hitzig.

Nudger wollte gerade Hammersmiths Namen anrufen, aber da sah er Helen aus dem Haus kommen; sie ging in westlicher Richtung auf der Washington Avenue, weg von ihm und weg von ihrem Auto. Er bemerkte, daß an der Ecke ein großer, grauer Wagen in der zweiten Reihe parkte.

»Tut mir leid, Kumpel«, sagte der Polizist ein wenig milder. Es war ihm bewußt geworden, daß die Hitze ihnen beiden zusetzte. »Wie lange ist das denn her, daß Sie bei der Polizei waren?« Jetzt wollte der Kerl auf einmal vernünftig sein.

Helen setzte sich auf den Rücksitz des grauen Wagens; er hatte auf sie gewartet. »Schon über zehn Jahre.« Nudger sah stur geradeaus. Er ließ den Motor ar . Der Polizist trat einen Schritt zurück und warf ihm einen argwöhnischen Blick zu; die Hitze des Motors und des glühendheißen Auspuffs hüllte ihn in einen stinkenden Nebel ein, der seine Laune nicht wesentlich verbesserte. Nudgers brüskes Benehmen gefiel ihm nicht; es gefiel ihm nicht, nun, da er freundlich war, abgewiesen zu werden. Er mußte seine Arbeit tun, wie alle anderen in dieser beschissenen Welt.

»Jetzt haben Sie es auf einmal eilig, was?«

»Sehr eilig«, sagte Nudger mitleidslos. Der Wagen reihte sich in den Verkehr ein. Er war ein klassischer Cadillac aus den fünfziger Jahren, mit langen, schwungvollen Linien und nach oben zeigenden Heckflossen. Er glitt so majestätisch durch den Strom neuerer, kleinerer in- und ausländischer Autos, wie ein Hai das Wasser eines von Fischen wimmelnden Riffes teilt. Nudger legte den Gang ein. »Wir sehen uns vor Gericht. Ich werde das Strafmandat anfechten.«

»Sie und Richter F. Lee Bailey!« sagte der Polizist. Er spuckte auf den Bürgersteig.

Nudger dachte kurz daran, ihn darauf hinzuweisen, daß das Spucken auf öffentliche Flächen ungesetzlich war, aber er mußte einem Wagen folgen.

Er ließ den wütenden Polizisten stehen und setzte sich im nächsten Block hinter den Cadillac. Er entspannte sich ein wenig; die Größe des Cadillacs und seine einmalige Erscheinung machten es leicht, ihn in dem von der Vorsicht gebotenen Abstand zu beschatten. Obwohl die Fenster getönt waren, konnte man Helens Blondschopf gut sehen. Am Steuer des Cadillacs saß offensichtlich ein Chauffeur.

An der Tenth Street bog das gefloßte Ungetüm nach rechts ab und fuhr eine Weile nach Norden. Dann fuhr es auf dem Interstate 70 nach Westen. Nudger trat das Gaspedal durch, um Schritt zu halten, als der große graue Wagen mit überraschend schneller Beschleunigung die Zufahrt hinterfuhr. Dann setzten sie sich auf die Außenspur und fuhren mit haargenau fünfundsiebzig Meilen den ganzen Weg zum 170, dem Inner Belt Highway, wo sie nach Norden abbogen.

Eine halbe Stunde später hatten sie die Stadt hinter sich gelassen und fuhren auf schmalen, baumgesäumten Straßen. Am Ende eines abfallenden, sich schlängelnden Asphaltbandes, kam der Cadillac vor hohen, schwarzen, schmiedeeisernen Toren zum Stehen.

Durch das getönte Rückfenster sah Nudger die bleiche Hand des Chauffeurs zu der Sonnenschutzblende schweben, an der der elektronische Sender befestigt sein mußte. Die schwarzen Eisentore erwachten zum Leben und schwangen auf, der Cadillac glitt rasch hindurch, und die Tore schwangen wieder zu.

Dann war die graue Form des Cadillacs nur noch ab und zu flüchtig zu sehen, als er einen bewaldeten Hügel entlang von der Straße weg fuhr. Er fuhr schnell; Nudger kurbelte das Fenster herunter und hörte das dröhnende Brummen des Motors. Er sah nicht nur so aus, er hörte sich auch so an wie ein funkelnagelneues Auto, das von einem Detroiter Fließband in die falsche Ära hinabgerollt war. Das war noch Qualitätskontrolle.

Nudger bog von der Straße ab und parkte im Halbschatten einer Gruppe hoher Bäume, die wie Fichten aussahen. Aber was verstand er schon von Bäumen? Er stieg aus und ging am Zaun entlang durch den Wald, geräuschlos auf einem Teppich von Kiefernadeln und weichen abgefallenen Blättern vom vergangenen Jahr.

Schwarzes Eisen wurde von einem zwei Meter fünfzig hohen Maschendrahtzaun abgelöst, über den drei Stränge Stacheldraht gespannt waren. Garstige Eisenwaren, die ihrer

Aufgabe gerecht werden wollten – der Aufgabe, Unbefugte fernzuhalten. Aber tiefer im Wald, wo sich nur wenige Menschen hinverirrten, gab es nur noch einen einzigen Strang Stacheldraht. Hiermit konnte Nudger fertig werden.

Er zog sich das Hemd aus und wickelte es um die rechte Hand. Dann erkletterte er den Zaun, benutzte vorsichtig das zusammengeknäulte Hemd, um den Stacheldraht hinunterzudrücken, und warf ein Bein über den Zaun. Das andere Bein folgte nach. Dann der Rest von Nudger. Mit nichts als einem Kratzer am linken Handgelenk sprang er auf den Boden und streifte sich rasch wieder das Hemd über.

Er konnte den Wagen jetzt wieder hören; er fuhr langsamer. Die Straße mußte sich schlängeln; ein großer Besitz mit Hügeln. Nudger betete, daß es auf dem Anwesen – oder was es auch sein mochte – keine Wachhunde gab, und lief einen steilen Abhang hinauf auf das Motorengeräusch zu.

Als er schon fast auf dem Hügel angekommen war, wurde der Motor abgestellt.

Eine Autotür schlug zu. Womm! Ganz anders als Helens Datsun.

Nudger ließ sich auf die Knie nieder, dann auf die Ellbogen und robbte schnell und vorsichtig nach vorn, um durch das Laubwerk zu lugen.

Der Cadillac stand so nah bei ihm, daß er Angst bekam – höchstens zehn Meter entfernt. Und nun sah er das gewaltige rostbraune Ziegeldach, das er durch die Bäume nicht hatte sehen können.

Das Dach gehörte zu einem weitläufigen schwarzgestrichenen Haus, das von perfekt gepflegten Hecken umgeben war. Dichter Efeu hatte sich an einer Mauer emporgerankt, sogar über einige Fenster, und mehrere Ziegelschornsteine ragten aus dem sanft abfallenden Dach empor. Hinter dem Haus sah Nudger das kleinere, steilere Dach eines anderen Gebäudes. Möglicherweise eine Garage oder ein Gästebungalow. Und weit dahinter glitzerte durch die Bäume die silbrige Krümmung des Flusses. Eine erstklassige Immobilie. Hier wohnte wahrscheinlich niemand, der Nudger aus dem Supermarkt bekannt war.

Der Chauffeur, ein schmächtiger Mann in einer schwarzen Uniform inklusive Schirmmütze, hielt Helen die rechte Hintertür des Cadillacs auf. Zwei wohlgeformte, nylonbestrumpfte Waden schwangen eng aneinandergepreßt aus dem Schatten des Wageninneren. Rote Stöckelschuhe wurden fest auf die kiesbestreute Zufahrt gestellt. Glatte Muskeln spielten und hübsch geschwungene Knöchel spannten sich an, um das Körpergewicht zu tragen.

Rot? Hatte Helen rote Schuhe getragen? Nudger rief sich vor Augen, wie sie vom Radisson zu ihrem Auto gegangen war. Er sah schwarze Schuhe.

Es war nicht Helen, die aus dem geräumigen Wagen ausstieg. Es war Melissa. Die Frau, die Nudger aus Brad Marlyks Büro bei Partners Unlimited hatte kommen sehen. Die, die er zunächst für Helen gehalten hatte.

Hinter dem Haus begann ein Hund zu bellen. Es hörte sich nach einem großen Hund an. Nudger wollte nicht einmal von einem kleinen Hund gebissen werden; er erinnerte sich an den Schmerz, den ihm ein Zwergschnauzer zugefügt hatte, als er diese Hundeentführung aufgeklärt hatte.

Er robbte rückwärts außer Sicht, lief dann gebückt durch die Bäume zu der Stelle, an der er über den Zaun geklettert war.

Er bildete sich ein, im hohen Unterholz das Rascheln eines Verfolgers zu hören. Manchmal schien das Rascheln neben ihm zu sein, als liefe, wer immer da war, parallel zu ihm, außer Sicht, aber ganz nah.

Endlich war er am Zaun.

Er warf einen Blick nach hinten und kletterte hinauf, indem er die Schuhspitzen in die Maschen bohrte. Dabei verletzte er sich am Fuß, und der Zaun gab ein metallisches Rasseln von sich, das alarmierend laut zu sein schien.

Diesmal gelang es ihm nicht so gut, den Stacheldraht hinunterzudrücken; er vermied es zwar, verletzt zu werden, aber als er auf der anderen Seite hinuntersprang, war in seiner Hose ein fünfzehn Zentimeter langer Riß. Nudger kam unglücklich auf, und einen Augenblick glaubte er, er habe sich den rechten Knöchel verstaucht.

Aber nach ein paar überängstlichen Probeschritten auf dem harten Waldboden, schien der Knöchel in Ordnung zu sein.

Nudger war nun außerhalb des Geländes und hatte das Abenteuer ohne Schaden überstanden.

Aber auch ohne Nutzen.

Er brauchte weitere zehn Minuten, um auf der Straße zu der Stelle zu gehen, an der er den Granada geparkt hatte.

Das Auto schien ihn wie ein Zuhause willkommen zu heißen. Im Auto, mit dem Schlüssel im Zündschloß und dem klopfenden Motor, fühlte er sich beschirmt und sicher. Doch noch immer nervös.

Er hätte gerne den ganzen Weg zurück zum Highway Antacidtabletten gekaut, aber als er in der Hemdtasche nach der Rolle tastete, stellte er fest, daß sie ihm ausgegangen waren. Vielleicht hatte er sie aber auch beim Klettern über den Zaun verloren. Es hätte nicht viel bedurft, um sie aus der kleinen Tasche zu schieben. Er hätte eine Reserverolle ins Handschuhfach legen sollen.

Es war ein Tag armseliger Planung gewesen.

22

Nudger fuhr in Richtung Stadt. Er fuhr auf dem I-70 durch die Innenstadt und hielt am Hodge's Chili Parlor in der Union Station für ein spätes Abendessen. Er bestellte einen Super Slinger, ein Gemisch aus Frikadellen, Eiern, Kartoffeln und Chili, das mit einer Soße bedeckt war. Slingers waren Nudgers Schwäche; sein Verdauungstrakt haßte sie, aber seine Geschmacksknospen liebten sie heiß und innig.

Nachdem er sich mit der kulinarischen Sünde gesättigt hatte, trödelte er beim Kaffee. Dann beschloß er, im Büro vorbeizufahren und seinen Anrufbeantworter abzuhören, bevor er in seine Wohnung fuhr, ein kaltes Bier hinunterstürzte und nach einem unproduktiven Arbeitstag zu schlafen versuchte.

Nur wenige Autos zischten auf der Manchester Avenue an ihm vorbei, während er den Granada abstellte und über die Straße zum Büro ging. Das Stoffdreieck, das ihm der Stacheldraht aus der Hose gerissen hatte, flatterte ihm beim Gehen gegen den Schenkel. Obwohl es schon nach zehn war und seit mehr als einer halben Stunde dunkel, stieg vom Bürgersteig Hitze durch seine Schuhsohlen.

Er warf einen Blick in das geschlossene Danny's Donuts und sperrte dann mit seinem Schlüssel die Tür neben dem Doughnut Shop auf. Die heiße, abgestandene Luft im Treppenhaus schlug ihm wie Mundgeruch entgegen. Er ließ die Tür unverschlossen und ging die steile Holztreppe zu seinem Büro hinauf.

Auch hier war es immer noch heiß. Obwohl er nur ein paar Minuten bleiben wollte, schaltete er die Klimaanlage ein, bevor er die Kassette des Anrufbeantworters zurückspulte und auf die Wiedergabetaste drückte. Wieder sagte er sich, daß er einen dieser Apparate kaufen sollte, die man per Telefon von überallher mit einem Signal abrufen konnte. Oder würde das sein Leben nur verkomplizieren?

Während er den verschiedenen Nachrichten zuhörte, die ihn beknieten, Zeitschriften zu abonnieren, einen Gratisvoranschlag für Aluminiumverkleidung zu nutzen und sofort Eileens Anwalt anzurufen, stand er im kühlen Luftzug der Klimaanlage und sah aus dem Fenster. Die Straßenbeleuchtung tauchte die Manchester Avenue in ein trübes, diffuses Licht. Kein Auto stand auf der Straße, außer dem Granada und – einen Block weiter oben – einem schwarzen Chrysler LeBaron-Kabrio. Das Modell, von dem Lee Iaccocca behauptete, es sei in Amerika geboren, das aber einen japanischen Motor hatte. Nudger erinnerte sich nicht, ob der Chrysler schon da gestanden hatte, als er über die Straße gegangen war.

»... ich werde dir nichts lassen außer deinem blanken Hintern, Nudger!« sagte plötzlich Eileen aus dem Anrufbeantworter. Sie klang eher bedächtig rachsüchtig denn wütend. Das machte Nudger angst.

Er drehte sich rasch um und drückte auf den schnellen Vorlauf. Eileens Stimme erinnerte nun an ein überdrehtes Eichhörnchen, dann wurde sie plötzlich tiefer.

Nudger erkannte, daß er das Band zu weit hatte vorspulen lassen, in die nächste Nachricht hinein. Er ließ es bis zum Ende von Eileens Anruf zurücklaufen und spielte es mit normaler Geschwindigkeit ab.

»Hier spricht Sammy Weld, Nudger. Ich rufe Sie an um genau – Viertel nach zehn. Sie haben gesagt, daß Sie Jake Dancer suchen, also habe ich mir gedacht, Sie sollten wissen, daß er in diesem Moment hier im Paddlewheel ist, nur Bier trinkt und mehr oder weniger nüchtern aussieht. Außerdem ein bißchen nervös. Ich gehe davon aus, daß Sie mir einen Gefallen schulden, wenn Sie diese Nachricht rechtzeitig genug erhalten, um Dancer zu finden. Vielleicht redet Ihr Freund Hammersmith mit den Jungens von der Sitte, die hier herumhängen und mir die Kundschaft vergraulen. Haben diese Leute noch nicht gehört, daß es jetzt eine staatliche Lotterie gibt und Glücksspiele nicht mehr unsittlich sind?«

Ende der Nachricht.

Piep. »Hier spricht Union Electric. Ihre Stromrechnung vom Juni...«

Nudger stellte den Anrufbeantworter ab. Dann die Klimaanlage. Er flickte schnell die Hose, befestigte ein durchsichtiges Klebeband an der Innenseite des zerrissenen Beines. Eine Näherin hätte es nicht besser gekonnt; kein Faden war zu sehen. Dann legte er sich das Sportsakko über den Arm, knipste die Schreibtischlampe aus und eilte aus dem Büro.

Um diese Zeit, bei wenig Verkehr, bräuchte er nicht länger als zwanzig Minuten, um zum Paddlewheel zu fahren.

Das Lokal war gerammelt voll, hauptsächlich Leute, die ungefähr zehn Jahre jünger waren als Nudger. Männer in leichten Sportsakkos oder in Hemdsärmeln schoben sich mit einem Drink in der Hand durch das Gewühl. Die Ventilatoren an der Decke rotierten wie wild, wälzten den Zigarettenrauch um, vertrieben ihn aber nicht. »Proud Mary«, ein alter Credence Clearwater Revival-Song, dröhnte aus den Lautsprechern über der Bar. Mississippi-Musik. Jemand schrie: »Jippie!« Eine Frau, die zuviel getrunken hatte, lachte zu lange und zu laut. Warum waren diese Leute nicht zu Hause, in ihrem Bett?

Durch die Menge erhaschte Nudger einen Blick auf Sammy Weld, der sich in seiner Nische angeregt mit einem dicklichen schwarzen Mann unterhielt, der einen goldenen Ohrring trug. Der Schwarze lächelte und schüttelte den Kopf, dabei blinkte der Ohrring wie ein Leuchtfeuer. Nudger wollte sich gerade einen Weg zur Nische bahnen und Weld fragen, ob Dancer schon gegangen sei, als ein großer Glatzkopf in einem Hawaii-Hemd einen Schritt zur Seite trat und den Blick freigab, und da war Dancer; er saß alleine am Ende der Bar.

Als Nudger auf den Hocker neben ihm stieg, warf Dancer einen Blick auf ihn, stutzte und fragte: »Mein guter Freund Nudger. Behüten Sie mich etwa wie eine Art Schutzengel?«

»Warum sind Sie nicht mehr in der Hütte?« fragte Nudger.

Dancer starrte in das leere Bierglas vor ihm auf der Bar. »Die Hütte wurde immer kleiner und kleiner, es kam mir jedenfalls so vor, als rückten die Wände immer näher an mich heran. Man ist einfach allein. Ganz allein. Mit sich selbst. Gar keine anderen Menschen. Das ist nicht gut, Nudger. Ich muß ab und zu mit Leuten zusammen sein.«

Der Barmann, nicht der Schnauzbart vom Vormittag, schlenderte herüber, lächelte und zog fragend die Augenbrauen hoch. Nudger deutete auf Dancers leeres Glas und hielt zwei Finger hoch.

Als die Getränke kamen, bezahlte er beide und drehte sich dann ein wenig auf dem Hocker, um Dancer ins Gesicht zu sehen. »Warum fühlen Sie sich denn mit sich allein nicht wohl, Jake?«

»Ha! Eine Menge Gründe.«

Nudger erkannte, daß Dancer mehr unter Alkoholeinfluß stand, als er zunächst gedacht hatte, als er sich neben ihn gesetzt hatte. Gewohnheitstrinker waren manchmal so. Er konnte den Alkohol gut vertragen, es gab kaum äußere Anzeichen von Trunkenheit, während er einen Drink nach dem anderen kippte und auf dem Hocker Wurzeln schlug. Aber die dunklen Augen wirkten wäßrig und hatten einen verschwommenen Blick, und das fahle, verwüstete Chorknabengesicht schien ausgezehrter und abgehärmter zu sein, seit Nudger Dancer zuletzt gesehen hatte.

»Träumen Sie von Vietnam?« fragte Nudger.

»Nein. Vielleicht. Manchmal. Das Töten kann einem zum Spuk werden.«

»Ist aber schon eine ganze Weile her.«

»Nun, das ist eben so beim Spuken. Denken Sie nur daran, wie lange die Geister ermordeter Engländer in diesen europäischen Schlössern spuken. Treiben die Nachkommen ihrer Mörder zum Wahnsinn.«

Nudger mußte einräumen, daß das ein stichhaltiges Argument war; anstatt zu verblassen, konnte Schuld manchmal mit der Zeit aufblühen.

»Etwas in mir erträgt es nicht, etwas zu töten, Mr. Nudger. Amerikaner oder Vietnamesen, Große oder Kleine.«

»Das ist eine Ihrer guten Eigenschaften, Jake.«

Er lächelte sein Lächeln eines verlebten Dichters; beinahe engelsgleich. Aber in ein paar Jahren hätte er schlechte Zähne, die blasse Haut wäre schlaff. Nudger konnte sehen, wie sich Alter, Alkohol und Schuld sowohl von innen als auch von außen an ihn schlichen. »Hat Helen Ihnen das erzählt, Mr. Nudger?«

»Nicht so direkt«, sagte Nudger. »Helen liebt Sie. Wissen Sie, was eine Frau wie sie wert ist?«

»Was meinen Sie damit?« fragte Dancer. Seine Stimme hatte plötzlich einen angespannten Unterton.

Nudger fragte sich, ob Dancer von Helens außerplanmäßigen Aktivitäten für Partners Unlimited wußte, Helen im Radisson Hotel. »Ich meine die Tatsache, daß Sie ihr sehr viel bedeuten.«

»Das ist ja gerade das Problem«, sagte Dancer. »Ich weiß, daß sie den ganzen Ärger, den ich ihr bescheren werde, nicht verdient hat.«

»Was für einen Ärger?«

Dancer nahm einen langen Zug Bier, sein Adamsapfel bewegte sich beim Schlucken rasch auf und ab. »Die schlimmste Sorte Ärger.« Er stellte das Glas schief hin, daß es halb neben dem Untersetzer stand.

»Vielleicht nicht die schlimmste, Jake. Vielleicht ist es für sie am schlimmsten, sich um Sie zu sorgen, nicht zu wissen, wo Sie sind. Zu denken, daß es etwas gibt, was Sie nicht mit ihr teilen wollen.«

»Manche Dinge sollte man nicht miteinander teilen«, sagte Dancer. Er senkte den Kopf. Nudger sah, daß er sich auf die Unterlippe biß und fürchtete, Dancer könne anfangen zu weinen. Dancers Schultern zuckten. Ein dämliches, jämmerliches Opfer, das nichts dafür konnte – ganz allein auf einer finsteren Karussellfahrt, bis zum Ende.

Nudger glitt vom Hocker hinunter, legte Dancer die Hand auf den schmächtigen Oberarm und spürte das Zittern. »Nun kommen Sie schon, Jake.«

»Will noch nich' gehn. Ich will wetten, aber der Mann sagt, ich hab' keinen Kredit mehr. Der neue Werfer der Cards wird ihnen zwanzig Spiele gewinnen, wird sie an die Spitze werfen. Und ich will nur auf das morgige Spiel wetten.«

»Sie haben hier also nichts mehr verloren. Lassen Sie uns gehen.«

»Wieder in die Hütte?«

»Nicht jetzt. Wieder in meine Wohnung, ein bißchen schlafen. Es wird Ihnen guttun. Wie neulich.«

»Ja, ich hab' nich' vergessen, was Sie für mich getan haben, Nudger.« Dancer versuchte, den Blick auf Nudger zu richten. »Haben Sie das nur getan, weil Helen Sie engagiert hat, auf mich aufzupassen.«

»Nicht nur. Ich habe es getan, weil diese beiden Kerle Sie herumgestoßen haben und Sie Hilfe gebraucht haben. Haben Sie jemals etwas von einem Lars Kovar gehört?«

Dancer gab keine Antwort. Statt dessen wollte er nach seinem Glas greifen, warf es um und sagte: »Scheiße!«

»Zeit, zu verschwinden«, sagte Nudger.

Der Barkeeper kam herüber und wischte das verschüttete Bier mit einem zusammengelegten weißen Geschirrtuch auf. »Soll ich Ihnen ein neues bringen?«

»Wir sind fertig«, beschied ihn Nudger und legte Geld auf

die Bar. Dancer stieg vom Hocker hinunter, stützte sich für eine Sekunde auf Nudger und ging dann unsicher in Schlangenlinien auf die Tür zu. Nudger hielt sich ein wenig seitlich hinter ihm, bereit, ihn zu stützen, wenn er hinzufallen drohte. Sammy Weld fing Nudgers Blick auf und nickte; der schwarze Mann mit dem Ohrring war jetzt verschwunden, und eine schöne dunkelhaarige Frau in einem grünen Kleid saß Weld in der Nische gegenüber. Sie sah aus wie ungefähr fünfundzwanzig. Als Weld sich ihr wieder zuwandte, griff sie über den Tisch und nahm mit einem Lächeln seine Hand zwischen ihre Hände. Nudger fragte sich, wie die Chancen standen.

Dancer gelangte ohne Hilfe ins Freie, obwohl er eine leichte Schlagseite nach rechts hatte. Der Lärm aus der Kneipe war überraschend leise in der schwülen Nachtluft. Dicke alte Mauern und Türen.

Nudger wies auf den Granada, und sie gingen über das rauhe Kopfsteinpflaster. Bis sie am Auto angekommen waren, hatte Nudger Dancer ein paarmal vor dem Hinfallen bewahren müssen. Einmal, als Dancer gegen ihn torkelte, hätte sich Nudger beinahe das Knie verstaucht und selbst Hilfe beim Gehen gebraucht.

Dancer fläzte sich auf dem Beifahrersitz und schwieg, während Nudger den Granada langsam auf ebeneres Pflaster lenkte und hügelan vom Fluß wegfuhr. In der Enge des Autos konnte er Dancers Fahne riechen. Der Mann könnte feuergefährlich sein.

Auf dem Highway sah Dancer Nudger an und sagte: »Ich möchte Sie engagieren.«

Nudger lachte. »Helen hat mich schon engagiert. Gewissermaßen arbeite ich also schon für Sie.«

»Wenn Sie es so sehen«, sagte Dancer. »Ich möchte gerne, daß Sie ein Auge auf Helen haben. Auf sie aufpassen.«

»Warum?«

»Wer hinter mir her ist, könnte versuchen, mich durch Helen zu treffen. Ich habe Angst um sie.«

Nudger dachte an Claudia. »Sie wissen, wer hinter Ihnen her ist, Jake. Ich möchte, daß Sie es mir sagen.«

»Werden Sie ein Auge auf Helen haben?«

»Sicher.«

Dancer machte die Augen zu.

»Jake?«

Keine Antwort.

»Jake? Was ist mit Lars Kovar? Sie kennen ihn doch, oder?«

Aber Dancer schlief. Oder tat zumindest so.

Nudger ließ die Klimaanlage voll aufgedreht, kurbelte jedoch das Fenster ein paar Zentimeter herunter, um beim Fahren ein bißchen frische Luft zu bekommen.

In einem geschlossenen Wagen neben Dancer zu sitzen, könnte lebensgefährlich sein.

23

Am nächsten Morgen saß Nudger an der Theke in Danny's Donuts, beobachtete eine Schmeißfliege, die in der Theke herumschwirrte, und wartete darauf, daß eine Sekretärin von gegenüber den Einkauf eines Dutzend glasierter Doughnuts zum Mitnehmen beendete.

Die Sekretärin, eine zierliche dunkelhaarige Frau um die Fünfzig, von der Nudger glaubte, daß sie Judy hieß, legte einen Zehndollarschein auf die Theke und sagte. »Man sollte doch meinen, dieser Sack könnte sich einmal im Jahr über die Straße bequemen und sich seine Doughnuts selbst kaufen.«

»Sollte man meinen«, pflichtete ihr Danny todernst bei. Er hielt ein Wachspapier zwischen Daumen und Zeigefinger, fischte die Doughnuts einzeln aus der Theke und legte sie flink in eine weiße, fettfleckige Schachtel.

»Ich werde bezahlt, um zu tippen, die Ablage zu machen und das Telefon zu beantworten«, sagte Judy, »nicht, um für die Frau des Chefs Besorgungen zu erledigen oder aus der Portokasse Frühstück für die Verkäufer zu kaufen. Faule Ärsche! Ich sollte kündigen.«

»Sollten Sie«, sagte Danny.

»Und das noch heute!«

»Es hat keinen Sinn, die Dinge aufzuschieben.«

»Wenn ich nicht eine Tochter auf dem College hätte, würde ich denen schon sagen, was sie mit ihrem Job und ihren Besorgungen und Doughnuts machen können.«

»Vielleicht nach dem Examen.«

»Ich werden denen sagen, daß sie sich einen anderen Deppen suchen müssen.«

»So muß man mit solchen Leuten reden.« Danny pflichtete seinen Kunden in einem Maße bei, das Nudger oft erstaunte. Aber er mußte schließlich auch höflich sein; es gab keine große Gewinnspanne in einem Geschäft, das sogar an einem guten Tag nicht viele Doughnuts verkaufte.

»Ich habe dieselben Rechte wie jeder dahergelaufene Mann«, sagte Judy. Sie war heute morgen wirklich aufgeputscht. Manisch.

»Ganz genau dieselben.«

Judy nahm das Wechselgeld und die schmierige, weiße Schachtel, dann stolzierte sie aus dem Doughnut Shop, auf die andere Straßenseite, zurück an ihre unselige und entwürdigende Arbeitsstelle. Eine aufgebrachte Feministin. Sie war gewiß, in Danny einen Verbündeten gefunden zu haben, jemanden, der Verständnis hatte und ihre Wut schürte.

»Ist sie nicht süß, wenn sie in Rage kommt?« Danny sah ihr mit einem Lächeln nach. »Sie ist Witwe, weißt du.«

»Wußte ich nicht«, sagte Nudger.

»Ich überlege, ob ich mal mit ihr ausgehen soll.«

»Warum nicht?« Nudger fragte sich, wie lange Judy bräuchte, um Danny zu durchschauen und ihn umzubringen. Oder zumindest ihre Doughnuts woanders zu kaufen. Er fühlte sich nicht qualifiziert, Danny oder sonst jemand in Angelegenheiten des Herzens oder der Lenden einen Rat zu geben.

Danny stellte einen Styroporbecher mit Kaffee und ein Dunker Delite auf eine Serviette vor Nudger. Das Geschenk des Tages: Magenkrämpfe.

»Da ist etwas, das du für mich tun könntest«, sagte Nudger.

»Du mußt es nur sagen, Nudge.«

»Ein Mann namens Jake Dancer schläft auf der Couch in meiner Wohnung. Er wird noch eine ganze Weile schlafen. Könntest du es einrichten, daß Ray jetzt auf den Laden aufpaßt, während du hinüberfährst und nach Dancer schaust? Ich habe ihm einen Zettel hingelegt und erklärt, wer du bist.« Nudgers Wohnung lag nur sechs Blocks vom Doughnut Shop entfernt, und Danny hatte so etwas schon früher für ihn getan.

»Kein Problem, Nudge. Der Frühstücksandrang ist vorbei, und jetzt wird es hier eine Weile ruhig sein.«

Nudger wußte, daß der heutige Frühstücksandrang wahrscheinlich Judy gewesen war und es in den nächsten paar Jahren und noch länger im Doughnut Shop ruhig sein würde. »Dancer hat Probleme mit dem Alkohol«, sagte er. »Er könnte sogar am Vormittag zum Durst neigen.«

»Ich verstehe, Nudger.«

Und Nudger wußte, daß Danny tatsächlich verstand. Danny hatte auch seine Probleme mit dem Alkohol gehabt. Er war ein Alkoholiker, der vor allem durch die Anonymen Alkoholiker trocken blieb, einer Organisation, die ihm, davon war er felsenfest überzeugt, das Leben gerettet hatte.

»Ich ruf Ray an und frag ihn, ob er Zeit hat«, sagte Danny.

Ray war ein Cousin von Danny, der weiter unten in der Straße, in den St. James Apartments, wohnte. Ray überlebte von einem geschickt erschwindelten Einkommen aus einer Invalidenrente des Sozialamtes, einer kleinen Rente und Arbeitslosenunterstützung. Nudger hatte nie erlebt, daß er einmal keine Zeit gehabt hätte.

Danny ging zum Telefon hinüber, wählte Rays Nummer und unterhielt sich eine Weile leise mit ihm. Nudger konnte nicht hören, was er sagte. Wahrscheinlich versuchte Ray, sich wieder Geld zu leihen.

Nach ein paar Minuten kehrte Danny an die Theke zurück. Er wischte sich die Finger an dem grauen Handtuch ab, als hätte das Gespräch mit Ray sie irgendwie beschmutzt. »Ray sagt, er vertritt mich gern. Sagt, es kostet mich ein paar Gratisdoughnuts.«

»Ich werde sie dir bezahlen«, sagte Nudger.

»Spinnst du? Ich hab immer ein paar alte Doughnuts auf Lager, für den Fall, daß er mich schröpfen will, weil er mir einen Gefallen getan hat. Bevor ich sie ihm bringe, steck ich sie in die Mikrowelle, und der Eumel glaubt, sie seien frisch gebacken.«

Nudger dachte daran, seinen Dunker Delite für den guten Zweck zu stiften, aber er wußte, daß das Danny sehr verletzen würde. Außerdem wäre es besser, wenn Ray altbackene Doughnuts bekäme. Gesünder für ihn. Ein Teil des Fettes wäre wahrscheinlich abgetropft oder verdunstet.

Nudger bedankte sich bei Danny, aß pflichtschuldig den Dunker Delite und zwang den größten Teil des bitteren Kaffees hinunter.

»Ich rufe ab und zu an, um zu hören, ob alles in Ordnung ist«, sagte Nudger. »Wenn Dancer aufwacht, sag ihm, im Kühlschrank steht eine neue Packung Orangensaft. Das ist wirklich lieb von dir, Danny. Ich werde mich bei Gelegenheit revanchieren.«

»Keine Ursache, Nudge. Dazu sind Freunde schließlich da. Gute Freunde jedenfalls.«

Nudger rutschte von dem roten Vinylhocker hinunter und verließ das Geschäft. Hatte er tatsächlich, wenn auch nur für einen Augenblick, daran gedacht, einen Dunker Delite zu verschmähen und diesen Menschen zu kränken? In einem Gespräch mit Danny konnte man Demut erfahren.

Nudger saß bis kurz vor zehn im Auto vor Helens Wohnung in der Osage Avenue. Dann fuhr Helen mit dem blauen Datsun weg, und er folgte ihr durch die Halbschatten. Sie hatte den Saum des Kleides in der Tür eingeklemmt, und ein roter Stofffetzen flatterte wie ein stolzer Siegeswimpel im Wind.

Sie fuhr wieder in die Innenstadt und parkte auf der Washington Avenue. Als sie aus dem Auto stieg, bemerkte sie, daß das Kleid eingeklemmt gewesen war und beugte sich anmutig hinunter, um den Stoff glattzustreichen. Im Gehen schaute sie ein paarmal hinunter, um den zerknitterten Saum zu prüfen.

Nudger parkte wieder und wartete.

Diesmal war er vorsichtig genug, um sicherzugehen, daß es auch wirklich Helen war, die das Bürogebäude verließ. heute gab es keinen Zweifel über ihre Identität: sie stieg wieder in den Datsun und fädelte sich dreist in den Verkehrsstrom ein. An der Ecke schnitt sie einen Bus, ignorierte wie eine Königin das zornige, aber wirkungslose Geplärr der Hupe und schlängelte sich durch den Stadtverkehr auf den Highway 70 nach Westen.

Sie verließ den Highway an der Lindbergh Avenue und fuhr zu einer Kette von Motels in der Nähe des Flughafens. Die Sonne gleißte durch die Fenster des Granadas, und Nudger mußte die Augen zusammenkneifen, um den Datsun nicht aus den Augen zu verlieren.

Er folgte dem kleinen blauen Auto auf den Parkplatz des Merivales, eines kleineren Motels auf der Westseite der Lindbergh Avenue, und fuhr bis an das Ende des asphaltierten Parkplatzes, neben einen riesigen Kipper, aus dessem schiefligenden Stahldeckel gezackte Pappe ragte. Er ließ den Motor laufen und beobachtete, wie Helen die Bar des Motels betrat.

Donner rollte über den Parkplatz und ließ das Auto vibrieren; ein Jet flog erschreckend tief über das Motel hinweg. Das Merivale lag in einer Flugschneise des Lambert International Airports. Hier zu schlafen dürfte bei ungünstigem Wind schwierig sein.

Der Flugzeuglärm erinnerte Nudger daran, daß das Außenbüro von Partners Unlimited ganz in der Nähe lag; er fragte sich, ob Helen dorthinfahren würde, wenn sie aus dem Motel kam. Wahrscheinlich wickelte Partners Unlimited in dieser Gegend viele Geschäfte ab, kurze Aufenthalte zwischen zwei Flügen. Liebe auf die schnelle, dann Abflug am Flugsteig Soundso, und dann nichts als eine Erinnerung irgendwo über Philadelphia oder Denver. Ficken-und-Fliegen. Nur eine Frage der Zeit, bis Franchiseunternehmen aus dem Boden schossen.

Nudger wartete eine Viertelstunde und vier weitere Starts. Dann stieg er aus dem Granada und ging in die Eingangshalle des Motels, die aus einer Empfangstheke bestand, mehreren Polstersesseln, einem langen Tisch mit Reiseprospekten und dem Schreibtisch eines Autoverleihers, an dem ein Mann in weißem Hemd und blauer Krawatte einem jungen Paar die Gebühren und Vertragsbedingungen für einen Minikombi erläuterte. »Funktioniert das Radio?« fragte der junge Mann.

Nudger machte es sich in einem der Sessel neben dem Schreibtisch gemütlich. Die Frau hinter dem Empfang und der Autoverleiher würden annehmen, daß er einen Wagen mieten wollte.

Von seinem Platz aus konnte Nudger in die Bar sehen. Helen unterhielt sich am Tresen mit einem großen Mann mit randloser Brille und grauwerdenden Haaren. Er trug einen blauen Geschäftsanzug und die glänzendsten schwarzen Schuhe, die Nudger je gesehen hatte. Sie erinnerten ihn an einen Jungen, den er in der High School gekannt hatte, der seine Schuhe spiegelblank gewichst hatte, damit er den Mädchen unter die Röcke sehen konnte.

Helen lächelte den Mann an. Sie legte ihm die Hand auf das Handgelenk. Er legte ihr die Hand auf den Schenkel. Nudger dachte, dafür sei es eigentlich noch ein bißchen zu früh, aber Geschäft war nun mal Geschäft.

»Kann ich Ihnen behilflich sein, Sir?« fragte der Autoverleiher. Das junge Paar war gegangen; Nudger sah sie draußen; sie gingen über den grellen Parkplatz zu einem schlichten weißen Wagen von der Größe eines Spielzeugautos.

»Ich warte auf jemanden«, sagte Nudger.

Die Frau hinter dem Empfang hatte das gehört und bedachte ihn mit einem zweifelnden und ziemlich unfreundlichen Blick. Hier war kein Platz für Herumtreiber, die vor der Hitze flüchten wollten.

Nudger warf wieder einen Blick in die Bar und sah, daß Helen und der Mann im blauen Anzug nun aufgestanden waren, und der Mann ein paar Scheine auf die Bar blätterte. Helen hatte sich an ihn gelehnt, als wollte sie ihm verspielt zuflüstern, wo sie gern mit ihm hingehen wollte. Es war eine für sie uncharakteristische kokette Geste.

Sie gingen auf die Eingangshalle zu. Nudger stand auf und machte, daß er hinauskam.

Wieder im Granada, lugte er um den Kipper und sah Helen und den Mann aus dem Motel kommen. Zuerst dachte er, sie stiegen vielleicht in eines der parkenden Autos, aber sie schlenderten an den Fahrzeugen vorbei und gingen die Treppe zu einem Laufsteg aus Beton und Stahl empor, der den ersten Stock entlanglief.

Der Mann zog einen Schlüssel heraus, schloß die Tür zu dem Zimmer am Ende des Gebäudes auf und trat dann einen Schritt zurück, um Helen den Vortritt zu lassen. Er sah sich um, als befürchte er, jemand, den er kannte, könne sie beobachten. Dann warf er den Schlüssel in die Luft, fing ihn sauber wieder auf und ballte um ihn die Hand zur Faust. Er folgte Helen und machte die Tür hinter sich zu.

Nudger legte sich eine Antacidtablette auf die Zunge und kaute.

»Mist!« sagte er. Aber schon bevor er ihr gefolgt war, hatte er gewußt, womit Helen sich ihren Lebensunterhalt verdiente. Was hatte er erwartet, daß sie ihn über ihr Gewerbe angelogen hatte und in Wirklichkeit an einer belebten Ecke Blumen verkaufte? Sie tat es für Dancer. Das einzig Gute in seinem Leben, und da tat sie so etwas. Warum erzählte der Sack ihr nicht alles und ging hin und stahl sich ein bißchen Geld, wenn er seine Schulden bezahlen mußte, um am Leben zu bleiben?

Nudger hätte am liebsten das Motelzimmer gestürmt und Helen von dort weggeholt. Aber er wußte, das war die permanente Pubertät, die ihn und andere manchmal in Schwierigkeiten ritt. Helen war eine erwachsene Frau mit einem freien Willen; wie sie sich ihr Geld verdienen wollte, ging ihn nichts an. Oder sollte es zumindest nicht. Er hatte seine eigenen Schulden zu bezahlen und wünschte, es gäbe eine bessere Möglichkeit als die magenumdrehende Beschäftigung, die ihn hierhergeführt hatte.

Es kam ihm schäbig und schmutzig vor, hinter Helen herzuschnüffeln, aber Dancer hatte recht, sie könnte in Gefahr sein. Er hoffte, Helen hatte ebenfalls recht, und Partners Unlimited überprüfte die Klienten, bevor sie die Frauen zu ihnen schickte.

Nudger ertappte sich bei dem Wunsch, der Mann und Helen mochten nach ein paar Minuten aus dem Zimmer kommen und wegfahren, daß sie ihm nur hinaufgefolgt war, um etwas zu holen, was er vergessen hatte, oder aus irgendeinem anderen unschuldigen Grund. Nichts Schmutziges. Er könnte schließlich auch ein Verwandter sein, der sich zwischen zwei Flügen mit ihr traf, vielleicht ihr Bruder aus Atlanta.

Aber der Bruder erschien im einzigen Fenster des Zimmers und zog die Vorhänge zu. Er trug nur einen weißen Slip. Nudger fragte sich, wie ein Mann in diesem Alter noch so einen flachen Bauch haben konnte. Ein Mann, der nicht fünfmal am Tag trainierte wie Biff Archway.

Pfeif drauf, dachte Nudger. Er wurde allmählich deprimiert.

Da er wußte, wo Helen in nächster Zeit sein würde, entschloß er sich, Danny anzurufen, um zu hören, wie es Dancer ging. In einer Ecke des Parkplatzes, in der Nähe der Straße, stand eine Telefonzelle.

Im Doughnut Shop hob Ray ab und sagte Nudger, daß Danny vor einer guten Viertelstunde hinübergefahren sei, um nach Dancer zu schauen. Nudger tippte seine eigene Telefonnummer, und nach dem fünften Klingeln wurde der Hörer abgenommen.

Er hörte nur Atmen.

»Danny?«

»Bist du das, Nudge?«

Nudger wußte sofort, daß irgend etwas ganz und gar nicht stimmte. Danny klang atemlos, wütend.

»Ich bin es, Danny. Was ist denn passiert?«

»Ein paar Kerle kamen hier herein und wollten sich unseren Freund Dancer schnappen. Haben die Kette aus der Tür gebrochen. Ich und Dancer haben uns gewehrt, und Dancer ist ihnen entwischt. Die beiden Schlägertypen haben mich schließlich weggeschubst und sind ihm hinterher.«

»War er zu Fuß?«

»Er schon, aber die nicht. Sie haben sich in einem

schwarzen Kabrio auf die Suche gemacht. Ich glaube, es war einer von diesen kleinen Chryslern.«

»Waren die beiden Männer groß?«

»Einer war groß. Der andere war ein Riese.«

Kovar und sein Freund. »Bist du in Ordnung, Danny?«

»Ja, die haben mir nichts getan. Die waren nur an Dancer interessiert. Ich war bloß ein Hindernis, das nicht so leicht aus dem Weg zu schaffen war. Ich glaub, ich hab ihm genug Zeit verschafft, Nudge. Er hatte einen guten Vorsprung und ist wahrscheinlich durch den Durchgang abgehauen. In dieser Ecke von Maplewood gibt es ne Menge prima Verstecke.«

Puh! »Danke, Danny. Ich schulde dir jetzt wirklich etwas.«

»Tust du nicht, Nudge. Soll ich die Polizei anrufen?«

»Nein. Ich denke, du solltest dort verschwinden, für den Fall, daß die beiden zurückkommen. Solchen Kerlen geht man am besten aus dem Weg.«

»Okay.«

Nudger wollte schon auflegen, aber Dannys Stimme ließ ihn innehalten.

»Hör mal, Nudge, wo ich schon mal mit dir rede, ich hab mit der alten Dame in Kirkwood über den Wagen gesprochen. Mrs. Fudge. Sie will wissen, ob er dir gefällt.«

Nudger war sprachlos. Dannys Hirn würde sogar inmitten eines Erdbebens zum Belanglosen gravitieren.

»Sag ihr, daß ich ihn kaufen will, Danny.«

»Das ist ja fantastisch, Nudge!« Danny hörte sich glücklich an. Für Nudger. Für die Frau, die den Wagen verkaufte. Es war, als verdiente er ein Vermögen an einer komplizierten Transaktion, die er in die Wege geleitet hatte. Aber Danny war einfach nur Danny. Der naive, gänzlich aufs Praktische gerichtete, leichtgläubige Danny. Kleines Hirn, riesengroßes Herz.

Aus der drückend heißen Telefonzelle sah Nudger die Vorhänge im Eckzimmer des ersten Stockes flattern.

Eine Boing 747 startete und stieg steil über dem Motel hoch. Ihr riesiger Schatten huschte über die Zelle. All die vielen verschiedenen Leben da droben, die zur selben Zeit an denselben Ort düsen.

Das Donnern ließ die Erde beben, gleich einer Warnung vor einem Sturm.

24

Nudger erwartete, seine Wohnung in einem Chaos zu finden, aber es gab kaum Anzeichen von Dannys Kampf mit den beiden Männern, die es auf Dancer abgesehen hatten. Der Couchsessel war umgekippt, ein Lampenschirm hing schief, und ein Sofakissen lag auf dem Boden. Alles sah aus wie nach einer Party wohlerzogener Teenager. Dancer war wohl sehr schnell abgehauen; das mußte er auch, wenn man bedachte, daß er zwei riesenhafte Schläger nicht lange aufhalten konnte.

Nachdem er die Wohnung aufgeräumt hatte, holte sich Nudger eine kalte Dose Busch-Bier aus dem Kühlschrank und setzte sich im kühlen Luftzug der Klimaanlage auf das Sofa. Er überlegte, wie er Helens Spur wiederaufnehmen könnte. Er war sicher, daß sie inzwischen das Merrivale Motel verlassen hatte. Ihre Transaktion dort war mittlerweile zweifellos vollzogen worden, es sei denn, der Mann mit den glänzenden Schuhen und dem weißen Slip wäre mehr als er zu sein schien, und trüge normalerweise ein rotblaues Capekostüm. Ihre Wohnung könnte jetzt der nächste logische Platz sein, um auf sie zu warten und darauf, daß Dancer sich mit ihr in Verbindung zu setzen versuchte.

Aber Dancer war klug genug, um zu wissen, daß, wer immer hinter ihm her war, Helen beobachten könnte und nur darauf lauerte, daß er bei ihr auftauchte. Er war ihr außerdem auf seine konfuse Art zugetan genug, um in ihrer Nähe sein und sie beschützen zu wollen. Auf der anderen Seite hatte er ja Nudger gebeten, ein Auge auf Helen zu haben und dafür zu sorgen, daß ihr nichts zustieß.

Nudger drückte sich die kalte, gebogene Oberfläche der Bierdose an die Stirn. Was für ein Beruf. Was für ein Leben. Alles wurde allmählich verworren, geriet außer Kontrolle.

Doppelt gefährlich. Er wünschte, jemand hätte ein Auge auf ihn, damit ihm nichts zustieße. Wie seine Lieblingslehrerin in der dritten Klasse.

Er ließ die Dose wieder sinken und tupfte sich mit dem Ärmel die Feuchtigkeit von der Stirn. Dritte Klasse. Sie hatte Mrs. Hughes geheißen.

Das Telefon klingelte, ließ ihn auffahren, und ein bißchen Bier schwappte aus der Dose auf seine Hand. Der Schlamassel, in dem er saß, und an dem er nicht ganz unschuldig war, zehrte an seinen Nerven. Sein Magen rumorte, grollte laut, schimpfte ihn vielleicht einen Idioten.

Beim dritten Klingeln hob er den Hörer ab.

»Ist da Nudger?« Eine Männerstimme. Unbekannt.

»Ja«, sagte Nudger.

»Haben Sie meine Stimme nich erkannt? Hier spricht Lem Akers, Claudias Nachbar. Sie un ich haben uns ein paarmal im Gang unterhalten.«

Jetzt erkannte Nudger die Stimme. Oder eher die Intonation. Die Stimme selbst hatte ihn irregeführt; der neunundsiebzigjährige Lem Akers hörte sich am Telefon vierzig Jahre jünger an.

»Ich denke, Sie sollten vielleicht herüberfahren und sich anhören, was ich zu sagen habe«, sagte Lem aus seiner längst vergangenen Jugend. »Es geht um Ihre Claudia.«

Nudgers Magen zog sich schmerzhaft zusammen. »Was ist mit ihr?«

»Sie wissen doch, daß in diesen alten Wohnungen durch die Lüftungsschächte alles zu hören ist. So wie die Heizkessel angelegt sind, einen für jede Wohnung, müssen sie meilenweise Rohre verlegt haben...«

»Worum geht es denn, Lem?« Nudger versuchte, Akers beim Thema zu halten. Er wußte, daß es Akers liebster Zeitvertreib war, ein Ohr an den Lüftungsschacht zu legen und seine Nachbarn zu belauschen. Nudger und Claudia lehnten manchmal ein Kissen an den Schacht im Schlafzimmer, wenn sie auf gar keinen Fall belauscht werden wollten. Gelegentlich fragte er sich, wie effektiv das war, wieviel von dem, was zwischen ihnen beiden privat war, in

Wirklichkeit zwischen ihnen und dem alten Lem Akers war.

»Manchmal kann man nicht anders, da schnappt man eben etwas auf, Nudger. Das ganze Haus ist eine einzige verflixte Sprechanlage.«

»Was haben Sie denn diesmal aufgeschnappt, Lem?«

»Ich denke, Sie sollten wissen, daß vor einer Weile ein Mann in Claudias Wohnung gegangen ist. Und ich rede nicht von diesem Biff; sein Kommen und Gehen ist keine große Affäre. Passiert die ganze Zeit.«

Nudger biß die Zähne zusammen. »Ein Mann?«

»Das habe ich doch gerade gesagt.«

»Ein großer Mann?«

»Nee. Ich würd sagen, mittelgroß, ein bißchen dünn. Dunkle Haare und Schnauzer. Sah gut aus, aber ziemlich niedergedrückt, als wäre ihm gerade der Hund gestorben und er bemühe sich um eine tapfere Miene.«

Dancer! Was tat Jake Dancer bei Claudia? Nudgers Blick huschte zur Schreibtischschublade, in der er sein Adreßbuch aufbewahrte. Die Schublade stand einen Spalt weit offen. Eine Ecke weißen Papiers ragte heraus. Er griff hinüber, öffnete die Schublade und sah das Chaos darinnen. Sein Adreßbuch, seine persönlichen Papiere, Briefe von Claudia, alles in heilloser Unordnung. Dancer hatte wohl Nudger finden wollen, die Schublade durchwühlt und war auf Claudias Name und Adresse gestoßen. Hatte von seiner Beziehung zu ihr erfahren und sich gedacht, er sei vielleicht dort zu finden. Dancer hatte nicht klar nachgedacht, aber tat er das je? Nudgers Blick fiel auf etwas anderes; im Papierkorb neben dem Schreibtisch lag eine leere Flasche seines Lieblingsscotches.

»Hieß Prancer oder so ähnlich«, sagte Lem. »Oder vielleicht wie eines der anderen Rentiere.«

»Dancer?«

»Genau. Jedenfalls hab' ich mir nichts dabei gedacht, bis ich gehört hab', was sie sagen. Sie hat ihn nich' hereingebeten. Wußte zuerst gar nich', wer er war. Er hat Ihren Namen benutzt, um hereinzukommen; er war betrunken und auf der Suche nach mehr Alkohol. Hatte einen gewaltigen Brand.«

»Ist er noch immer da, Lem?«

»Nö. Deshalb sollten Sie wohl besser rüberkommen. Claudia ist mit ihm weggegangen, aber ich glaub' nicht, daß sie das wirklich wollte.«

»Warum glauben Sie das?«

»Ich hab' gehört, wie sie das zu ihm gesagt hat. Er hat aber nich' auf sie gehört, und sie sind weggegangen.«

»Er hat sie entführt?«

»Das würd' ich so nicht sagen. Obwohl das Gesetz es vielleicht täte. Wer weiß schon, was das Gesetz heutzutage sagt, wenn die Hälfte aller Ganoven im Land eine Stunde nach der Verhaftung wieder frei herumläuft. Deshalb ist man ja auf der Straße nich' mehr sicher, manchmal nich' mal mehr im eigenen Haus oder der eigenen Wohnung. Kein Platz in der Stadt ist sicher. Wie im gottverdammten Sodom und Gonorrhöe, Nudger. In der Bibel.«

»Vielleicht irgendwo dort«, sagte Nudger. »Rühren Sie sich nicht vom Fleck, Lem; ich fahre jetzt sofort herüber, um mit Ihnen zu reden.«

Die junge Stimme klang verächtlich. »Ich war doch schließlich derjenige, der angerufen und gesagt hat, Sie sollten besser rüberkommen. Warum, um alles in der Welt, sollte ich mich vom Fleck rühren, bevor Sie hier sind?«

Nudger hatte darauf keine Antwort. Er legte den Hörer auf und machte sich auf die Socken.

»Ich bin noch nie hier gewesen«, sagte Lem Akers, »obwohl ich aus dem, was ich aufgeschnappt habe, weiß, wie es hier aussieht. Führt einen ordentlichen Haushalt, Ihre Claudia. Eine gute Frau, in vieler Hinsicht.« Er stützte sich auf seinen Stock und sah sich in Claudias Wohnung um, nickte ab und zu, als entsprächen die Tatsachen seiner Vorstellung. Aus dem, was er belauscht hatte, hatte er sich die Wohnung bis zu den abgelaufenen Stellen im Teppich ausgemalt. Er war ein großer, aber gebückter grauer Mann mit langen, dürren Armen und mit von Leberflecken übersäten knorrigen Händen. Die blauen, triefenden Augen blickten traurig und forschend und manchmal verwirrt. Alte Augen, die alles zu genau betrachteten, als würden sie endlich etwas sehen, was ihnen in all den Jahren entgangen war, einen akzeptablen Ausweg.

Nudger hatte die Fäuste in die Seiten gestemmt. Claudias Wohnung sah aus wie immer. Er ging in die Küche und fand eine leere Bourbon- und eine leere Ginflasche im Abfalleimer. Sonst nichts, was ihm irgend etwas sagte. Er ging kurz durch alle Zimmer, fand aber nichts, das ihm entdecken half, was geschehen oder wohin Claudia gegangen war, keine sorgsam verschlüsselte Nachricht, keine Spur aus Brotkrumen.

»Was genau haben Sie gehört?« fragte er Lem Akers.

Lem strahlte und saugte an seinem Gebiß. Es gefiel ihm, jemandem etwas erzählen zu können, der ihm zuhören wollte. Das war eine Abwechslung für ihn. »Ich habe zufällig gerade aus dem Fenster geschaut, als dieser Dancer ins Haus gegangen ist.«

»Haben Sie ihn aus einem Auto steigen sehen?« fragte Nudger.

»Nö. Er war zu Fuß. Dann hab' ich ihn die Treppe raufstapfen und an Claudias Tür klopfen hören. Sagte, er versucht, Sie zu erreichen und Sie hätten ihm ihren Namen und Adresse gegeben. Ich hab' sofort gehört, daß er getrunken hatte, aber ich glaub', Claudia hat nichts gemerkt. Sie hat ihn sofort reingebeten, als er Sie erwähnt hat. Ich hab' mir immer noch nichts dabei gedacht. Ich meine, Claudia ist eine gutaussehende Frau und hat Freunde, und so sollte es auch sein. Hat eine hübsche Figur, Ihre Claudia. Meine Frau Maureen hatte überhaupt keine Titten, und im Alter ist ihr Nacken ledern geworden, als wäre sie ein Marine, der in der Sonne gewesen ist. So hab' ich sie auch genannt. Marine statt Maureen. Damals hießen die Marines nämlich manchmal auch Ledernacken. Sie hat es nie kapiert; ihr Hirn muß kleiner gewesen sein als eine Erbse...«

»Was hat Dancer gesagt, als er in der Wohnung war?« unterbrach Nudger. Er hatte sich schon früher mit Lem unterhalten und wußte, daß der Alte logisch erzählen konnte, wenn man ihn nicht abschweifen ließ.

»Sagte, er wolle etwas trinken. Claudia hat ihm etwas gegeben und dann versucht, Sie anzurufen, aber Sie waren nicht zu Hause.«

Dancer mußte schnurstracks hierhergekommen sein, nachdem er aus der Wohnung geflüchtet war. Claudia hatte angerufen, nachdem Nudger mit Danny telefoniert hatte, aber Danny hatte die Wohnung schon verlassen, um in den Doughnut Shop zurückzufahren.

»Hat in Ihrem Büro angerufen und im Doughnut Shop, aber nur einen gewissen Ray erreicht, der seinen Hintern nicht von seinem Ellbogen unterscheiden konnte.«

Also hatte sie im Doughnut Shop angerufen, bevor Danny dort angekommen war, nachdem er Nudgers Wohnung verlassen hatte. Das hieß, Dancer mußte hiergewesen sein, um ungefähr – Nudger schaute auf die Uhr.

»Es war auf die Sekunde zehn Uhr vierzig, als Dancer an Claudias Tür geklopft hat«, sagte Lem. Er hatte Nudger beobachtet, mitgedacht, den Blick auf die Armbanduhr gesehen. Durchtriebener alter Knacker.

»Was ist passiert, als sie Dancer gesagt hat, daß sie mich nicht erreichen kann?« fragte Nudger.

»Bis dahin hatte er schon mächtig einen sitzen. Wurde krakeelig und verlangte mehr zu trinken. Claudia hatte Angst und gab es ihm, und das hat die Sache nur verschlimmert. Was mich interessiert hat, war, daß er dann anfing über Vietnam zu reden, als wäre es schlimmer als Frankreich 1944, wo ich war. Dann hat er über Reue und Mord gelabert. Vietnam war schließlich nich der einzige Kampf auf dieser Welt. Dann, nach einer Weile, hat er gesagt, er hat kein Auto und will, daß Claudia ihn wohin fährt.«

»Hat er gesagt, wohin?«

Lem zog verärgert die grauen Augenbrauen nach unten und schien verärgert ob der Unterbrechung. »Sagte ›wohin‹, sonst nichts. Claudia hat gesagt, sie will nich, aber er hat darauf bestanden. Hat sie nich direkt bedroht oder so. Aber er wußte, was er tat und hat sie gerade so sehr eingeschüchtert, daß sie ihn fährt. Ich wäre auch eingeschüchtert gewesen; der Bursche war bis zum Äußersten angespannt und stand kurz vor dem Zusammenbruch. Sie sind in Claudias Auto weggefahren. Ich hab' mir überlegt, ob ich die Polizei anrufen soll, aber ich wußte, daß Sie Privatdetektiv sind, also hab' ich zuerst Sie angerufen, damit Sie entscheiden können, ob Sie die Polizei einschalten wollen. Ich sag' Ihnen eins, Nudger, ich hab' kein Vertrauen zur Polizei. Die sind nicht Detektive wie Sie; die brechen Regeln, und die brechen Rippen. Ich weiß Bescheid. Einmal hat dieser Kerl, mit dem ich in der Gießerei gearbeitet habe, Maureen verdroschen, und als sie völlig benebelt wieder zu sich kam, hat sie gesagt, ich wär's gewesen. Bis ihr endlich wieder eingefallen ist, was wirklich passiert war, saß ich im Knast und wurde von ein paar Jungs in Blau mißhandelt. Nichts von diesem Hände-weg, Miranda-Käse wie heutzutage. Haben mich einen Frauenschläger geschimpft und rumgeschubst, mir ein paar Knöchel gebrochen. Ich hab' nur Verachtung für die Polizei, Nudger; ich würde denen im Winter nich' ma Schnee geben. Erst als Maureen ihre nichtsnutzige Schwester Flora geschickt hat...«

»Da«, sagte Nudger. Er drückte Lem einen zusammengefalteten Zehndollarschein in die dürre Hand und spürte, wie krallenartige Finger tasteten, gefaltetes Geld erkannten und zupackten. »Und die.« Nudger hielt ihm seine letzte Geschäftskarte hin. »Rufen Sie mich an, wenn hier noch etwas passiert, Lem. Versprechen Sie das?«

»Ich brauch' die Karte nich'«, sagte Lem. »Ich kenn' Ihre Privat- und Ihre Büronummer. Natürlich ruf' ich Sie an, wenn es was gibt, das Sie wissen sollten. Hab' Sie doch auch vorhin angerufen.«

»Haben Sie«, sagte Nudger. »Sie haben sich ganz richtig verhalten. Danke, Lem. Vielen Dank.«

Lem sah tatsächlich ein wenig verlegen aus, als er am Stock hinaushumpelte; der grüne Schein lugte zwischen seinen Fingern hervor.

Nudger ging zu seinem Wagen hinaus, wünschte, er hätte Claudia nie in seine Arbeit hineingezogen. Aber er glaubte, sie könnte bei Dancer sicher sein. Wenn er wieder nüchtern war, würde er sich wahrscheinlich bei ihr entschuldigen und sie nach Hause schicken. Aber Claudia wußte das nicht und lebte bereits seit ihrem Kampf mit Lars Kovar in einem Zustand permanenter Angst. Deshalb war sie wahrscheinlich so bereitwillig mitgegangen, ohne Widerstand zu leisten, als Dancer von ihr verlangt hatte, ihn zu fahren.

Aber würde er sein freundliches Wesen auch bewahren, wenn er betrunken war? Zwar war es so gewesen, als Nudger ihn im angetrunkenen Zustand gesehen hatte, aber Alkohol konnte unvorhersehbare und nicht zwangsläufig gleichbleibende Wirkungen haben.

Bis zum Äußersten angespannt und kurz vor dem Zusammenbruch.

Nudger versuchte, sich nicht das Entsetzen auszumalen, das Claudia jetzt mit dem betrunkenen Dancer auszustehen hatte. Das Ganze war ein Irrtum, sagte er sich. Etwas, das sich von selbst einrenken würde. Der vorübergehende Wahn aus der Flasche war daran schuld. Nicht Nudger. Der Alkohol und die Umstände.

Er wußte es besser.

Nudger wischte sich mit dem Handgelenk den Schweiß von der Stirn und stieg in den Granada. Er hoffte, Dancer wäre der Engel, den alle in ihm sahen. Betrunken ebensogut wie nüchtern. Doch ein guter Ruf konnte täuschen. Und wieviel Pein konnte Dancer ertragen, bevor er zusammenbrach?

Bis zum Äußersten angespannt ...

Nudger fuhr zu einer Telefonzelle, um Hammersmith anzurufen und ihm zu sagen, was passiert war. Wo Lem Akers nichts aufschnappen konnte. Wenn Lem an diesen Spektakel mit seiner Frau Maureen dachte, wäre er vielleicht nicht behilflich, wenn er wüßte, daß die Polizei eingeschaltet war.

25

Nudger saß an seinem Schreibtisch und beobachtete, wie die Hitze in flirrenden Dämpfen vom Teerdach des gegenüberliegenden Hauses aufstieg. Die Art, in der sie alles verzerrte und schimmern ließ, war ein Spiel mit Entfernung und Perspektive und verlieh der Welt vor dem Fenster eine gewisse

Unwirklichkeit. Zu beiden Seiten des Fensters gab es bestimmte Tatsachen, die Nudger nur mit Mühe erfassen und festmachen konnte.

Hammersmith hatte Dancer mit dem Kennzeichen und der Beschreibung von Claudias Auto zur Fahndung ausschreiben lassen. Nudger mußte allmählich versuchen, sich nicht länger um Claudia zu sorgen und ihr auf die bestmögliche Art helfen, indem er Helen Crane beschattete, für den Fall, daß Dancer versuchte, sich mit ihr in Verbindung zu setzen. Inzwischen sollte Helen erfahren, daß Dancer Claudia entführt hatte.

Nudger hatte bei Helen angerufen, aber niemand hatte abgenommen. Brad Marlyk bei Partners Unlimited behauptete ebenfalls, nicht zu wissen, wo sich Helen aufhielt. Er sagte, Helen habe am Morgen eine Verabredung gehabt und würde erst morgen abend wieder arbeiten. Nudger fragte, wo und mit wem. Marlyk sagte, das sei vertraulich. Nudger blieb hartnäckig, und schließlich sagte Marlyk, Nudger könne ihn mal und legte auf. Nudger rief noch einmal an und versuchte, die Information aus Muffy B. Blue herauszuquetschen, aber sie wiederholte Marlyks Vorschlag in haargenau denselben Worten. Kluge Köpfe, dieselbe Wellenlänge.

Nudger lehnte sich zurück und spürte sein feuchtes Hemd an der Rückenlehne des Drehstuhls kleben. Er holte die Antacidtabletten aus der Hemdtasche und brach eine von der Rolle ab. Dann dachte er darüber nach, wie Dancer Claudia eingeschüchtert hatte, ihm eine Fahrgelegenheit zur Verfügung zu stellen. Gepeinigter, liebenswerter Dancer. Gefährlicher Dancer? Aus dem Gespräch mit Lem Akers konnte man nicht wissen, wieviel Druck Dancer nun wirklich auf Claudia ausgeübt hatte, damit sie ihn begleitete. Warum hatte er nicht einfach ihre Autoschlüssel verlangt? Vielleicht wußte er sogar in seiner Trunkenheit, daß er nicht in der Lage war, zu fahren. Eventuell glaubte er sogar, sie begleite ihn aus freien Stücken.

Danny klopfte an die Bürotür, steckte sein Bassetgesicht ins Zimmer, lächelte dann zaghaft und trat schließlich ganz herein. Im Gürtel trug er das gewohnte graue Handtuch, schmierig vom Abwischen der rostfreien Stahltheke des Doughnuts Shops.

»Mrs. Fudge will ihr Geld«, sagte er.

Nudger beugte sich auf dem Stuhl vor. »Was?«

»Für den Wagen. Du hast gesagt, du willst ihn kaufen. Sie sagt, sie will achthundert dafür.«

»Ziemlich viel Geld, wenn man bedenkt, daß er mehr Rost angesetzt hat als Stan Musial.«

»Nicht zuviel für ein Auto heutzutage, Nudge. Außerdem ist sie 'ne alte Dame; man kann mit ihr nicht gut handeln.«

»Meinst du damit, daß sie nicht mehr gut hört?«

»Weiß nich'. Ich glaub', sie hört noch ganz gut.«

»Sag ihr sechshundert.«

»Nudge!«

»Ich habe mit jemandem über den VW geredet, Danny. Ich kann nur vierhundert für ihn bekommen. Und mehr als zweihundert kann ich nicht zusammenkratzen. Nicht, daß ich schofel wäre, aber die Sache hat ihre eigene Mathematik. Sag das der alten Dame; wenn sie selbst wenig Geld hat, wird sie sich einfühlen können.«

Danny seufzte und schüttelte den Kopf. »Ich werd's versuchen, Nudge.«

Verzagt verließ er das Büro. Nudger hörte ihn langsam und mit schwerem Schritt die Treppe hinuntergehen. Die Haustür wurde klappernd geöffnet und wieder geschlossen. Ein Luftzug fuhr kurz über den Boden des Büros, brachte aber kaum Kühlung.

Fünf Minuten später klingelte das Telefon. Danny rief aus dem Doughnut Shop an.

»Sie ist mit sechshundert einverstanden, Nudge. Das Auto gehört dir. Meinen Glückwunsch.«

Es schien ein seltsamer Anlaß, um einen Glückwunsch zu rechtfertigen, aber Nudger bedankte sich bei Danny.

»Ich fahr' später mit dem Geld raus«, sagte Danny, »und kümmere mich um den Kraftfahrzeugbrief, lass' ihn sogar von einem befreundeten Apotheker notariell beglaubigen. Ich weiß, daß du im Moment 'ne Menge zu tun hast, mit Claudia und so. Hast du schon etwas gehört?«

Nudger sagte Danny, es gebe nichts Neues.

»Bist du sicher, daß er ihr nichts antun wird?« fragte Danny.

»Ich bin mir über gar nichts sicher«, fuhr ihn Nudger an.

Schweigen. Dannys zarte Seele war verletzt.

»Tut mir leid.« Nudger hätte sich am liebsten in ein Mäuseloch verkrochen.

»Ich versteh' schon, Nudge. Weißt du, es ist bloß, daß ich Claudia sehr mag.«

»Ja. Hör mal, ich gebe dir das Geld für den Granada, sobald ich den VW verkauft habe.«

In Dannys Stimme lag wieder der alte Enthusiasmus. »Wenn das Geschäft schon perfekt ist, kann ich dir ja nachfahren, wenn du den VW wegbringst, und dich in meinem Auto zurückfahren.«

Nudger war damit einverstanden.

Nudger fuhr unbequem in dem engen kleinen Käfer zu Sands Auto Body in der Watson Road, gefolgt von Danny in dessen altem blauen Plymouth. Will Sands besaß jederzeit ein halbes Dutzend gebrauchter Volkswagen, die er zu Geländewagen umbaute und mit hohem Profit verkaufte.

Den ganzen Weg zu Sands lief der VW wunderbar. So reibungslos und mit soviel Schwung war er seit Jahren nicht gefahren.

Er weiß es, dachte Nudger. Er weiß es.

Sands war ein ungeheuer großer, rotgesichtiger Mann mit rotem Haar und riesigen, doch sanften Händen, die jedwedes Auto mit der Präzision eines Chirurgen manipulierten. Etwas in dem Glitzern in seinen Augen, als er Nudger ungeduldig die versprochenen vierhundert Dollar in die Hand drückte, ließ Nudger glauben, daß er den VW zu billig verkauft hatte. Aber so ging es ihm immer, wenn er irgend etwas verkaufte. Er wollte es augenblicklich wieder an sich reißen und zehn Prozent mehr verlangen.

Er war nicht der Typ, der bei unbeseeltem Eisen sentimental wurde, aber als er von dem verbeulten alten Auto wegging, mußte er doch einen Blick nach hinten werfen. Es schien ihn seelenvoll anzublitzen, als hätte er es verraten.

Wußte es nicht, daß es bald eine neue Lackierung, brandneue Breitwandreifen, einen Dachspoiler und ein todschikkes Segeltuchdach zur Schau tragen würde? Ein neues Autoleben. Eine neue Identität und einen neuen Besitzer, bei dem es weder unter Beschuß geraden noch gerammt werden würde.

»Fertig, Nudge?« fragte Danny.

Nudger warf noch einen flüchtigen Blick zurück auf den VW, wütend auf sich selbst, daß er bei einem Auto sentimental wurde, das in der ganzen Zeit, in der er es besessen hatte, eine solche Geißel gewesen war. Er verhärtete sein Herz, daß es deutschem Stahl gleichkam. »Geschieht dir recht, du kleines Nazischwein.«

»Was hast du gesagt, Nudge?«

»Nichts, Danny. Laß uns von hier verschwinden.«

Als sie sich dem Büro näherten, sah Nudger einen Streifenwagen am Randstein vor dem Doughnut Shop parken. Er war erst vor kurzem gewaschen worden und funkelte in der Sonne. Ein Polizist lehnte mit dem Hintern an der Kühlerhaube. Er hatte die Arme vor der Brust verschränkt. Die Mütze hatte er abgenommen und hielt sie in der Hand, damit ihm nicht so heiß war. Dunkel Schwitzflecken unter den Achseln zogen sich in sichelförmigen Mustern beinahe bis zu seinem Gürtel hinunter.

»Ich wünschte, er würde sich verziehen«, sagte Danny. »Er verscheucht mir die Kundschaft.«

Nudger glaubte nicht, daß das zu dieser Tageszeit viel Grund zur Sorge gab. Nur wenige Leute aßen nachmittags oder abend Doughnuts, und Dannys Stammkunden brauchten ihren Nachtschlaf, um die Schwere und den Fettanteil eines Dunker Delites zu vergessen, bevor sie wieder Doughnuts kauften. Gebäckmasochisten auf der Jagd nach ihrem täglichen Schuß.

Danny parkte den alten Plymouth ein paar Meter hinter dem Streifenwagen. Die Wippantenne des Streifenwagens zitterte sanft im Wind. Motor und Klimaanlage waren eingeschaltet und alle Fenster geschlossen. Auf dem Beifahrersitz saß noch ein Polizist, der den Kopf gesenkt hielt, als lese er etwas.

Nudgers Magen rutschte ihm in die Knie, als er aus dem Plymouth stieg. Er ahnte, weshalb die Polizisten hier waren: Claudia. Aber er wußte nicht, welche Art von Neuigkeiten sie brachten.

Er dachte daran zu beten, aber das wäre scheinheilig und könnte ein schlechteres Ergebnis zeitigen, als wenn er sich auf sich selbst verließ. Gott war kein Idiot und wußte, daß Nudger später wieder abtrünnig werden würde.

Diesmal nicht, lieber Gott. Diesmal ist es anders. Diesmal nicht!

Der Polizist war ein blonder Jüngling mit winzigen, rosaunterlaufenen Augen und einem fliehenden Kinn. Er war überall dünn, bis auf die Taille, wo ihm Fastfood und stundenlanges Sitzen im Streifenwagen einen breiten Rettungsring umgehängt hatten.

Er löste sich von der Kühlerhaube, stellte sich gerade hin, ließ die Arme sinken und fragte: »Sind Sie Nudger?«

Nudger nickte.

»Ich bin Patrolman Wallace Stivers. Lieutenant Hammersmith hat uns geschickt, um Sie abzuholen. Er will, daß wir Sie zu ihm bringen.«

»Wohin?«

»Ins Leichenschauhaus. Der Lieutenant will, daß Sie sich etwas anschauen.«

Lieber Gott, nein! Claudia! Nudger stockte der Atem, und er beugte sich vor, legte die Hände auf die Knie. Er spannte den Magen an und versuchte, gleichmäßig zu atmen, versuchte, Blut in das Gehirn zu bekommen.

Danny packte ihn am Arm und stützte ihn. Der Bürgersteig schwankte und drehte sich, als befände sich Nudger auf einer amüsanten Achterbahnfahrt. Aber Nudger amüsierte sich nicht. Er schluckte, schaute dann stur geradeaus, um einen Fixpunkt zu haben, damit das Schwindelgefühl nachließ. Sein Magen drehte sich jetzt um sich selbst und stürzte steil nach unten.

»Geht es Ihnen nicht gut, Freund?« Stivers setzte sich die Mütze auf und trat einen Schritt nach vorn, als wolle er in der

Lage sein zu helfen, wenn es Nudger wieder flau wurde und er hinfiel. »Mensch, Sie sind ja bleicher als Bierschaum.«

»Ist gleich vorbei.«

»Was soll er sich denn ansehen?« fragte Danny.

»Eine tote Frau, die gerade aus dem Fluß gezogen worden ist«, antwortete Stivers. »Sie sah wirklich gut aus, bevor sie starb. Man kann es immer noch sehen, trotz allem, was die Fische getan haben. Sagen Sie, sie war doch nicht etwa jemand, der einem von Ihnen beiden nahegestanden hat?«

Nudger und Stivers konnten Danny gerade noch auffangen, als Dannys Knie umknickten.

26

Nudger lauschte dem Poltern der Speichenräder der Stahlbahre und sah in gebannter Faszination zu, als die fahle, welke Hand des Leichenschauhauswärters – einer Leiche nicht unähnlich – nach dem leinenbedeckten Gesicht griff. Das weiße Laken raschelte laut, als es zurückgezogen wurde, nicht nur von dem Gesicht, sondern vom ganzen Körper. Nudger hörte sich nach Luft schnappen, dann zischte sein Atem in dem stillen, widerhallenden Leichenschauhaus. Gewöhnlich war hier Atmen nicht erlaubt.

Hammersmith sah ihn über die Tote hinweg an. »Mensch, Nudge, du hast doch nicht etwa gedacht – Mist, entschuldige bitte. Ich hätte dir sagen sollen, daß es nicht Claudia ist. Ich meine, ich wäre nie auf die Idee gekommen.«

»Schon gut«, sagte Nudger. Vor Erleichterung war ihm sogar in der Kälte des Leichenschauhauses warm. Claudia war am Leben! Claudia war tatsächlich in der Gewalt eines Mannes, dem alle nachsagten, er gehe mitfühlend und sanftmütig durch sein Leben, sogar wenn er betrunken war. Nudger verbot sich, an die gewalttätigen Menschen aus seiner Vergangenheit zu denken, die ihn mit einem ähnlichen Ruf getäuscht hatten.

»Die hier wurde in der Nähe des Fundorts der anderen beiden herausgefischt«, sagte Hammersmith. »Es ist schwer zu sagen, wie lange sie schon tot ist, aber ich schätze, höchstens einen Tag. Vielleicht noch nicht einmal so lange. Was hältst du von der Sache?«

Nudger konnte sich nicht dazu überwinden, die bleiche Gestalt vor ihm noch einmal anzusehen. »Ich denke, es wird immer abscheulicher.«

»Ich auch. Ich wünschte, wir könnten dem ein Ende machen. Noch etwas, die hier war nicht lange genug im Wasser, um nicht mehr wie ein Mensch auszusehen. Kennst du sie?«

Warum glaubte Hammersmith, daß er die Tote kannte? Dachte der korpulente Lieutenant wirklich, Nudger käme so oft und gründlich in der Stadt herum, daß ihm alle Mordopfer bekannt sein müßten? Oder genoß es Hammersmith einfach, Nudgers empfindlichen Magen zu akrobatischen Manövern zu treiben?

Nudger nahm seinen ganzen Mut zusammen und starrte ohne zu blinzeln auf die Leiche hinunter, tat so, als würden seine Augen von Zahnstochern offengehalten.

Er wurde starr vor Schreck. *Helen!* Er dachte sofort an Helen. Dieselbe Größe, dieselbe Statur, dieselbe Haarfarbe und wahrscheinlich derselbe Teint – wenn man die Zeit im Wasser einkalkulierte.

Aber etwas war, Gott sei Dank, anders.

Der Fluß hatte sie in der Mache gehabt, deshalb hatte er sie nicht sofort erkannt. Sogar als ihm ihr Gesicht bekannt vorkam, war er sich nicht sicher. Aber Hammersmith hatte wahrscheinlich recht; Nudger könnte die Identität des Opfers kennen.

»Melissa.«

»Was? Sprich lauter, Nudge. Sie hat bestimmt nichts dagegen.«

»Ich bin mir nicht sicher, aber ich glaube, sie heißt Melissa.«

»Und ihr Nachname?«

»Kenne ich nicht. Ich habe sie nur einmal von nahem gesehen, als ich im Außenbüro von Partners Unlimited war. Ich erinnere mich an sie, weil sie meiner Klientin ähnlich sieht.«

Hammersmith schien interessiert. »Ist sie dort angestellt? Eine der Frauen, die als Prostituierte arbeiten?«

»Ja. Wenn sie das ist. Ich kann es nicht beschwören. Ich habe sie nur ein einziges Mal ganz kurz gesehen, und da auch fast nur von hinten.«

»Apropos.« Hammersmith nickte dem Wärter zu.

Geschwind, doch nicht ohne Anstrengung, drehte der Wärter die Leiche um. Die Glieder waren steif; die Leichenstarre war noch nicht abgeklungen.

Nudger wurde übel, als er die zerfleischte Rückseite der Frau sah.

»Peitschenmale«, sagte Hammersmith. »Sie ist mit einer Peitsche geschlagen worden. An den Handgelenken und Knöcheln sind Fesselspuren. Schau dir mal ihre Fußsohlen an, Nudge.«

Nudger trat an das Fußende der Bahre und ging in die Hocke. Das war unwirklich, durfte nicht wahr sein. Auf den Sohlen der bleichen, zierlichen Füße war eine Reihe schwarzer, runder Flecken. Dort und auf der Unterseite der Zehen war die Haut zerrissen und verfärbt. Nudger wußte, woher die kreisförmigen Male stammten, bevor Hammersmith es ihm sagte.

»Brandwunden von Zigaretten, Nudge.«

Nudger stand auf; ihm war übel.

Scheinbar ohne Gemütsregung betrachtete Hammersmith das Mordopfer prüfend. »So wie die Fußsohlen und der Rükken zugerichtet sind, gehen wir davon aus, daß ihr jemand die Sohlen verbrannt hat und sie dann mit der Peitsche gezwungen hat, barfuß über rauhen Boden zu gehen. Vielleicht Schlimmeres. In den Füßen stecken ein paar Glassplitter.«

»Mein Gott«, sagte Nudger. »Verstümmelte Brüste, malträtierte Füße...« Er konnte nicht glauben, was er da sah. Wollte es nicht glauben. Er gehörte derselben Spezies an, wie derjenige, der das getan hatte.

»Unter uns sind Monstren in Menschenhaut, Nudge.«

Nudgers Unterleib zuckte unter dem Gürtel, der plötzlich viel zu eng war.

»Laß uns rausgehen«, sagte Hammersmith. Er mußte wohl

annehmen, daß Nudger genug gelitten hatte. Aber was war das alles? Was kam als nächstes? Eine Zigarre? Bitte nicht, keine Zigarre!

Nudger war bereit, zu gehen.

Der Streifenwagen stand noch immer am Randstein. Stivers saß am Steuer. Die Klimaanlage mühte sich ab, und unter dem Tuckern des laufenden Motors war ihr Wimmern zu hören. Hitze rollte unter dem Auto hervor.

Hammersmith hielt die hintere Tür auf, und Nudger setzte sich auf den Rücksitz. Er sah Hammersmith gemächlich vorn um den Wagen herumgehen.

Der Lieutenant kam zurück, öffnete die hintere Tür auf der Straßenseite und setzte sich neben Nudger. Das Polster seufzte und verschob sich unter seiner Last. Vor dem Drahtgitter, das den Streifenwagen hinter dem Vordersitz teilte, starrten Stivers und sein Partner stur geradeaus; sie wollten auf keinen Fall in Hammersmith' Angelegenheiten herumspionieren. Stivers schien eine Motte zu beobachten, die verzweifelt an die Windschutzscheibe flatterte. Nudger hatte das Gefühl, Hammersmith hätte ihm in den Kopf scheißen und seine Leiche hinauswerfen können, ohne die Aufmerksamkeit der beiden loyalen Streifenbeamten zu erregen. Polizisten waren ein verschworener Haufen und trieben es manchmal auf die Spitze.

»Wie stehen die Chancen, daß die Leiche Melissa ist?« fragte Hammersmith. Er rauchte jetzt nicht, mußte jedoch den ganzen Tag geraucht haben; aus nächster Nähe stank er wie eine seiner abscheulichen grünlichen Zigarren. Ohne die Klimaanlage wäre der Geruch überwältigend gewesen.

»Etwas besser als fünfzig zu fünfzig«, sagte Nudger. Er schluckte den sauren Geschmack hinunter, der ihm auf der Zunge lag.

»Hm. Du bist keine große Hilfe.«

Nudger wurde allmählich gereizt; er hatte nicht darum gebeten, zu dieser Horrorshow gebracht zu werden. Lieber hätte er sie verpaßt. »Ich habe nicht behauptet, daß ich den Fall mit meinem Detektivköfferchen lösen könnte.«

»I like Ike. Ich mochte ihn. Du auch?« fragte Hammersmith.

Nudger starrte ihn an. Hammersmith war so sprunghaft. unberechenbar. Aber gewöhnlich steckte eine Absicht dahinter. »Welchen Ike?«

»Eisenhower. Den General und Präsidenten. Du weißt schon – Glatze und ein breites Grinsen, als könnte er die Demokraten bei lebendigem Leib verspeisen, ohne sich dabei auch nur den Magen zu verderben.«

»Klar«, sagte Nudger müde. »Ich mochte Ike. Fantastischer Golfspieler.«

»Die Frau in der Leichenhalle muß ihn auch gemocht haben. Sie hielt einen seiner Wahlkampfbuttons in der Hand, als wir sie aus dem Fluß gefischt haben.«

Nudger warf einen Blick auf Hammersmith, um zu sehen, ob er ihn auf den Arm nahm. »Einen Wahlkampfbutton aus den fünfziger Jahren?«

»Ich glaube, der hier war von zweiundfünfzig«, sagte Hammersmith. »Das behauptet jedenfalls ein Politologe an der St. Louis University.«

»Und was bedeutet das?«

»Vielleicht, daß sie eine loyale Republikanerin war. Obwohl ich nicht glaube, daß Ike den Bockmist, der heutzutage vor sich geht, gutheißen würde. Nein, ich bin sicher, das würde er nicht.«

»Ich interessiere mich nicht für Politik«, sagte Nudger.

Hammersmith beugte sich vor, damit Stivers ihn verstehen konnte. »Fahren Sie Mr. Nudger dorthin zurück, wo Sie ihn abgeholt haben.«

Stivers sagte: »Ja, Sir.«

Hammersmith tätschelte Nudger das Knie. »Paß gut auf dich auf, Nudge. Ich melde mich, wenn wir etwas Neues über Claudia oder Dancer erfahren.«

»Aber bis jetzt wißt ihr noch nichts?«

»Bis jetzt nicht«, bestätigte Hammersmith. »Tut mir leid. Laß uns Zeit.«

»Ich habe keine große Wahl.«

»Dabei leider nicht.« Hammersmith wickelte eine Zigarre

aus und steckte sie sich in den Mund. Mit leichtem Silberblick sah er über die Zigarre, als wäre sie ein auf Nudger gerichteter Revolverlauf. »Bisch bald, Nudge.« Er öffnete die Tür, stieg schwerfällig aus und knallte die Tür zu.

Als der Streifenwagen losfuhr, beobachtete Nudger, wie Hammersmith die Zigarre anzündete, auf den Eingang des Leichenschauhauses zustapfte und dabei eine grüne Rauchspur hinterließ. Wahrscheinlich rauchte er gern im Leichenschauhaus, wo die Mehrheit der Anwesenden nicht im Traum daran dachte, zu protestieren.

»Gott sei Dank hat er mit dem Anzünden gewartet, bis er aus dem Auto war«, grummelte Stivers Partner. »Wenn er sich das Ding hier drinnen angesteckt hätte, hätte ich ihm schon Bescheid gestoßen.«

Das war das einzige Mal, daß Nudger ihn sprechen hörte, aber er fühlte sich dem Mann sehr verwandt.

Stivers lachte seinen Partner aus. Er besaß ein schrilles, fieses Lachen, das zu seinen Augen und dem Haikinn paßte. »Du hättest keinen Mucks getan, und das weißt du auch.« Er wandte den Kopf ein paar Zentimeter, nicht um nach hinten zu sehen, sondern als Zeichen, daß er zu Nudger sprach. »Hab ich nicht recht, Nudger?«

»Keine Ahnung«, sagte Nudger schroff.

Schweigend fuhren sie durch die heißen, hellen Straßen. Nudger fragte sich, was Claudia gerade machte, was sie dachte, unter derselben erbarmungslosen Sonne.

27

In Nudgers Wohnung klingelte um sieben Uhr an diesem Abend das Telefon. Nicht in der Stimmung, mit irgend jemandem zu reden, verließ er nur widerwillig das Sofa und sein kaltes Buschbier und ging durch das Zimmer zu dem keifenden Quälgeist. Er hatte Helen Crane nicht ausfindig machen können, und es gab keine neuen Informationen über Dancers und Claudias Aufenthaltsort. Brad Marlyk hatte nachgesehen und gesagt, Melissa sei am Leben und erfreue sich bester Gesundheit, und keine seiner Angestellten wurde vermißt. Das gleiche habe er bereits der Polizei gesagt, und er sei es leid, sich immer zu wiederholen, hatte er Nudger angefahren und dann abrupt aufgelegt. Nudger haßte es, wenn jemand mitten im Gespräch den Hörer auflegte. Obwohl es schon vor Stunden passiert war, war er immer noch wütend.

Er riß den Hörer von der Gabel und bellte ein barsches Hallo.

»Du meine Güte, Nudge, hast du etwa Halsweh?«

Danny.

Nudger holte tief Luft und wünschte, er hätte das Bier mit zum Telefon genommen. »Es ist alles in Ordnung, Danny. Ich bin bloß eingenickt, und mein Hals ist ausgetrocknet.«

»Ich rufe nur an, um dir zu sagen, daß du dir keine Gedanken machen mußt. Ich habe Mrs. Fudge das Geld nach Kirkwood gebracht und den Kraftfahrzeugbrief unterschrieben und notariell beglaubigen lassen. Der Granada gehört dir.«

»Prima«, sagte Nudger. »Ich danke dir.« Er hatte seit seinem letzten Gespräch mit Danny nicht mehr an den Wagen gedacht. Alles zu seiner Zeit. Danny wußte nie, was es geschlagen hatte.

»Gibt es etwas Neues von Claudia?« Danny kam nun zu den Dingen von zweitrangiger Bedeutung.

Nudger ermahnte ihn, nicht so hart mit Danny zu sein, der, wenn schon nicht in seinem Kopf, so doch in seinem Herzen die Prioritäten richtig setzte. »Nichts«, sagte Nudger. »Auch nichts von Dancer. Ich hoffe, er hat sich irgendwo verkrochen und schläft friedlich mit seiner Born-Again-Flasche und Claudia ist auf dem Weg nach Hause.«

»Born Again? Meinst du diesen Billigbourbon?«

»Eben den.«

»Ich habe die Marke schon getrunken, Nudge. Ein übles Gesöff.«

»Dancer schmeckt er.«

»Das sagt was über ihn aus.«

»Mag sein.«

»Mrs. Fudge läßt dir sagen, daß im Handschuhfach ein Schraubenzieher liegt.«

Nudger fuhr sich mit der Hand über die Stirn. Verschwitzt. Fettig. »Ein Schraubenzieher? Wofür?«

»Hat sie nicht gesagt, Nudge. Für den Fall, daß etwas schiefgeht, nehme ich an. Sie wollte bloß zuvorkommend sein. Du weißt doch, wie alte Damen sind; vielleicht denkt sie, man braucht einen Schraubenzieher, um einen Reifen zu wechseln.«

Nudger wußte, wie manche alte Damen waren. Er erinnerte sich an eine namens Agnes Boyington, die beiläufig Menschen getötet hatte.

»Sag mir sofort Bescheid, wenn du etwas über Claudia erfährst«, sagte Danny.

»Okay, Danny.«

»Nacht, Nudge.«

»Nacht.«

Nudger legte den Hörer auf und wankte zum Sofa zurück. Plötzlich fühlte er sich erschöpft. Oder hatte er sich eingestanden, daß er heute abend nichts mehr tun konnte, außer sich in den Schlaf zu flüchten? So oder so wollte er sich unbedingt auf das Sofa legen.

Er leerte die Bierdose mit einer langen Reihe von Schlukken, als sei das etwas, das er zu Ende führen mußte, nachdem er es einmal begonnen hatte. Dann zog er sich die Schuhe aus, stellte sie beiseite, damit er beim Aufstehen nicht über sie fiele, und streckte sich auf den Kissen aus.

Er machte die Augen zu, und Sekunden später schlenderte Helen Crane in das Zimmer. Sie trug eine wallende blaue übergroße Bluse, die ihr bis zu den Knien reichte. Nudger war sicher, daß das alles war, was sie trug. Hinter ihr kam Muffy B. Blue, das Gesicht wie ein Clown geschminkt, aber mit einem sinnlichen roten Mund, und sah sich betont um, als sonne sie sich in dem Wissen, daß Nudger in einem Apartment lebte, das sie nur als Bruchbude bezeichnen konnte. »Armseliger Wichser«, sagte sie zu Nudger. »Das ist er nicht«, widersprach Claudia. Danny sagte: »Ein befreundeter Apotheker wird das notariell beglaubigen.« Dancer fragte: »Wollen Sie Ihren Freunden nichts zu trinken anbieten?« »Sagen Sie, was Sie trinken wollen«, sagte Nudger, »und wir werden einen Toast ausbringen und Geheimnisse austauschen.« »Einen Screwdriver«, sagten die Gäste im Chor. »Wir wollen alle einen Screwdriver.« Brad Marlyk sagte: »Das ist unser voller Ernst.« Hammersmith rollte herein, eine riesige Zigarre ragte aus seinem Mund. An seinem Arm hing eine tote Frau; ihr blondes Haar war naß, und sie starrte alle aus schwarzen Augenhöhlen an. »Meine Damen und Herren«, sagte Hammersmith um seine Zigarre, »die schukünftige Präschidentin der Vereinigten Schtaaten!« »Dann darf sie bleiben«, sagte Nudger, »aber die Zigarre muß verschwinden.« »Isch tausche schie gegen einen Schcrewdriver«, sagte Hammersmith. »Proscht und Exsch!«

Das leise Rattern und Ticken der Stahlbahrenräder über dem glatten Boden des Leichenschauhauses. Der faulige, fischige Geruch des Flusses unten am Kai. Das Schlagen der Wellen.

»Es tut mir so leid!« stöhnte Nudger. »Ich habe nur noch Born-Again-Bourbon. Nur Bourbon und Wasser.«

»Wie stehen die Chancen?« fragte Sammy Weld. »Wie stehen die Chancen?«

Muffy B. Blue sagte: »Sie können mich mal, Nudger.«

Nudger machte sich nichts daraus. Worte bleiben Worte. Ihn störte nur das Gefühl, etwas Offensichtliches, das er eigentlich hätte sehen sollen, nicht erkannt zu haben. Etwas entschieden Wichtiges. Er rollte sich auf die andere Seite und begann leise zu schnarchen; sein Körper zuckte kurz, als er in einen tieferen, traumlosen Schlaf fiel.

Nudger erwachte in völliger Dunkelheit und setzte sich sofort auf dem Sofa auf. Er schaute auf die Leuchtziffern der Armbanduhr: zwei Uhr fünfundvierzig. Die Klimaanlage brummte noch immer, trotzdem schwitzte er an den Stellen, die auf dem Schaumgummikissen gelegen hatten.

Er blieb ein paar Minuten so sitzen, die Ellbogen auf die Knie gestützt, und starrte in die Finsternis. Er hatte endlich die hauchdünne, aber beunruhigende Verbindung hergestellt und wußte, was er zu tun hatte.

Wie stehen die Chancen?

Mit der linken Hand tastete er nach der Lampe, knipste sie an und ging zum Telefon. Der Teppich war rauh unter seinen Sohlen, und ihm wurde bewußt, daß er nur Socken trug.

Nur ein Mensch konnte ihm zu dieser frühen Stunde die Auskunft geben, die er brauchte. Jeff Levine, ein Polizeireporter des *Post-Dispatchs,* der nachts im Polizeipräsidium in der Tucker Ecke Clark Street arbeitete.

Ein geduldiger diensthabender Sergeant sagte Nudger, er solle warten, während er nachsehe, ob Levine im Haus sei, und eine Kakophonie gedämpften Brüllens war in der Leitung zu hören. Nudger hörte den Sergeant rufen: »Ein gewisser Nudger.« Eine Minute totaler Stille, als sei die Verbindung unterbrochen worden. Dann war Levine am Apparat.

»Nudge?«

»Ja?«

»Du bist aber noch spät auf. Oder bist du früh aufgestanden?«

»Von beidem etwas, Jeff. Ich brauche eine Auskunft. Was läge da näher, als einen alten Kumpel anzurufen, der mir viertausendundelf Gefallen schuldet und ein enzyklopädisches Gedächtnis besitzt?«

»Schauen wir einmal, ob wir sie auf viertausendundzehn bringen. Was willst du denn wissen, Nudge?«

»Oben im Norden, in der Nähe der Lost Woods Road, gibt es ein riesiges Anwesen. Es ist eingezäunt. Die Zufahrt wird von verschnörkelten, elektronisch gesteuerten Eisentoren versperrt.«

»Kein Problem, Nudge. Da wohnt Otis Heineker.«

Nudger wartete ungefähr eine halbe Minute lang und fragte dann: »Müßte ich diesen Heineker kennen?«

»Vielleicht nicht. Er hat sich vor ungefähr zehn Jahren zur Ruhe gesetzt. Ich kenne das Anwesen, weil ich da draußen einmal ein Interview gemacht habe, nach dem Verkauf der Kaufhäuser. Du erinnerst dich doch noch an Heinekers Kaufhäuser.«

Nudger erinnerte sich. Sie waren die größten und teuersten Kaufhäuser in St. Louis gewesen und an eine bundesweite Kette verkauft worden. Ein paar Jahre lang hatten die Kaufhäuser weiterhin Heinekers Namen getragen, mit einem Bindestrich. Er sollte einen reibungslosen Übergang garantieren und die Kunden am Abspringen hindern. Dann war das ›Heineker‹ still und leise fallengelassen worden.

»*Der* Otis Heineker«, sagte Nudger.

»Genau. Dickes Geld, Nudge. Ein Riesenvermögen. Als der Verkauf über die Bühne ging, habe ich für den Wirtschaftsteil geschuftet. Ich kann mich nicht an die genaue Verkaufssumme erinnern, aber sie war so hoch, daß die genaue Summe auch keine Rolle spielt. Noch dazu war es eine sehr komplizierte Transaktion; Ratenzahlungen, Aktienbezugsrechte, Niedrigzinskredite...«

»Was für ein Mensch ist dieser Heineker?«

Levine lachte. »Wer weiß das schon? Er geht nicht mehr unter die Leute. Er muß Anfang Siebzig sein, und er hat schon sehr zurückgezogen gelebt, bevor er sich zur Ruhe gesetzt hat.«

»Ich dachte, du hättest ihn interviewt, Jeff.«

»Hab' ich auch. Aber nur über die ›Fusion‹, wie er es unbedingt genannt haben wollte, obwohl er doch jegliche Kontrolle über die Kaufhäuser aufgegeben hatte. Wir haben nicht über sein Privatleben geredet. Das war eine der Bedingungen für das Interview.«

»Hat er Familie?«

»Ich weiß es nicht genau. Soweit ich mich erinnere, war er verheiratet. Ich erinnere mich außerdem daran, daß, kurz nachdem er sich zur Ruhe gesetzt hat, seine Frau gestorben ist. Ein Jammer, bei all dem vielen Geld. Aber schließlich war sie auch schon reich genug, bevor der Alte auf die Goldader gestoßen ist.«

»Kannst du mir sonst noch was über Heineker sagen?«

»Nichts Konkretes. Ich habe Gerüchte gehört, daß es ihm gesundheitlich nicht gut gehen soll. Gerüchte, denen man Glauben schenken kann – oder auch nicht. Wenn einer die Siebzig überschritten hat, ist es nicht überraschend, wenn es ihm gesundheitlich nicht gut geht. Etwas, das uns allen bevorsteht. Denjenigen unter uns, die vorsichtig sind, Nudge.«

»Du kannst mich zu den Vorsichtigen zählen.«

»Aber nicht zu den Glücklichen.«

Nudger war nicht in der Stimmung, um zu widersprechen.

»Jetzt sind es viertausendundzehn, Nudge«, sagte Levine.

»Ich werde es mir notieren«, versprach ihm Nudger. Er dankte Levine für seine Hilfe und legte auf.

Es war drei Uhr nachts. Jemand hatte Nudger einmal gesagt, drei Uhr nachts sei die Stunde tiefsten Schlafes oder tiefster Depression. Der Moment des seelischen Gleichgewichts zwischen Morgendämmerung und Finsternis, Hoffnung und Verzweiflung.

Er entschied sich für Hoffnung, spritzte sich kaltes Wasser ins Gesicht und zog die Schuhe an.

Zu dieser heiklen Stunde war wenig Verkehr. In einer Dreiviertelstunde konnte er weit vor der Morgendämmerung an Heinekers Grundstück sein.

Er wollte nicht wirklich dort hinfahren, aber er zwang seinen Körper zur mechanischen Bewegung, als wäre er ein gefühlloser Automat: aus der Wohnung gehen, die Tür absperren, bam! bam! bam! die Treppe hinunter und draußen zum Auto.

Fahren.

Wenn man Angst hat, ist es manchmal am besten, man versucht, sie zu ignorieren, und einfach zu tun, was man tun muß. Manchmal ist es besser, ängstlich und in Sicherheit zu bleiben.

Es kam darauf an, das eine vom anderen unterscheiden zu können.

28

Kein anderes Auto war auf der Nordspur des Highway 170 zu sehen. Nudger schien in eine unendliche Finsternis zu fahren. Gelegentlich tauchten auf der Gegenspur grelle

Scheinwerfer aus der schwarzen Leere auf, wie Augen eines gehetzten Tieres, sausten an Nudger vorbei und verschwanden im Rückspiegel des Granadas als rote Nadelspitzen.

Nudger hielt den Blick nach vorn gerichtet, auf die rasende, rauhe Fahrbahn im gelblichen Licht der Scheinwerfer. Er dachte an den Wahlkampfbutton aus den fünfziger Jahren, den man in der Hand einer Toten gefunden hatte. An die schnittigen Flossen des von einem Chauffeur gelenkten Cadillacs, der Melissa zu Heinekers Anwesen gebracht hatte. Diese Flossen waren typisch für die Autos der fünfziger Jahre. Das alles hatte nicht unbedingt etwas zu bedeuten, aber Nudger war neugierig auf Heinekers Anwesen, und trotz seines zwickenden Magens war er entschlossen, diese Neugier zu befriedigen.

Er hatte kein Recht, nachts auf dem Grundstück herumzuschleichen. Sogar die Polizei hätte wahrscheinlich Schwierigkeiten, sich Zutritt zu verschaffen, zog man Otis Heinekers Einfluß und sein Faible für Zurückgezogenheit in Betracht. Und es gab nichts, was man einem Richter vorlegen konnte, um einen Haussuchungsbefehl zu erwirken. Höchstwahrscheinlich gab es weder für Nudger noch für die Polizei einen Grund, sich auf Heinekers Besitz herumzutreiben. Die Tote war nicht Melissa; Brad Marlyk hatte bestätigt, daß sie am Leben war. Falls Marlyk nicht gelogen hatte, oder ihm weisgemacht worden war, Melissa sei nicht ums Leben gekommen. Wenn er nicht einfach nachlässig gewesen war und sich auf das Wort eines anderen verlassen hatte, daß Melissa vor kurzem noch lebend gesehen worden war.

Die geteerten Dehnungsfugen auf dem Beton waren von der erbarmungslosen Hitze des Tages immer noch klebrig. Nudger lauschte den gleichmäßigen, wiederholten Küssen der Reifen auf den Teerstreifen, die Zeit und Entfernung und Besorgnis markierten.

Er brannte darauf, Heinekers Anwesen zu erreichen, brannte darauf, die Spannung der Ungewißheit zu beenden. Doch auch falls Heineker irgend etwas mit dem Ike-Button und der Toten, die Melissa so ähnlich sah, zu tun hatte, mußte Nudgers Schnüffelei nicht zwangsläufig etwas ans

Licht bringen. Wie stehen die Chancen? fragte er sich. Die Worte kamen ihm irgendwie bekannt vor.

Er kaute Antacidtabletten und fuhr weiter.

Als er an der Lost Woods Road die Abbiegung erreicht hatte, bremste er den Granada auf zehn Meilen ab und betrachtete das Laubwerk, um sich zu orientieren. Er war ziemlich sicher, daß er in der Nähe der Stelle war, an der er den Wagen abgestellt hatte, als er das letztemal hier gewesen war. Die hohen Eingangstore mußten ungefähr eine halbe Meile vor ihm liegen.

Die dichtbelaubten Bäume, die den Waldweg flankierten, schienen sich zu dem schwankenden Licht der Scheinwerfer zu neigen und einen Tunnel zu bilden, der vor Nudger enger wurde, sich weitete und im Vorbeifahren zu dem schwarzen Himmel öffnete.

Er fuhr noch ein Stückchen weiter, bis er zwischen zwei hohen Bäumen einen Platz entdeckte, wo er von dem Waldweg abfahren und den Granada wenigstens teilweise verstecken konnte. Er hielt an, schaltete die Scheinwerfer aus und ließ den Motor weiterlaufen. Ein Gefühl von Isolation und Angst bestürmte ihn mit der Nacht. Angst und Zweifel.

Als sich seine Augen an die Dunkelheit gewöhnt hatten, ließ er den Granada vorwärts rollen und parkte genau zwischen den beiden riesigen Baumstämmen in den schwarzen Schatten. Da war kaum genug Platz, um die Tür zu öffnen und sich hinauszuzwängen. Aber er stellte fest, daß er hier das Auto notfalls rasch in einer engen Kurve wenden und den Weg, den er gekommen war, zurückfahren konnte.

Mit einer Taschenlampe in der Hand und einer der Gummibodenmatten aus dem Auto über dem Arm, ging er auf dem Waldweg auf die Eisentore zu. Er hatte das unheimliche Gefühl, daß ihn aus dem finsteren Wald Dutzende von Augen beobachteten. Zu seiner Linken sah er in der Ferne durch die Bäume die sichelförmige Krümmung des mondbeschienenen Flusses, und Nudger wußte wieder genau, wo er war.

Er verließ den Weg und schlug sich durch den Wald zu der Stelle, an der er gestern über den Zaun geklettert war. Um ihn raschelten kleine Tiere in der Dunkelheit. Nachttiere.

Efeu und Unterholz umklammerten seine Knöchel, warfen Schlingen, die zu schwach waren, um ihn festzuhalten.

Im Mondschein war der Zaun leicht zu finden. Nudger klemmte die Taschenlampe in den Gürtel und ging zu dem Teil des schweren Maschendrahtzaunes, der mit nur einem Strang Stacheldraht bespannt war. Sein Magen zitterte, und das Herz donnerte ihm an die Rippen. *Was tue ich hier? Wirklich? Ich sollte in einem Farbengeschäft arbeiten oder Veteranen Versicherungen verkaufen. Nicht das hier. Das hier will ich nicht tun.*

Sein Magen grollte. Der Schweiß lief ihm über das Gesicht. Er spürte den kupfernen Geschmack von Angst.

Tue es!

Er warf die schwere, aber elastische Gummimatte hoch, daß sie auf dem Stacheldraht liegenblieb. Dann steckte er die Finger in die Maschen und kletterte hinauf.

Mit überraschender Leichtigkeit kletterte er den Maschendrahtzaun hinauf und ließ sich auf der anderen Seite hinunterfallen. Der Heinekerseite. Der Stacheldraht hatte ihn nicht berührt. Kommando Nudger! Er hätte sich selbst gratuliert, wenn er nicht so viel Angst gehabt hätte.

Eine Weile blieb er reglos stehen und lauschte. Die einzigen Geräusche waren die rauhen Schreie der Zikaden im Wald und das Pochen seines Herzens. Nichts rührte sich. Nicht einmal ein Windhauch bewegte die Blätter in den Bäumen und veranderte die Schatten. Auf dieser Seite des Zaunes schien es viel wärmer zu sein.

Nudger zog sich das Hemd aus der Hose. Er hielt die Taschenlampe gesenkt und wickelte sie in den Hemdzipfel, um den Strahl zu dämpfen. Sie beleuchtete den Waldboden schwach, gerade genug, daß Nudger sehen konnte, ohne über irgend etwas zu stolpern.

Vor ihm wurde das zufällige Muster der Sterne von etwas Massigem und Dunklem verdeckt. Dem Dach des Haupthauses.

Ein Scharren verschlug Nudger den Atem, und er zog sich in die Schatten zurück. Er zog den Daumen von der Taste der Taschenlampe ab, und der Strahl erlosch.

Als er durch die dichtbelaubten Zweige spähte, sah er, daß

er viel näher an der Zufahrt oder einem Spazierweg war, als er gedacht hatte. Was er gehört hatte, war das Kratzen von Hundepfoten auf Beton.

Ein Mann in einer dunklen Uniform stolzierte vorbei, hielt einen großen Deutschen Schäferhund an der Leine und entfernte sich immer mehr vom Haus. Er war kleiner und viel fülliger als der Chauffeur des Cadillacs. Stämmig, aber nicht fett. Die dunkle Ausbuchtung an seiner Hüfte konnte ein Pistolenhalfter sein. Der Hund hatte große, spitze Ohren, die von unsichtbaren Drähten aufrecht gehalten zu werden schienen. Ohren, die meilenweit hören konnten; der Rest des Hundes war groß genug, um mit den Verursachern mißliebiger Geräusche fertig zu werden. Das Tier schien sich seiner Überlegenheit bewußt zu sein und schritt stolz neben dem untersetzten Mann einher, ein beflissener, kampflustiger Schatten.

Ein privater Sicherheitswachmann, dachte Nudger. Bei einem Mann von Otis Heinekers Vermögen war das nichts Ungewöhnliches. Aber er machte Nudgers nächtliches Vorhaben um so gefährlicher.

Er erwog, den Weg, den er gekommen war, wieder zurückzuschleichen. Erwog es ernsthaft.

Aber jetzt war er hier, hatte mehr als die Hälfte des Weges hinter sich. Aufzugeben wäre frustrierend. Feige.

Nudger dachte über das ›feige‹ nach, sollte es nicht eher ›vernünftig‹ heißen?

Heute nacht schienen die beiden Wörter austauschbar zu sein. Doch Nudger schob sich zerstreut mit dem Daumen eine Antacidtablette in den Mund und ging dann weiter auf das Haus zu. Ein Job war ein Job war ein Job? Oder vielleicht der Angelpunkt seines Lebens? Was wäre er, wenn er seinen Job nicht täte? Nicht für seine Klientin – für sich selbst. Er hatte fast alles andere verloren; was bliebe ihm noch?

Er kannte die Antwort.

Er wagte nicht, die Taschenlampe wieder einzuschalten, als er vorsichtig vorwärts ging.

Die Vorderseite des riesigen Backsteinhauses wurde fast völlig von Efeu bedeckt. Es war dunkel, bis auf ein schwaches

Licht in einem Fenster im oberen Stock, eventuell ein Nachtlicht. Die Fenster im Obergeschoß hatten Fensterläden, die im Erdgeschoß große, gestreifte Segeltuchmarkisen. Vor einigen der Fenster war dekoratives Eisengitterwerk. Das Aggregat der Klimaanlage summte irgendwo in der Nähe, ließ Metall leise und beinahe melodisch an Metall vibrieren.

Nudger ging in einem weiten Bogen um das Haus und einen grellen Lichtkegel, der von einer Außenlampe auf der Rückseite des Hauses auf den Rasen geworfen wurde, und ging zu dem kleineren, ähnlich aussehenden Gebäude hinter dem Haupthaus.

Das Häuschen war völlig dunkel. Es war ebenfalls aus Backstein und hatte die Größe eines kleinen Hauses mit zwei Schlafzimmern, mit dem sich junge, aufstrebende Familien zunächst bescheiden müssen. Auch hier waren Eisengitter vor einigen Fenstern, aber keine Markisen. Auch kein Efeu. Auf der Rückseite schien eine Garage für mehrere Autos angebaut zu sein.

Im Schutz einer Hecke, die ihm Gesicht und Arme zerkratzte, schlich Nudger am Haus entlang zu einem Fenster, das nicht von einem Eisengitter gesichert war. Er zwängte die Finger in den Spalt des Rahmens und drückte, bis ihm vor Schmerz die Fingerspitzen brannten.

Verriegelt.

Er konnte deutlich den Riegel auf der Innenseite sehen; er hätte nachsehen sollen, bevor er sich so verausgabt hatte. Wann würde er es je lernen? Hätte er an diesem Detektiv-Fernkurs teilnehmen sollen? Sich um das Diplom mit der putzigen Umrandung mit kleinen Revolvern und Abzeichen bemühen sollen?

Er zwängte sich durch die Büsche zum nächsten Fenster, dann weiter zu dem letzten auf dieser Seite des Hauses. Beide waren verriegelt; wahrscheinlich waren alle Fenster sorgfältig verriegelt. Allerdings gab es kein Anzeichen, daß die Fenster mit einer Alarmanlage verbunden waren.

Nudger erinnerte sich an den patrouillierenden Wächter. Den jaguargroßen Hund mit den Radarohren. Er schluckte. Er hob die Taschenlampe und schlug mit dem unteren Ende so sanft wie möglich das Fenster in der Nähe des Riegels ein.

Ehe er das Fenster zu öffnen versuchte, hielt er ängstlich inne, horchte in die Nacht und stellte sich vor, daß seine Ohren in diesem Moment so spitz und scharf waren wie die des Deutschen Schäferhundes.

Da das Klirren des Glases nicht lauter gewesen war als ein kräftiges Räuspern, fühlte er sich nach ein paar unbehaglichen Minuten sicher genug, seinen Weg fortzusetzen.

Er entfernte eine gezackte Scherbe, griff hinein und drehte den Messingriegel um.

Er schob das Fenster hoch und stieg in das Haus, hielt behutsam die vorgezogenen Vorhänge von sich, damit er sich nicht in ihnen verfing.

Er stand auf einem langflorigen Teppichboden. Er riskierte es, die Taschenlampe einzuschalten und sah, daß alle Vorhänge im Zimmer vorgezogen waren. Es war ein kleines Wohnzimmer, möbliert mit einem Sofa, Korbsesseln und einer hellen Fernsehtruhe mit einem Großbildfernseher und einem angeschlossenen Videorekorder. Da standen zwei helle Tische, eine hohe Stehlampe mit drei kugelförmigen Schirmen. Auf dem Fernseher, neben dem Videorekorder, kauerte ein Keramikpanther, aus dessem schmalen Rücken Plastikblumen sprossen. An der Wand hinter dem Sofa hing ein Gemälde eines weinenden Clowns auf schwarzem Samt. Daneben ein Poster von James Dean, der die Daumen in seine Jeans gehakt hatte und ebenso mürrisch und unglücklich dreinsah wie der Clown. Auf den niedrigen Tischen an den Sofaenden stand ein zusammengehörendes Paar Keramiklampen mit aufgemalten Rosen unter der Glasur. Das Zimmer sah aus, als sei es von Frankie Avalon mit einem niedrigen Budget eingerichtet worden.

Und doch lag es nahe, daß es so aussehen *sollte*, daß es um dieser Wirkung willen so eingerichtet worden war: ein authentisches Wohnzimmer von 1955, das in seiner Ganzheit aus einer Zeitkapsel gezerrt worden war.

Beinahe authentisch, denn da war der Videorecorder auf der Fernsehtruhe.

Nudger ging durch das Zimmer, einen kleinen Flur hinunter. Er war sicher, daß niemand im Haus war, aber trotzdem ging er so leise wie möglich. Er dachte sogar daran, die Schuhe auszuziehen, aber er hatte keine Lust, auf Socken rennen zu müssen, wenn er entdeckt würde. Außerdem dämpfte der schwammige Teppichboden seine Schritte.

Er drückte die Klinke an der Tür am anderen Ende des Flurs und fand sie verschlossen.

Innenschlösser boten gewöhnlich wenige Schwierigkeiten. Nudger nahm seine VISA-Card aus der Brieftasche und schob die abgeschliffene Kante zwischen Tür und Rahmen. Er ging in die Hocke, konzentrierte sich und schob die Plastikkarte behutsam gegen den Stahlriegel. Bog sie allerdings nicht so weit, daß sie entzweigebrochen wäre und seinem Kummer mit der bargeldlosen Bezahlung ein Ende gemacht hätte.

In wenigen Sekunden hatte er das Schloß geknackt und die Tür aufgestoßen.

Das hier war ein vollkommen anderes Zimmer. Die Wände waren mit gerahmten Fotografien bedeckt, viele davon schwarzweiß. Die Taschenlampe fiel auf ein nacktes Bein, einen nackten Busen, ein Plastiklächeln.

Pin-ups. Heineker hatte ein ganzes Zimmer mit Pin-ups.

Der Alte hatte noch Feuer.

Aber etwas stimmte nicht mit diesen Pin-ups. Nudger ging in das Zimmer und trat näher an die Fotoausstellung heran. In der obersten Reihe hingen ältere Aufnahmen, die offensichtlich von einem professionellen Fotografen stammten. Auf einigen war eine attraktive blonde Frau Mitte Dreißig zu sehen. Das waren keine Pin-ups, sondern sie sahen wie Studioporträts aus. Die Frau war vollständig angezogen, sie trug die Mode der fünfziger Jahre. In mehreren Posen trug sie ein Sweatshirt mit einem Büstenhalter, der ihren großen Busen so formte, daß Nudger an die kugelförmigen Lampenschirme im Wohnzimmer erinnert wurde. Sie hatte eine Pagenfrisur mit Ponyfransen. Auf anderen Fotos trug sie langes Haar, das sie nach hinten gekämmt hatte, so daß die Schönheit ihres Gesichts deutlich zu sehen war. Nudger richtete die Taschenlampe auf eines dieser Fotos und betrachtete die Frau genau.

Ein Tier mit tausend winzigen kalten Beinen krabbelte ihm über den Nacken.

Es war nicht zu leugnen. Sie ähnelte Helen Crane.

Die Frauen auf den anderen Fotos ähnelten ebenfalls Helen Crane, der Frau in der obersten Reihe, und einander. Auf einigen Fotos waren sie in den herkömmlichen neckischen Posen aufgenommen worden. Auf anderen waren sie mit etwas gefesselt, das wie ein meilenlanges, geschickt verknotetes Seil aussah. Häßliche Striemen, Peitschenmale, waren auf den nackten Körpern zu sehen. Trotz der unmodernen Frisuren schienen die Fotos erst vor kurzem aufgenommen worden zu sein.

Nudger schwang die Taschenlampe wie eine Sense durch die Luft und richtete sie auf die gegenüberliegende Wand.

Hier waren die Fotos sogar noch deutlicher. Auf einigen waren die Frauen arg verstümmelt, losgebunden, und sahen in die Kamera, als flehten sie um Gnade. Ein Ring durchstach die Brust einer der Frauen. Eine Hundeleine war in den Ring eingehakt und wurde von jemandem gehalten, der außerhalb des Bildes gestanden hatte, so daß sie aus dem Rahmen führte. Das Gesicht einer anderen Frau war grün und blau geschlagen und geschwollen, und sie streckte verzweifelt die Arme aus, als greife sie nach etwas, von dem sie wußte, daß sie es nie berühren würde. Vor ihr saß eine Frau mit nebeneinander ausgestreckten Beinen; ihre Fußsohlen waren zerfetzt und mit Brandwunden übersät. Kopf und Oberkörper waren leicht verschwommen: der Fotograf hatte das Objektiv absichtlich auf die verletzten Füße gerichtet.

Nudger richtete die Taschenlampe direkt auf dieses Foto. Der Frau klebte das verschwitzte Haar an der Stirn und über einem Auge. Obwohl das halbgeschlossene Auge, das zu sehen war, resigniert blickte, hatte ihr Mund das Leben noch nicht aufgegeben und war von der Marter verzerrt. Nudger erkannte sie, obwohl er sie, als sie noch lebte, nur zweimal gesehen hatte.

Melissa.

Er zog das Foto aus dem Rahmen heraus, faltete es einmal und steckte es in die Hemdtasche. Dann tat er das gleiche mit einem Foto der vollständig angezogenen blonden Frau an der gegenüberliegenden Wand. Er kam sich schmutzig vor und fühlte sich vage schuldig für den Anflug von Begehren, den die Fotos neben Abscheu in ihm geweckt hatten.

Das Zimmer hatte noch eine zweite Tür.

Die hier war nicht abgeschlossen. Nudger schob sie auf und sah, daß sie in die Garage führte. Er trat einen Schritt nach vorn, stolperte eine Stufe hinunter, und ein schwacher Geruch von Öl und Benzin stieg ihm in die Nase.

Er ließ den Strahl der Taschenlampe durch den Raum gleiten und sah, daß die Garage keine Fenster hatte. Mit der freien Hand tastete er nach einem Wandschalter und knipste das Licht an.

Die Garage war geräumig und bot bequem Platz für vier Autos. Im Moment standen nur zwei dort: ein braunes Studebakerkabriolett, das jenem ähnelte, das Nudger 1956 als Jugendlicher besessen hatte, und der imposante, gefloßte, graue Cadillac. Beide Autos sahen aus, als seien sie erst vor einer Stunde hergestellt worden.

An einer Wand befand sich eine lange hölzerne Werkbank, und ein Aufhängebrett, an dessen Stahlhaken Werkzeuge hingen. Nudger erwartete Schraubenzieher, Schraubenschlüssel, einen Gummihammer – Autowerkzeuge. Oder vielleicht auch Gartenwerkzeuge.

Einige solcher Werkzeuge hingen tatsächlich an dem Brett, andere aber sahen weniger vertraut aus.

Nudger ging zur Werkbank hinüber und sah einen Satz schwerer Dorne und Ahlen, diverse riesige Nadeln, ein halbes Dutzend Zigarrenschachteln mit Stahldruckknöpfen, Nieten und Spangen. Werkzeug, mit dem man Leder bearbeitete. Die Fesseln für die fotografierten Frauen schuf.

Nudger sah sich in der Garage um und erkannte den Hintergrund einiger Fotos. Die rohe Wandtäfelung mit dem nierenförmigem Wasserfleck. Die Backsteinmauer mit den im Mörtel verankerten schweren Eisenösen für Handschellen und Ketten. Da wurde ihm klar, daß die meisten Fotos entweder hier oder im Wohnzimmer aufgenommen worden waren. Dem Frank-Avalon-Zimmer.

An einer Wand stand ein hoher Geräteschrank. Ein schweres Schloß sicherte die dicken Stahltüren. Wahrscheinlich wurden hier die Folterutensilien aufbewahrt. Hier in der Garage hing, neben den Autogerüchen, der gleiche schwache Geruch äußerster Verzweiflung, den Nudger im Verhörraum auf dem Polizeirevier wahrgenommen hatte. Menschen strömten in ihrem tödlichen Entsetzen etwas aus, das sich lange hielt und einen heimsuchte.

Er erinnerte sich an die Frauen im Leichenschauhaus. Was der Fluß von ihnen übriggelassen hatte, und was sie vor ihrem Tod erlitten hatten. Dann erinnerte er sich an die deutlicheren Fotos, den Videorekorder und den großen Fernseher. Er biß die Zähne zusammen und hielt die Wut und den Ekel, die ihn gepackt hatten, im Zaum. Hier waren Snuff-Videos gedreht worden, entweder zu gewerblichen Zwecken oder zur krankhaften privaten Ergötzung. Der Tod, zum sadistischen Vergnügen anderer visuell festgehalten, mußte schließlich willkommen gewesen und von den Frauen aus dem Fluß wie ein Liebhaber umarmt worden sein.

Nie wieder, dachte Nudger. *Nie wieder!*

Er schaltete das Licht wieder aus und ging durch den im Stil der fünfziger Jahre eingerichteten Gästebungalow wieder nach draußen. Gruselig. Eine aus dem Ruder gelaufene Fernsehshow. Er war froh, dort herauszukommen.

Als er den Schutz der Büsche verließ, sah er, daß im Haupthaus noch immer nur das eine schwache Licht brannte. Die ihn umgebende Finsternis war still.

Still! Wo waren die Zikaden? Was war mit ihren rauhen Paarungschreien passiert?

Möglicherweise hatte die Zikaden etwas alarmiert. Und die plötzliche Stille verursacht, an die sich Nudger aus dem Wald seiner Kindheit erinnerte. Mit einem Rest vorzeitlichen Wissens erkannte Nudger Stille als Warnung. Wenn ein gefährliches Tier auf der Pirsch war, hieß es, still und starr zu sein, um zu überleben.

Aber *er* konnte nicht still und starr sein; er mußte von Heinekers Grundstück verschwinden.

Als er den Rasen überquerte, fühlte er sich schrecklich, so nackt und verwundbar wie die Frauen in der perversen Fotoausstellung. Gebückt lief er über das Gras und hörte seine Absätze auf den ausgedörrten Boden schlagen. Er hoffte, sein Schweiß rinne nicht über die Fotos in seiner Hemdtasche und verwischte sie.

Er mußte sich zwingen, langsam durch den Wald zu gehen. Wenn er rannte, würde er zu viele Geräusche verursachen. Er hatte weder den Schäferhund vergessen, noch die Ausbuchtung an der Hüfte des untersetzten Wachmannes, die ein Pistolenhalfter sein konnte.

Vor ihm glitzerte Metall im Mondschein. Er war fast am Zaun. Er hatte es fast zuwege gebracht! War im Ziel!

»He Sie!«

Die laute Stimme hinter ihm ließ Nudger erstarren.

»Sie da! Stehenbleiben!«

Nudgers Startsignal. Schneller, als er sich je zugetraut hätte, stürzte er durch den dichten Wald. Blätter streiften seine Arme. Dünne Äste peitschten ihm ins Gesicht, brannten ihm schmerzhafter in den Augen als das Salz des Schweißes. Unterholz schlug ihm an die Knöchel.

Er wußte nicht, ob er verfolgt wurde, und wollte sich nicht umsehen, um es herauszufinden.

»Faß!« befahl die Stimme hinter Nudger.

Himmel! Der Hund war hinter ihm her!

Nudger schnappte nach Luft und streckte die Beine, um längere Sätze zu machen, spürte einen Schmerz hinten in den Oberschenkeln. Er war sicher, das Rascheln und Hecheln des Schäferhundes zu hören, der ihn durch das Dickicht verfolgte. Ein Spiel für den Hund: Hetzen, Beißen, Zerren.

Töten?

Da! Vor ihm lag der dunkle Umriß der Gummimatte über dem Stacheldraht. Nudger setzte über einen gefallenen Baumstamm und sprintete auf den Zaun zu.

Jetzt ertönte ein tiefes Knurren hinter ihm; er konnte nicht sagen, wie nah.

Er warf sich gegen den Maschendrahtzaun, kletterte hinauf!

Aber er kam nur in einem entsetzlichen Zeitlupentempo voran. Die Zeit dehnte sich für ihn; tat sie das auch für den Hund?

Als seine Hand die Gummimatte berührte, schien er einen frischen Energiestoß zu erhalten. Und als er zurückschaute und die dunkle, springende Silhouette des Hundes weniger als drei Meter hinter sich sah, bekam er einen weiteren Adrenalinstoß.

Er packte die Matte, preßte sie an den Stacheldraht, zog seinen schmerzenden Körper hoch, immer höher...

Drüber!

Der Hund krachte an den Zaun wie es sich für eine auf Nudger programmierte Rakete gehörte. Er bellte nicht, sondern knurrte nur leise. Das war unendlich furchteinflößender. Dieser Hund wußte, was er zu tun hatte, und würde Nudger erbarmungslos und kunstgerecht zerlegen – wenn nicht der wunderbare Zaun zwischen ihnen wäre.

»Bart!« schrie jetzt ein Mann. »Wo steckst du, Bart?«

Nudger wußte nicht, ob Bart der Hund war oder sein Führer. Oder vielleicht der schmächtige Chauffeur. Er war auch nicht neugierig genug, um dazubleiben und es herauszufinden.

Er rannte auf dem Waldweg zum Granada, schnell, aber ohne zu sprinten, versuchte, wieder zu Atem zu kommen und seine Fassung wiederzugewinnen. Für einen Moment mußte er stehenbleiben, sich um die eigene Achse drehen, um sich zu orientieren, denn er hatte entsetzliche Angst, er könnte auf dem Waldweg in die falsche Richtung gelaufen sein. *War es überhaupt derselbe Waldweg?*

Aber da, geduckt zwischen den beiden Bäumen, war die eckige Silhouette des Wagens. Er erreichte ihn, faßte nach dem Türgriff.

Drinnen. In Sicherheit.

Er hatte den Schlüssel im Zündschloß steckenlassen. Er nahm ihn zwischen schweißnassen Daumen und Zeigefinger, drehte ihn um.

Der Motor knirschte, sprang aber nicht an.
Er versuchte es noch einmal.
Auch beim zweiten Mal sprang der Motor nicht an.
Nicht beim dritten.
Nudger zitterte. Er verspürte eine überwältigende Wut. Das Auto war wunderbar gelaufen, als er überlegt hatte, ob er es kaufen sollte. Nun, nachdem der Handel abgeschlossen war, offenbarte es sein wahres verabscheuungswürdiges Selbst!
Seine Verfolger würden ihn töten, vielleicht auf die allerschlimmste Art. Nudger konnte sie von fern schreien hören. Wenn er aus dem Auto stieg und wegrannte, würde der Hund – oder die Hunde – gewiß seine Spur aufnehmen und ihn fassen. Bliebe er, müßte er jeden Augenblick entdeckt werden. Wenn er weiterhin versuchte, den Motor anzulassen, würde das Knirschen seine Verfolger sofort anlocken.
Nudger preßte das Lenkrad. Wenn er doch nur Danny und die alte Dame, die ihm den Granada verkauft hatte, umbringen könnte! Wenn er das nur tun könnte, bevor er selbst starb!
Dann fiel ihm der Schraubenzieher ein, von dem ihm Danny auf Mrs. Fudges Wunsch erzählt hatte.
Er ließ das Handschuhfach aufspringen, und da lag er, ganz alleine, bis auf ein zerknülltes Papiertaschentuch. Nudger hatte schon viele alte Autos besessen, und er konnte sich gut vorstellen, warum der Schraubenzieher wichtig war.
Noch nicht! sagte sich Nudger. Der Tod konnte auf eine andere Nacht warten.
Vielleicht.
Mit einem Ruck entriegelte er die Motorhaube und stieg aus dem Auto, Schraubenzieher und Taschenlampe in der Hand. Hastig öffnete er die Motorhaube und schraubte die Flügelschraube auf, mit der der Luftfilter am Vergaser befestigt war. Er leuchtete mit der Taschenlampe in den Vergaser.
Wie er vermutet hatte: die Drosselklappe, die das Luft- und Benzingemisch steuerte, klemmte. Der automatische

Anlasser funktionierte nicht. Es war ein verbreitetes und chronisches Leiden alter Autos.

Nudger schob den Schraubenzieher in den Vergaser, zwängte die Drosselklappe frei und ließ den Schraubenzieher dort stecken. Er sah Kratzer auf dem Vergaser, wo das schon viele Male zuvor getan worden war, und er war plötzlich überzeugt, daß er tatsächlich das Problem entdeckt hatte – warum das Auto nicht angesprungen war.

Das Rufen kam jetzt näher. Die, die nach ihm suchten, gingen in seine Richtung. Wenn er wieder versuchte, den Motor anzulassen, würden sie ihn bestimmt hören.

Hastig stieg er wieder ein, quetschte sich durch den engen Spalt zwischen Baum und Tür. Dann hielt er den Atem an, stellte den Fuß auf das Gaspedal und drehte den Zündschlüssel um.

Der Anlasser knirschte – zauderte.

Die Batterie ging zu Ende!

In panischer Angst trat Nudger das Gaspedal durch. Noch einmal drehte er den Zündschlüssel um, hielt ihn fest, ließ den Anlasser knirschen und knirschen.

Und knirschen.

Immer langsamer.

Der Motor stotterte. Sprang an. Und röhrte.

Nudger stieß einen Freudenschrei aus und trommelte auf das Lenkrad. Er liebte den verrosteten alten Granada wieder. Für immer!

Er stieg aus dem Auto, zog den Schraubenzieher heraus, ließ den Luftfilter auf dem Boden liegen und schlug die Motorhaube zu. Binnen zweier Sekunden saß er wieder hinter dem Lenkrad.

Er legte ruckartig den Gang ein und lenkte das Auto durch eine reifenschlitternde Wende. Er tat es mühelos, passierte die Bäume auf der anderen Seite des Waldweges mit mindestens zwei Zentimetern Abstand! Was für ein Fahrzeug!

Jetzt gab es keinen Grund mehr, still zu sein. Nudger brachte den Motor auf Hochtouren und brauste auf dem schmalen Weg durch den Wald. In den Kurven konnte er die Zweige an die Kotflügel peitschen hören. Der Granada ruckte und sprang über Furchen und Hubel, zögerte aber niemals.

Nudger fuhr so schnell, daß er nur ein paar Meilen zulegen mußte, als er die Landstraße und dann den Highway erreichte. Er wußte, er war davongekommen und in Sicherheit.

Als er mit sechzig Meilen auf dem Interstate 170 fuhr, bemerkte er, daß er schweißüberströmt war und vergessen hatte, die Autoklimaanlage einzuschalten.

Sonderbarerweise jedoch war es ihm nicht unbehaglich. Ganz und gar nicht. Auch wenn sein Brustkorb sich hob und senkte und ihm Arme und Hände zitterten.

Sei's drum. Er verzichtete auf die Klimaanlage und kurbelte das Fenster hinunter. Ein heftiger Luftzug fuhr in das Auto und wirbelte wie toll um ihn herum.

Er war am Leben.

Mehr als nur am Leben – er fühlte sich großartig!

29

Als die hohen Eisentore aufsprangen, rannte der Deutsche Schäferhund in großen Sätzen auf sie zu. Er verschwendete keine Bewegung. Die Ohren angelegt, die Fänge zu einem kriegerischen Grinsen gebleckt, verursachte er kein anderes Geräusch als das leise Trappeln der Pfoten auf der Zufahrt.

»Fantastischer Hund«, sagte einer der County Polizisten, die die Tore mit dem hydraulischen Hebebock aufgebrochen hatten, mit dem gewöhnlich Unfallopfer befreit wurden. Er war blond und trug auf der braunen Uniform die Streifen eines Sergeanten. Nudger konnte sehen, daß er Hunde liebte.

»Erschießen Sie ihn«, befahl sein Vorgesetzter bekümmert.

Der Polizist legte die kurzläufige Schrotflinte vom Kaliber 12 an, und wartete, bis der Hund auf dreißig Meter herangekommen war. »Der arme Kerl tut bloß seine Pflicht«, sagte er.

»Sie auch«, sagte Nudger. Er wurde allmählich nervös.

Die Schrotflinte krachte und schlug dem Sergeant gegen die Schulter. Der Hund fiel zu Boden und rührte sich nicht mehr, als sei er plötzlich gegen eine Glasmauer gerannt und habe sich den Hals gebrochen.

»Okay«, sagte Hammersmith. »Gute Arbeit.«

Der County Police Major, der den Schußbefehl gegeben hatte, sah ihn vielsagend an; ihm mißfiel es, daß Hammersmith sich seiner Amtsgewalt bemächtigt hatte. Dies gehörte nicht zur Stadt, gehörte nicht zu Hammersmith' Zuständigkeitsbezirk.

Aber es wurde Zeit, zur Sache zu kommen. Ein Dutzend Streifenwagen stand auf der Straße vor den Toren zu Heinekers Anwesen. Das Gebiet war eingemeindet und die County Police war in großer Zahl anwesend. Außerdem die Sonderkommission aus dem eigentlichen St. Louis, deren Aufgabe es war, überall im Gebiet besonders gewalttätige Verbrechen zu untersuchen. Außerdem das Mobile Einsatzkommando, das manchmal die Sonderkommission unterstützte. Hammersmith hatte Nudger gestattet, ihn zu begleiten.

Die Journalisten, die der lärmenden Karawane in großer Zahl gefolgt waren, wurden auf Abstand gehalten. Es sei zu ihrem eigenen Schutz, versicherte man ihnen, und nur vorübergehend. Sie murrten und machten die Fernobjektive und Richtmikrophone einsatzbereit.

Braununiformierte, Blauuniformierte, Polizisten in Zivil und der einsame Zivilist Nudger strömten durch das Tor, an dem Fellhügel vorbei, der einmal ein Deutscher Schäferhund gewesen war. Nudger kam sich wie ein römischer Zenturio vor, der eine Stadt der Antike angreift. Einige Polizisten des Sonderdezernats trugen blaue Baseballmützen, auf deren Schirmen SLPD stand; mit Schrotflinten bewaffnet schwärmten sie zu beiden Seiten der Zufahrt aus und waren bald nicht mehr zu sehen. Hammersmith, Nudger und der Commander des Sonderdezernats gingen mitten auf der Zufahrt. Nudger fiel ein, daß die beiden nicht wußten, wie weit es noch bis zum Haus war; man hätte die Tore noch weiter aufzwängen sollen, dann hätte man fahren können.

Nicht daß sie Otis Heineker, oder wer sonst auf dem Anwesen war, zu überraschen hofften. Nicht nach den Sirenen und der strahlenden, blitzenden Lichtshow, die mit dem

Leuchten der frühmorgendlichen Sonne wetteiferte. Und dann dem Krachen der Schrotflinte. Als Hammersmith Nudgers Geschichte gehört und die Fotos gesehen hatte, hatte es nicht lange gedauert, einen Haussuchungsbefehl zu erwirken und die Polizeikräfte für die Verhaftung Otis Heinekers zu koordinieren. Alles mußte ganz schnell geschehen; Heineker wußte, daß jemand letzte Nacht auf seinem Grundstück herumgeschnüffelt hatte, obwohl er angenommen haben könnte, Nudger sei bloß ein gewöhnlicher Herumtreiber, oder ein abenteuerlustiger Teenager sei auf der Suche nach einem Nervenkitzel über den Zaun geklettert.

Das hier war ein Fall, der monatelang im Brennpunkt der Medien stehen würde und über Karrieren entscheiden konnte. Er hatte daneben auch Propagandaaspekte: die Polizei fällt unparteiisch über jeden her, gleich, wie reich oder angesehen. Deshalb die Licht-und-Sirenen-Show.

Links aus dem Wald war ein Schuß zu hören. Noch einer. Jemand schrie.

»Himmel!« sagte Nudger.

»Geh in Deckung, Nudge.« Hammersmith packte ihn am Ellbogen und zerrte ihn in den Schutz der Bäume.

Noch mehr Schüsse. Dumpfes Knallen, das nicht widerhallte.

»Der Sicherheitswachmann, von dem ich dir erzählt habe«, sagte Nudger, als sie ein gutes Stück im Wald waren. Er schaute sich um. Der Commander der Sonderkommission war in eine andere Richtung gegangen.

»Sicherheitswachmann, daß ich nicht lache«, sagte Hammersmith. »Normale Wachmänner schießen nicht auf Polizisten. Der Kerl muß einen guten Grund haben, um auf dieses Polizeiaufgebot zu schießen. Hier sieht es ja aus wie am D-Day.«

»Ich habe dir ein paar gute Gründe gezeigt.« Nudger erinnerte sich an die Fotos.

»Du bleibst hier, Nudge. Du hast bei dieser Aktion wirklich nichts verloren. Das ist Sache der Polizei.«

»Jack...«

»Das ist mein Ernst«, sagte Hammersmith. »Es könnte dich

die Lizenz kosten, Nudge, wenn du uns hier in die Quere kommst und Mist baust. Rühr dich ja nicht vom Fleck.«

»Aber, Jack…«

Mit einem Blick, der nahelegte, daß er keine Zeit für eine Diskussion hatte, zog Hammersmith seinen Revolver und ging auf das Gewehrfeuer zu. Fett wie er war, glitt er doch wie ein listiger Indianer durch den Wald.

Nudger wartete ein paar Sekunden. Dann ging er im Schutz der Bäume auf das Haus zu.

Was für ein Feuergefecht? Ein Mann, den Nudger für Otis Heineker hielt, und der schmächtige livrierte Chauffeur, standen unter dem Säulengang des Haupteingangs. Keiner von beiden war bewaffnet. Keiner schien von der Schießerei Notiz zu nehmen. Sie blickten in die Richtung des Waldweges, sahen niedergeschlagen drein und schwiegen. Wahrscheinlich, dachte Nudger, war es der stämmige Hundeführer, der gegen die Polizei Krieg führte.

Beide sahen Nudger sofort, als er hinter den Bäumen hervortrat und sahen ihm zu, wie er die Zufahrt hinaufging. Aus dem Wald waren weitere hageldichte Schüsse zu hören.

Diese beiden waren ein feines Paar. Otis Heineker war gebückt, zerbrechlich, grau und beinahe so dürr wie der Chauffeur, der wie eine Leiche aussah, die mit einem Elektroschock zum Leben erweckt worden war. Heineker trug lohfarbene Sommerhosen, ein weißes Hemd und einen Goldring und eine Uhr, die er mit einem seiner Kaufhäuser bezahlt haben mußte. Verzweiflung lag in dem ausgemergelten Gesicht des Chauffeurs. Aber nicht in Heinekers zerfurchtem Gesicht. Unter den buschigen Brauen funkelten strahlend blaue Augen Nudger mit dem unbeugsamen Nichts-zu-verlieren-Trotz der ganz Alten hochmütig an. In diesen Augen lag ein ungezähmter, unverminderter Hunger. Heineker verzog den Mund, gab aber keinen Ton von sich.

Als Nudger auf sechs Meter herangekommen war, fragte der Chauffeur mit einer hohen, eichhörnchenhaften Stimme: »Sind Sie Polizist?«

Nudger behielt die beiden Männer sorgsam im Auge, bereit davonzulaufen, sollte einer von ihnen nach einer Waffe greifen. »Nein.«

Der Chauffeur feixte. Dabei erinnerte er Nudger an Ralph Ferris, Claudias Ex-Mann, der wie ein hagerer, übellauniger, junger Frank Sinatra aussah. »Dann sind Sie bestimmt ein Journalist. Sind vor den Truppen hier, um eine Geschichte zu bekommen.«

»Privatdetektiv«, sagte Nudger.

Der Chauffeur sagte: »Scheiße!« Er dehnte das Wort, als könnte er es schmecken und mochte es nicht. Mochte Nudger nicht. Das beruhte auf Gegenseitigkeit.

Da fragte Otis Heineker mit einer festen, vernünftigen Stimme, die seine Erscheinung egozentrischen Wahnsinns Lügen strafte. »Ronnie, glauben diese Leute, sie seien zu einer Party eingeladen?«

»Nein, Sir«, sagte Ronnie, der Chauffeur. »Jetzt ist eingetreten, wovor ich Sie seit Monaten gewarnt habe.«

Heinekers kalte blaue Augen richteten sich wie Laserstrahlen auf Nudger, als sei Nudger schuld an all seinen Unannehmlichkeiten. Und vielleicht war er das in gewisser Weise auch. Doch Heinekers schien zu wenige Tassen im Schrank zu haben, um das zu erkennen.

Er überraschte Nudger mit seiner Bemerkung: »Das ist also Nudger.«

»Ja, Sir«, sagte Ronnie düster. »Das ist er.«

»Ich habe von Ronnie viel von Ihnen gehört, Mr. Nudger.«

»Ich habe von Ihnen gehört«, sagte Ronnie. »Mehr, als mir lieb war.«

Heineker starrte auf sein bewaldetes Königreich. Die Schießerei hatte aufgehört. Nudger überlegte, ob sich vielleicht nur die verschiedenen Polizeikräfte gegenseitig beschossen hatten. Im Wald schrie jemand etwas Unverständliches. Eine Antwort wurde zurückgeschrieen.

Seufzend sagte Heineker: »Ich gehe jetzt ins Haus, Ronnie. Sehen Sie zu, daß ich nicht gestört werde.« Trotz seines zerbrechlichen, gekrümmten Körpers bewegte er sich mit Spannkraft und Energie, als er sich umdrehte und auf die Tür zuschritt.

Nudger wußte nicht genau, wo Heineker hinging. Beweise zerstören? *Die Fotos?*

»Einen Moment!« schrie Nudger und lief los.

»Halt, Freundchen!«, sagte der schmächtige Ronnie, benahm sich, als wöge er zweihundert Pfund und könnte Nudger wie eine zusammengeknäulte Serviette beiseite werfen.

Heineker war in der Tür verschwunden.

Nudger schickte sich an, ihm zu folgen, und Ronnie packte ihn an der Schulter. Dann stieß Ronnie einen gellenden Schrei aus. Nudger zuckte zusammen. Was zum Kuckuck war das? Kampfsport?

Nein. Nudger schob Ronnie mühelos aus dem Weg.

Aber als er auf die Tür zuging, umklammerte der hingestürzte Ronnie sein Bein. »Ich sag' es Ihnen, Nudger, gehen Sie da nicht hinein! Sie dürfen das nicht!«

Nudger schleifte Ronnie ein paar Schritte mit sich und versuchte dann, ihn wegzuschieben. Ronnie bewies jedoch Kampfgeist und schlug Nudger die Zähne in den Schenkel. Er wußte, wie man bis auf den Knochen biß.

Der Schmerz schoß Nudger wie ein sengender, lähmender Stromschlag ins Gehirn und ließ ihn beinahe zu Boden gehen. Außerdem machte er ihn wütend. Er knüppelte mit der Faust auf Ronnies dürren Nacken. Dann mit beiden Fäusten.

Ronnie ließ los.

Wimmernd kroch er ein paar Meter weg und rollte sich zu einem Ball zusammen, spielte wie ein Kind toter Mann.

Als Nudger sich durch die Haustür schob, pochte ihm immer noch der Schmerz im Bein.

Er befand sich in einer geräumigen, hohen Eingangshalle. Auf dem gewachsten Parkettboden lag ein Orientteppich, in einem Messingkübel stand ein Farn, und an den Wänden hingen Ölgemälde und ein Spiegel mit einem goldenen Rahmen. Im Spiegel sah Nudger die Tür zu einem anderen Zimmer. Heineker war in diesem Zimmer und griff gerade in eine Schreibtischschublade. Nudger wirbelte herum, faßte die offene Tür ins Auge und rannte auf Heineker zu.

Der alte Mann funkelte ihn wütend an und zog eine Pistole aus der Schublade.

Hammersmith stand hinter Nudger und schrie: »Nudge!«

Heinekers faltiges, graues Gesicht verzerrte sich in panischer Angst, und er beugte den Ellbogen. Nudger wußte, warum, und warf sich über den Schreibtisch.

Der verfallene Körper knitterte leicht wie Papier gegen seine heranprallende Masse. Heineker flog zur Seite, als sei er von einem Fahrzeug erfaßt worden, veränderte kaum die Richtung von Nudgers Angriff. Es gab einen Knall, und etwas verwuschelte Nudger das Haar. Er lag mit Heineker am Boden.

»Verbrecher!« schrie ihn Heineker an. Er versuchte, die Pistole zu heben, aber Nudger hielt sein Handgelenk umklammert. »Verbrecher!«

Der zerbrechliche Arm drückte nach oben; Heineker versuchte noch immer, seinen gewaltsamen Fluchtplan zu verfolgen. Sein Atem in Nudgers Gesicht war säuerlich, so schlecht wie der ganze Mann. Er keuchte und sprühte Speichel.

»Will sich erschießen!« keuchte Nudger. Der Korditgestank aus der abgefeuereten Pistole war plötzlich so stark, daß er zu schmecken war, überlagerte sogar Heinekers Atem. Nudger ließ den knochigen Arm nicht los.

Getrappel und Stimmen. Schatten in Unruhe. Hände, Füße und Uniformen stürzten herein. Ein glänzender schwarzer Schuh stampfte Nudgers Finger in den Teppich.

Die Finger der anderen Hand wurden einer nach dem anderen von Heinekers knochigem Handgelenk abgezogen. Er sah, daß die Pistole aus Heinekers sommersprossiger Hand verschwunden war.

Nudger wurde unsanft auf die Füße gezerrt.

»Herrgott, Nudge!« Hammersmith' Stimme.

Schweres Atmen, mehr gemurmelte Flüche. Das Zimmer füllte sich mit Menschen.

Dann. »Lassen Sie ihn los!«

Quetschende Finger lösten sich von Nudgers Oberarmen. Eine fest geballte Faust lockerte ihren Griff auf seiner zusammengerafften Hemdbrust.

»Er hätte sich erschossen, wenn ich ihn nicht davon abgehalten hätte.« Nudger verteidigte bereits seine Lizenz. Da fiel ihm ein, daß nur Hammersmith dessen Instruktionen kannte, sich im Wald ja nicht vom Fleck zu rühren.

Der Commander der Sonderkommission sah wütend genug aus, um zu befehlen, daß Nudger wie der Deutsche Schäferhund getötet wurde.

Otis Heineker wurde von zwei stämmigen County Officers festgehalten; sein Kinn zitterte, war aber hochmütig vorgereckt, die blauen Augen plötzlich klar. »Ich sage gar nichts«, tönte er. »Ich möchte meinen Anwalt konsultieren.«

»Ja, Sir.« Der County Major klang beinahe wie Ronnie.

»Sie wissen doch, wer ich bin?«

»Ja, Sir«, sagte der Major wieder.

Und er belehrte den alten Mann über seine Rechte.

Auf der Fahrt zurück in die Stadt, in Hammersmith' neutralem Pontiac, sagte Nudger: »Ronnie, der kleine Chauffeur, hat mich ins Bein gebissen.«

Hammersmith sagte: »Wir werden ihm dennoch hart zusetzen«, und führte sein Feuerzeug an die Zigarre.

Unter anderem war er nachtragend.

30

Sie kam zu Nudger. Er schleppte sich die Treppe zu seinem Büro hoch, ohne sich bei Danny zu erkundigen, ob er Besuch habe, und da war sie, auf dem Stuhl vor dem Schreibtisch. Sogar von hinten, noch bevor er ihr aufdringliches Parfum gerochen hatte, sagten ihm die überpralle Fülle und die Explosion weißer Rüschen um den Hals, daß es sich um Muffy B. Blue handelte.

Nudger ging um sie herum, ließ sich auf den Drehstuhl fallen, daß er quietschte und bedachte sie mit einem Lächeln. »Also konnten Sie mir nicht fernbleiben. Leidenschaft ist eine unwiderstehliche Macht.«

Muffy beobachtete ihn mit der Verachtung, die die meisten

Menschen Kindermördern vorbehalten. Die dunkle Wimperntusche war verschmiert und trotz fünf Schichten hellen Make-ups war ihre Nase rot vom Weinen. Mehr denn je ähnelte sie einem Clown, dem eine Brust gewachsen war und dem es gefiel, die Sexualität entdeckt zu haben. Hörte sich jedoch nicht nach einem Clown an. »Ich verzichte auf das Geplänkel. Ich will etwas von Ihnen.«

Nudger sah an ihr vorbei aus dem Fenster und fragte sich, welches Spiel sie spielen wollte. Obwohl es erst neun war, hatte sie wahrscheinlich in den Nachrichten von Otis Heinekers Verhaftung heute morgen gehört. Wer hatte es nicht gehört? Die Medien hatten schon seit Jahren nicht mehr soviel zu reden, zu schreiben und zu lügen gehabt. Sie gingen die Geschichte mit Volldampf an.

»Warum sind Sie nicht im Büro?« fragte Nudger.

»Ich habe mich krank gemeldet. Sind Sie nicht neugierig, was ich will und was ich anzubieten habe?«

»Ich bin mir nicht sicher. Weiß Brad Marlyk, daß Sie hier sind?«

Sie rutschte unbehaglich auf den riesigen Backen hin und her, ließ den Holzstuhl stöhnen. »Niemand außer Ihnen weiß, daß ich hier bin, Nudger. Ich habe mir gedacht, wir könnten einen Deal machen. Sie sind fad und Sie sind häßlich, aber Sie können mir helfen.«

»Und ich kann kaum ablehnen, wenn Sie mich so nett bitten.«

»Ich möchte, daß Sie mein Mittler bei der Polizei sind.«

»Hört sich eher nach einem Job für Ihren Anwalt an.«

»Sie Hornochse. Es war mein Anwalt, der mir geraten hat, zu Ihnen zu kommen. Er meinte, es sähe besser aus für mich, wenn ich Ihnen bei Ihrer Ermittlung behilflich bin. Sie sind ganz groß in den Nachrichten. Er hat außerdem gesagt, es gäbe für mich keinen guten Ausweg aus dieser Sache. Das ist nicht so schwer zu verstehen; auf diese Art sind es wir beide, die für klare Verhältnisse sorgen.«

»Das klingt vernünftig«, sagte Nudger. »Falls es um Partners Unlimited in Beziehung zu Otis Heineker geht.«

»Geht es. Und ich sage Ihnen die Fakten, wenn Sie mir versprechen, bei Ihrem Freund Hammersmith ein gutes Wort für mich einzulegen. Die Polizei wissen zu lassen, daß ich diejenige war, die Ihnen geholfen hat. Wenn Sie Ihr Versprechen nicht halten, werde ich dieses Gespräch abstreiten. Ich habe nämlich nichts zu verlieren.«

»Es sei denn, Otis Heineker oder sein Chauffeur reden zuerst« sagte Nudger. »Oder haben bereits geredet.«

»Ich kann nicht wissen, was andere sagen«, sagte Muffy. Sie warf einen Blick auf ihre Jumbo-Digitaluhr. Das Muster auf der Uhr bewegte sich; Zahlen änderten sich, die Zeit drängte. »Deshalb bin ich ja so früh zu Ihnen gekommen.«

Nudger nahm einen Bleistift in die Hand und rollte ihn zwischen Daumen und Zeigefinger hin und her, spürte die harte sechseckige Regelmäßigkeit. Er wollte Muffy B. Blue nicht helfen, aber er wollte hören, was sie zu sagen hatte. Einer der Kompromisse im Leben. »Ich werde mit Hammersmith reden«, sagte er. »Aber nur, wenn Sie mit offenen Karten spielen.«

Sie schnaubte verächtlich. »Das ist für mich kein Spiel mehr, aber ich werde alle Karten auf den Tisch legen.«

Nudger klopfte mit der Bleistiftspitze auf den Schreibtisch, tippte eine Reihe schwarzer Punkte. Er sah, daß die gesamte Vorderseite der Schreibtischplatte mit winzigen dunklen Einkerbungen verschandelt war; das mußte er sich abgewöhnen. Er legte den Bleistift hin und sagte: »Erzählen Sie mir von Otis Heineker.«

Muffy leckte sich die knallroten Lippen, als könnte, was sie zu sagen hatte, leichter zwischen feuchten Lippen herausrutschen. »Er hat diese Zwangsvorstellung mit seiner verstorbenen Frau und die ersten Ehejahre in den fünfziger Jahren. Er ist total auf die fünfziger fixiert. Der alte Knacker ist mit seinem Vergangenheitskomplex ein Fall für den Psychiater. Und was für ein Komplex. Man kann fast sagen, er ist besessen. Jedenfalls hat er bei Partners Unlimited Frauen gemietet, die Helen ähnlich sahen.«

Nudger mußte sie unterbrechen. »Helen?« Er beugte sich vor.

»Ja, so hieß seine Frau. Jedenfalls hatten Marlyk und Heineker eine Geschäftsvereinbarung, bei der Brad Heineker gegen viel Geld Frauen zu ihm schicken würde, die wie seine teure Helen aussahen. So ging das jahrelang. Ronnie, Heinekers Chauffeur, hat das Geschäftliche erledigt und die Frauen zu Heineker hinausgefahren. Manche Frauen wollten kein zweites Mal dorthin, weil Heineker auf sehr harte Sachen stand. Er hat sie mit Vorliebe gefesselt und ausgepeitscht, dabei hat sie Ronnie gefilmt oder fotografiert. Das ist nicht so ungewöhnlich; mehr als ein paar unserer Klienten geht dabei einer ab. Aber nicht so extrem. Dann starb im letzten Jahr eine der Frauen in Heinekers Haus. Ein Unfall. Überall Unannehmlichkeiten. Marlyk half dem alten Bock, es zu vertuschen, ließ mit Ronnie die Leiche verschwinden. Damals stießen Lars Kovar und Buddy dazu, um Marlyks Interessen zu schützen.«

»Buddy?«

»Buddy Drake. Er ist der Sicherheitswachmann, der bei der Schießerei heute morgen von der Polizei erschossen wurde.«

»Er hat in Wirklichkeit für Marlyk gearbeitet?«

»Ja. Buddy und Kovar haben die nötige Muskelarbeit erledigt. Die Frauen haben manchmal gegen Heinekers grobe Behandlung protestiert, sind weggelaufen und redselig geworden. Den Damen mußte beigebracht werden, sich an die Anweisungen zu halten und über das Geschehene Stillschweigen zu bewahren.«

»Waren es Buddy und Kovar, die Claudia Bettencourt in die Mache genommen haben?«

»Sie haben es erfaßt. Das war Marlyks Idee. Damit Sie darüber nachdenken, ob Sie wirklich noch länger hinter Jake Dancer herschnüffeln wollen.«

Nudger schluckte seine Wut hinunter. Für den Moment. Er wollte nicht, daß Muffy zu reden aufhörte. »Ich verstehe den Zusammenhang nicht.«

»Werden Sie schon noch. Mit dem alten Heineker wurde es immer schlimmer, und er wußte nicht mehr, wann er bei den Frauen, die wir ihm schickten, aufhören mußte. Eines Nachts versuchte eine von ihnen wegzulaufen, und die Gäule sind mit ihm durchgegangen; er hat sie vorsätzlich getötet, erwürgt. Marlyk hat es wieder vertuscht, und dann – tja, hat man erwartet, daß die Frauen nicht wiederkommen. Marlyk warb sie an, wenn sie Helen Heineker entfernt ähnlich sahen, überredete sie manchmal sogar, sich das Haar zu färben. Er vergewisserte sich, daß ihr Verschwinden keinen großen Wirbel verursachen würde, und dann, nachdem Ronnie das Geld vorbeigebracht hatte, hat er sie zu Heineker geschickt, als sei es ein ganz normaler Job.« Sie schüttelte den Kopf. »Aber es war kein ganz normaler Job. Nach dem ersten Todesfall flippte Heineker immer mehr aus, wurde immer gewalttätiger und hat die Frauen als Bestandteil seiner perversen Nummer getötet.«

»Wie viele Frauen?« fragte Nudger. Sein Magen warf sich herum, und ihm war übel. Muffy war zentimeterweise da hineingeschlittert, vielleicht wie Brad Marlyk, zu habgierig, um auf das Vermögen zu verzichten, das Heineker an Partners Unlimited gezahlt haben mußte. Sie sprach ruhig darüber; das Grauen entging ihr. Geschäft war Geschäft; das Schlachten von Kühen, Schafen und Prostituierten war in ihrem abgestumpften Gehirn alles eins. Er dachte an die toten Frauen aus dem Fluß. Keine Kühe. Keine Schafe. Menschen. Die Abscheu, die er für Muffy B. Blue empfand, zwang ihn beinahe, aufzustehen und sie mit Gewalt aus der Tür zu schieben, ihren Anblick und ihren parfümierten Geruch aus seiner Nähe zu entfernen.

»Sie müssen sehen, daß da ein Haufen Geld zu verdienen war, Nudger, sonst wäre das nicht passiert.«

»Ich kann mir vorstellen, wieviel Geld.« Nudger erinnerte sich daran, was ihm Jeff Levine am Telefon über den Verkauf von Heinekers Kaufhäusern erzählt hatte.

Muffy rückte ihren Kragen zurecht, denn eine Rüsche kitzelte die Falten des bleichen Halses. »Heineker hat im Lauf des letzten Jahres ein halbes Dutzend Frauen getötet. Ronnie hat die Schweinerei aufgeräumt, die Leichen an den Fluß gebracht und hineingeworfen. Der alte Heineker hatte jeglichen Bezug zur Realität verloren und war so verrückt, daß er sich am Morgen danach nicht einmal mehr daran erinnern konnte, was passiert war; er mußte sich Ronnies Fotos und Videos ansehen. Brad wollte, daß die Fotos und Bänder vernichtet werden, aber Heineker hat sich geweigert; die gehörten zu seiner Sammlung, und er schätzte sie sehr, sah sie sich regelmäßig an. Deshalb war Buddy auch als Wachmann auf dem Grundstück; er sollte sicherstellen, daß den Snuff-Pornos nichts passierte. Manchmal haben er und Kovar an Heinekers Vergnügungen teilgenommen. Auch sie waren auf einigen der Bänder und Fotos. Marlyk hatte nichts dagegen; es fesselte sie an den Job. Verringerte die Wahrscheinlichkeit, daß die belastenden Pornos in die falschen Hände fielen.«

Nudger sagte ihr nicht, daß Ronnie alle Bänder und Fotos vernichtet hatte, bevor die Polizei am Morgen in das Haupthaus gekommen war. Diese Information war den Medien vorenthalten worden. Und Nudger konnte keineswegs die Herkunft der beiden Fotos beweisen, die er gestohlen hatte. Der einzig stichhaltige Beweis gegen Heineker und Ronnie war, was Muffy Nudger erzählte und bei der Polizei aussagen würde. Heineker und sein Chauffeur wurden bereits von einer Phalanx dynamischer Anwälte beschützt; mit den Beziehungen und dem Talent, den Fall zu vernebeln, vielleicht genug Nebel zu erzeugen, um Heineker und Ronnie straffrei ausgehen zu lassen.

»Als Heineker ein Foto von Helen Crane sah, ist er völlig ausgerastet. Hat sich sogar von Ronnie in die Stadt fahren lassen und so geparkt, daß er Helen leibhaftig sehen konnte. Er mußte sie unbedingt haben, sagte er. Lieber Gott, sie hieß sogar Helen, wie das Original. Marlyk sagte nein, sie wäre nicht wie die anderen Frauen, und sie hätte einen Freund, der Alarm schlagen würde, wenn sie verschwinden sollte. Heineker hat das Kopfgeld auf sie verdoppelt. Und dann noch einmal verdoppelt. Man hätte denken können, daß er an Reinkarnation glaubte und annahm, die beiden Helen seien ein und dieselbe Person. Das läßt einen darüber nachdenken, was wirklich mit seiner Frau passiert ist. Jedenfalls hat Marlyk dann eingewilligt, ihm Helen Crane zu geben, aber zuerst mußte Dancer von der Bildfläche verschwinden.«

Nudger sah die Puzzleteilchen an ihren Platz fallen.

Darum war es also gegangen, nicht um Spielschulden. Nicht Geld, das Dancer schuldete. Dancer war einfach im Weg gewesen.

»Dancer war sowieso die ganze Zeit halb weggetreten, also ließ ihn Marlyk von Kovar und Buddy unter Druck setzen, weil er angeblich Schulden bei ihm hatte. Sie haben ihn zusammengeschlagen und ihm Angst eingejagt, aber nicht genug. Sie waren ein bißchen überrascht, als sie merkten, daß Dancer tatsächlich glaubte, ihnen Geld zu schulden. Das arme Schwein hatte wahrscheinlich überall in der Stadt Wetten stehen, die er vergaß, wenn er wieder nüchtern war. Jedenfalls kam Marlyk so auf eine Idee. Er ließ Kovar und Buddy Dancer einreden, daß Dancer im betrunkenen Zustand jene Frauen ermordet hat, die im Fluß gefunden wurden, die, die Heineker getötet hatte. Ich habe keine Ahnung, ob Dancer völlig davon überzeugt war, aber er war überzeugt genug, daß er vor Schuldschauder überschnappte und immer mehr trank.«

Schuld, über die er mit Helen nicht reden konnte, dachte Nudger. Er stellte sich die Qual vor, die den verletzlichen Dancer gepackt haben und in ihm aufgeblüht sein mußte. Eine Schuld, die er nicht bezahlen konnte, dann Morde, die er vielleicht begangen hatte. Was für eine Belohnung für den nicht siegreichen Helden. Machte ihn wieder zum Opfer.

»Heineker war so weit hinüber mit seinem perversen Sex und seinem Töten, daß Ronnie und Marlyk Angst bekamen, er könnte noch mehr überschnappen, unvorsichtig werden, alles ausplaudern und alle des Mordes bezichtigen. Also haben sie diesen Plan ausgearbeitet, um bei Heineker groß abzusahnen und sich abzusichern. Marlyk würde Helen zu Heineker schicken. Wenn er mit ihr fertig war, sollte Ronnie die Leiche in den Fluß werfen, aber dafür sorgen, daß sie gefunden und identifiziert würde. Dann wollten sie Dancer einreden, daß er Helen im Rausch getötet hat, genau wie die anderen Frauen. Sie würden zusehen, daß er für den Mord geschnappt werden würde, und Dancer würde auch den Mord an den drei anderen Frauen gestehen. Die Polizei würde das akzeptieren; sie ist immer darauf erpicht, Mordfälle zu den

Akten legen zu können. Alle wären aus dem Schneider, und Ronnie würde vernünftig mit Heineker reden und versuchen, ihn dazu zu bringen, die Gelegenheit, die Dancers Verhaftung bietet, beim Schopf zu packen und sich einen anderen perversen Zeitvertreib zu suchen.«

»Und wenn Heineker darauf nicht eingehen wollte oder konnte?«

»Dann wäre ihnen keine andere Wahl geblieben, als ihn zu töten und seinen Tod wie einen Unfall aussehen zu lassen. Oder wie Selbstmord. Heineker hat eine einschlägige Krankengeschichte; er ist manchmal depressiv und suizidgefährdet. Ronnie war in einer guten Position, das Notwendige zu erledigen.«

Nudger lehnte sich auf dem quietschenden Stuhl zurück und bestaunte die schlichte Eleganz des Planes. Die tragische Symmetrie. Der perfekte Mord mal sieben. Die Frauenmorde wären offiziell gelöst, und Otis Heineker hätte sich wieder in der Gewalt oder wäre tot. Der einzige lebende Verlierer, der verstörte Veteran Dancer, säße entweder in der Todeszelle oder in einem psychiatrischen Krankenhaus.

»Wissen Sie, wo Dancer jetzt ist?« fragte er.

Muffy zuckte die Achseln. »Das weiß niemand. Dancer hat Claudia Dingsbums auf eigene Faust entführt. Seit gestern nachmittag läßt Marlyk Kovar nach den beiden suchen.«

»Was wird er tun, wenn er sie findet? Wird Claudia zu einem weiteren Mordopfer, von dem Dancer glauben soll, daß er es getötet hat?«

»Ehrlich, Nudger. Das weiß ich nicht, Nudger.«

Nudger glaubte ihr nicht. Er wollte sie an dem fetten, käsigen Kragen packen, sie würgen, sie leiden lassen, wie die Frauen in Otis Heinekers Snuff-Pornos gelitten hatten. Wenigstens wußte sie wirklich nicht, ob Kovar Claudia und Dancer gefunden hatte. Nudger wußte, daß wenn die beiden gefunden worden wären, Muffy nicht erwähnt hätte, daß noch immer nach ihnen gesucht wurde. Sie hätte jegliche Kenntnis von dieser Sache abgestritten, anstatt sie als eine weitere Gefahr anzuführen, vor der sie Nudger gewarnt hatte.

Eines mußte er Muffy lassen: Sie gab nicht vor, es mache

ihr Spaß, der Polizei behilflich zu sein. Sie zog nicht die gräßliche Show ab, die Nudger von anderen Verrätern gesehen hatte, als stünde ihnen ein Heiligenschein und eine Verdiensturkunde zu. Sie war ganz offensichtlich auf sich bedacht und wollte sich geschickt einen Vorteil sichern.

»Wann gehen Sie damit zur Polizei?« fragte Nudger.

»Noch heute morgen. Zuerst muß ich im Büro vorbeigehen und ein paar Sachen aus meinem Schreibtisch holen. Dinge, die niemand sehen soll. Sie wissen, wovon ich rede?«

»Ich kann es mir denken«, sagte Nudger.

Sie stand langsam auf und stemmte die Fäuste in die fleischigen Hüften. »Komisch, ich fühle mich jetzt viel besser, nachdem ich Ihnen das alles gesagt habe. Wie früher, als ich eine gute Katholikin war, zur Beichte ging und dem Priester alles ausgeplaudert habe. Aber Sie glauben wohl nicht, daß ich ein Gewissen habe, Nudger?«

»Nein.«

Sie lächelte, nickte und stöckelte zur Tür hinaus, plötzlich beschwingt. Sie hatte Hoffnung und eine, für ihre Begriffe, reine Seele.

Nudger zog das Telefon zu sich heran, rief Hammersmith an und berichtete ihm von seinem Gespräch mit Muffy B. Blue. Hammersmith sagte, er werde jemanden zu ihr schikken, um sie zur Polizei zu bringen, bevor ein anderer sie erwischt.

Aber es war bereits zu spät.

Sie mußten Verdacht geschöpft haben, als sie am Morgen nicht zur Arbeit erschienen war. Sie mußten sie beschattet haben, als sie zu Nudger kam.

Nachdem sie aus seiner Bürotür gegangen war, verschwand Muffy B. Blue.

»Sie ist nie bei Partners Unlimited angekommen«, sagte Hammersmith, als er eine Stunde nach Nudgers Anruf zurückrief. »Ihr Wagen wurde draußen in der Dale Avenue gefunden; er war schief geparkt und eine Tür stand offen.«

»Was ist mit Marlyk und Kovar?«

»Wir haben Marlyk in Gewahrsam, Nudge. Er stellt sich

stumm und weiß, daß wir nicht die nötigen Beweise haben, um ihn festzuhalten. Kovar war wahrscheinlich derjenige, der die Muffy-Frau vor uns erwischt hat. Pech für sie.«

Nudger wollte schon beinahe sagen, daß Muffy es verdient hätte, und vielleicht stimmte das. Dennoch tat sie ihm leid. Er erinnerte sich an die Frauen auf den Fotos.

»Ich kann dir meine Version des Gesprächs geben«, schlug Nudger vor.

»Du weißt, was das vor Gericht sein wird, Nudge.«

Nudger wußte es. Hörensagen. Wertlos.

Brad Marlyk und Lars Kovar waren offiziell immer noch frei von Mitschuld und zuversichtlich, daß Dancer schließlich für die Morde verhaftet werden würde. Dancer war immer noch mit Claudia auf der Flucht, und glaubte tatsächlich, daß er im Rausch drei Frauen getötet hatte.

Nudger hatte immer noch nichts als ein wenig düsteres Wissen und eine nicht zu beweisende Geschichte von einem bizarren Gespräch, das im Prozeß gegen ein Monstrum, das außerdem ein einflußreicher Bürger war, nicht zugelassen werden konnte. Einem Prozeß, der wahrscheinlich nie stattfand.

Nudgers Unterhaltung mit Muffy B. Blue hatte in ihm die frustrierende Ahnung einer furchtbaren drohenden Ungerechtigkeit geweckt.

Und seine Angst um sich und um Claudia vergrößert.

31

Nudger hatte angenommen, Helen Crane sei an diesem Morgen zu Hause, und das war sie auch. Heute gingen bei Partners Unlimited die Geschäfte nicht wie gewöhnlich. Brad Marlyk war in Polizeigewahrsam, zwar wahrscheinlich nicht für lange, und wo Muffy B. Blue war, wollte Nudger sich erst gar nicht ausmalen. Marlyks Verhaftung und Muffys Verschwinden waren bereits in den Nachrichten; wenn Helen nach dem Aufstehen Radio gehört oder ferngesehen hatte, wußte sie, daß es an ihrem Arbeitsplatz drunter und drüber ging.

Sie war gerade erst aufgestanden. Als sie auf Nudgers Klopfen an die Tür kam, trug sie einen hellblauen Morgenmantel und war barfuß. Das blonde Haar war zerzaust, als wäre es für einen Freiluft-Fernsehwerbespot durcheinandergebracht worden. Die Augen waren noch schlafverquollen, die geschwollenen Lider verliehen ihrem Blick eine schräge, symmetrische Offenheit, die Nudger unter die Haut fuhr. Sie war noch nicht lange genug wach, daß sich der Kummer ihres Lebens eingenistet und ihre Miene geformt haben könnte. Nudger hatte sie nie schöner gesehen.

»Sie hätten anrufen sollen«, sagte sie verschlafen, »Ihren Besuch ankündigen sollen.« Sie fuhr sich mit den Fingern durch das Haar und verwuschelte es noch mehr. Aber es gelänge ihr nie, es unvorteilhaft aussehen zu lassen.

»Ich war gerade in der Nähe...«, log Nudger.

Sie lächelte, den Spruch hatte sie schon einmal gehört. »Und da kamen Sie auf die Idee, einfach mal vorbeizuschauen. Kommen Sie herein. Ich habe gerade Kaffee aufgesetzt.«

In der Wohnung war es kühl. Offensichtlich war die ganze Nacht die Klimaanlage gelaufen. Nudger konnte den Kaffee in der Küche riechen und durchlaufen hören. Das Wohnzimmer war ordentlich, als sei es vor kurzem aufgeräumt worden, aber an der Decke in der Ecke über der Klimaanlage spannte sich eine Spinnwebe, die sanft in dem kühlen Luftzug schwang. In der letzten Zeit hatte Helen den Kopf wohl zu voll gehabt, um ans Staubwischen zu denken.

Er setzte sich auf das niedrige Sofa und sah ihr zu, wie sie auf bloßen Füßen anmutig in die Küche ging. Sie war eine Studie in koordinierter Bewegung – schwierig, den Blick von ihr zu wenden.

Eine Sekunde später fragte sie: »Milch oder Zucker?«

»Weder noch.«

Mit einer dampfenden Tasse Kaffee in jeder Hand kam sie in das Wohnzimmer zurück. Eine der Tassen war aus braunem Keramik. Die andere aus weißem Plastik und auf der

Seite stand ›Ich meinen Kaffee‹, mit einem roten Herz, wo das Wort ›liebe‹ hingehört hätte.

Helen reichte Nudger die braune Tasse und setzte sich dann auf das andere Ende des Sofas. Sie krümmte die Zehen, als schäme sie sich ihrer. Nudger verstand nicht, weshalb; sie hatte fantastische Zehen.

»Gibt es etwas Neues?« fragte sie.

»Alles, was gedruckt werden kann und ein bißchen, das noch nicht druckreif ist«, antwortete Nudger, und erzählte es ihr. Erzählte ihr von Melissa, den anderen toten Frauen, den Fotos, Muffy B. Blues Besuch und ihrem anschließenden Verschwinden unter ominösen Begleitumständen.

Helen war weniger an ihrer unheimlichen Ähnlichkeit mit Helen Heineker interessiert oder daran, daß sie nur knapp dem Tod entronnen war, denn an Dancers fortgesetzter Flucht vor eingebildeten Schrecken.

»Wir müssen Jake unbedingt finden, Nudger!« Sie klang jetzt lebhafter, und die grauen Augen waren strahlender und wacher. Der Kaffee, den sie getrunken hatte, und Nudgers Worte hatten sie hellwach gemacht und mit noch mehr Sorgen überhäuft. Liebe und Koffein waren eine durchschlagende Verbindung. Nudger dachte, ›Dancer‹ sollte statt ›Kaffee‹ auf ihrer Plastiktasse stehen, hinter dem dämlichen roten Herzen.

»Es wäre ausgesprochen dumm von Kovar, Dancer oder Claudia jetzt etwas anzutun«, sagte Nudger. »Wenn sein IQ nicht unter Null liegt, wird Kovar nichts tun, außer sich unauffindbar zu machen.«

»Aber wir können dessen nicht sicher sein.«

Auch wieder wahr. Es war gewagt, vorherzusagen, wie ein krankes Gehirn wie Lars Kovars reagieren würde. Es handelte sich um einen Schläger, der zum Vergnügen Menschen folterte und an Morden beteiligt gewesen war.

»Ich werde weiterhin nach Dancer suchen«, versicherte Nudger Helen. »Ich klappere wieder seine Stammlokale ab, rede mit Barkeepern und Buchmachern.«

Helen stellte ihre Tasse auf die Sofalehne und stand auf. »Ich komme mit.« Sie schenkte ihm ein kurzes, trauriges Lächeln. »Ich muß nirgendwohin. Es sieht so aus, als sei ich arbeitslos.«

Nudger dachte darüber nach und sah keinen Grund, weshalb sie ihn nicht begleiten sollte. »Ich warte, bis Sie sich angezogen haben«, sagte er. »Darf ich einmal Ihr Telefon benutzen?«

»Ich verlange nicht mal einen Dime dafür«, sagte Helen. Sie wies mit dem Kopf auf das weiße Tastentelefon auf dem Tisch neben der Tür, stand dann auf und ging ins Badezimmer. Der Saum des blauen Morgenmantels raschelte kunstvoll um ihre Knöchel, als prahlte er damit, daß er sie einhüllte.

Nudger hörte die Dusche rauschen, als er mit dem Zeigefinger die Nummer von Dannys Donghuts tippte. Glücklicher Morgenmantel. Glückliche Dusche.

»Jemand dagewesen?« fragte er, als Danny ans Telefon kam.

»Menschenskind, Nudge! Ich versuch' schon die ganze Zeit, dich zu erreichen. Claudia hat angerufen.«

Nudger hielt den Hörer eine Sekunde vom Ohr weg, als habe er Danny mißverstanden und etwas stimme nicht mit der Leitung. »Claudia? Von wo hat sie angerufen, Danny? Geht es ihr gut?«

Danny bemühte sich um einen beruhigenden Tonfall. »Sie hat gesagt, ich soll dir sagen, daß es ihr gutgeht, Nudge, obwohl sie draußen in Hawk Run in einem Krankenhaus oder einer Klinik liegt.« Nudger kannte Hawk Run, eine etwa fünf Meilen von der Hütte entfernte winzige Kleinstadt.

Die Hütte! Der letzte Ort, an dem er Dancer erwartet hätte, und einer der wenigen Orte, an denen Nudger und die Polizei nicht nach Claudia gesucht hatten.

»Dancer hat sie in einer Hütte festgehalten. Claudia hat sich fortgestohlen und ist eine Weile im Wald herumgeirrt, Nudge. Die Highway Patrol hat sie von der Straße aufgelesen und dann in die Klinik nach Hawk Run gebracht, wo der Arzt ihr ein Beruhigungsmittel gegeben hat und sie lange Zeit bewußtlos war. Sie wußten nicht, wer sie war, wen sie benachrichtigen sollten. Als sie vor etwa einer Stunde wieder zu sich kam, hat sie es ihnen gesagt, und mich haben sie angerufen, weil sie dich nicht erreichen konnten. Ich habe mit Claudia gesprochen, Nudge; glaub mir, es geht ihr gut. Sie hat mir die Nummer der Klinik gegeben, damit du sie anrufen kannst.«

Nudger klemmte den Hörer zwischen Ohr und Schulter, um die Hände freizubekommen, dann notierte er sich mit einem Kugelschreiber, der neben dem Telefon gelegen hatte, die Nummer auf dem Handgelenk. Er bedankte sich bei Danny, drückte auf die Gabel und tippte die Nummer der Klinik.

Starr stand er da. Während in Hawk Run das Telefon klingelte, konnte er noch immer hinten in der Wohnung die Dusche laufen hören.

Ein Dr. Mathison versicherte Nudger, Claudia gehe es gut und sie sei unverletzt, abgesehen von ein paar Kratzern und zahllosen Insektenstichen, die aber nicht gefährlich seien. Sie sei völlig erschöpft gewesen, als die Polizei sie eingeliefert hatte, nachdem sie zusammengekauert neben der Straße gefunden worden war. Sie habe ein paar unverständliche Sätze gemurmelt und keine Papiere bei sich getragen, deshalb hatte ihr der Arzt Ruhe verschrieben, nachdem er sie untersucht und die geringfügigen Verletzungen versorgt hatte. Als sie vor einer Stunde aufgewacht sei, habe sie sofort ein Telefon verlangt.

Mathison gab Nudger an die Vermittlung zurück, und nach einer Reihe von Klicken und ein paar Sekunden Wartens wurde er zu Claudia durchgestellt.

»Es tut mir leid, daß ich dich da hineingezogen habe. Das weißt du doch?«

»Ich weiß es«, sagte sie. »Jetzt ist es ja vorbei.« Sie hörte sich recht munter an. »Ich bin okay.«

»Lem Akers hat mir gesagt, Dancer habe mit dir die Wohnung verlassen. Was ist danach passiert?«

»Dancer war betrunken, und wir sind gegangen, weil ich keinen Alkohol mehr im Haus hatte. Mir war klar, daß ich mitgehen mußte, und er hat verlangt, daß ich fahre. Nachdem wir eine Weile ziellos umhergefahren sind, hat er mich zu einer abgeschiedenen Hütte gelotst. Ich habe versucht, mir den Weg zu merken und wie die Hütte von außen aussah. Sie hat graue...«

»Ich kenne die Hütte«, unterbrach Nudger sanft.

»Dort war eine Flasche. Dancer hat weitergetrunken. Er hat mir nichts getan; zeitweilig schien er sogar zu vergessen, daß ich da war. Aber er hat etwas mit dem Motor angestellt, damit ich nicht wegfahren konnte. Er hat mir angst gemacht, als er anfing, über ein paar Morde, die er begangen hat, zu jammern. Dann hat er geweint. Geschluchzt.«

»Er hat niemanden umgebracht«, sagte Nudger.

»Das überrascht mich nicht. Ich hatte nicht soviel Angst, wie ich hätte haben sollen. Er hatte so eine Ausstrahlung; er war so voller Reue. So von Natur aus sanft. Ich glaube wirklich nicht, daß er mir etwas getan hätte, aber ich war mir nicht sicher genug, um gegen seinen Willen zu verschwinden. Dann hat er davon geredet, den Tod verdient zu haben, von Selbstmord. Darüber hat er dann den Rest der Nacht und die ganze Zeit, die wir in der Hütte waren, gesprochen. Ich habe mich gezwungen wachzubleiben, und als er endlich einschlief, habe ich mich in den Wald geschlichen. Ich habe keine Ahnung, wie lange ich herumgeirrt bin, bis ich zur Straße kam, gewartet habe und mich die Highway Patrol gefunden hat.«

Helen stand in der Tür, trug nun weiße Hosen und eine pfirsichfarbene Bluse, war immer noch barfuß, beobachtete Nudger. Sie sah sauber, frisch und feucht aus. Das blonde Haar war dunkel von Feuchtigkeit, kringelte sich an den Spitzen und glänzte.

Nudger fragte: »Geht es dir gut, Claudia?«

»Ich bin es leid, das immer gefragt zu werden.«

»Ich hole dich ab«, sagte Nudger, »aber zuerst muß ich noch woanders hin.«

»Zur Hütte?« Eine aufgeweckte Frau, keine Spur mehr von den Beruhigungsmitteln.

»Er könnte noch immer dort sein«, sagte Nudger.

»Das fürchte ich auch.«

Nudger wußte, was sie meinte. Mit einem Blick auf Helen sagte er: »Claudia, ich liebe dich.«

Ein Schniefen kam über die Leitung, dann klapperte das Telefon in der Hawk Run Klinik. Das Freizeichen. Sie hatte aufgelegt.

Helen sah ihn ruhig aus grauen Augen an. »Hat sie gesagt, daß sie Sie wiederliebt?«

»Eigentlich«, sagte Nudger, »hat sie geweint.«

Helen zuckte die Achseln. »Besser, als wenn sie gelacht hätte.«

»Dancer könnte in der Hütte sein«, sagte Nudger. »Dorthin ist er mit Claudia gefahren.«

»Dann fahren wir auch dorthin«, sagte Helen, wirbelte herum und rannte ins Schlafzimmer, um sich die Schuhe anzuziehen. Glitzernde Wassertropfen stoben aus ihren Haaren und bildeten Muster auf der weißen Wand.

Auf dem Weg zu seinem Wagen hatte Nudger das Gefühl, sowohl die Ereignisse als auch Helen liefen ihm davon.

32

Eine Stunde später parkte Helen den winzigen blauen Datsun neben Claudias ebenso kleinem weißen Chevette. Die Motorhaube des Chevette war zwar unten, aber nicht abgeschlossen und stand einen Spalt weit offen. Dancer mußte sie nicht wieder geschlossen haben, nachdem er den Motor so manipuliert hatte, daß er nicht mehr ansprang.

Als der klappernde Spielzeugmotor abgestellt wurde, brach die Stille herein. Die Hüttentür war geschlossen, und trotz der Hitze waren die Fenster zu. Nichts rührte sich. Dancer kam nicht auf die Veranda gestapft, um sie zu begrüßen.

Nudger stieg aus dem Datsun und streckte seinen Rücken und die Beine. Er hörte Knorpel knacksen. Helen war um das Auto herumgegangen und eilte auf die Hütte zu. Trockene Zweige knackten unter ihren Füßen, und ihr Rücken war steif vor Anspannung und Entschlossenheit.

»Warten Sie!« sagte Nudger. »Lassen Sie mich zuerst hineingehen.«

Sie hielt lange genug inne, damit er vor ihr die Veranda betreten konnte, dann drückte sie sich von hinten an ihn, als er den Atem anhielt und die Tür aufstieß. Ihre Fingerspitzen berührten ihn leicht am Kreuz, drängten ihn zaghaft vorwärts.

Die Luft in der Hütte war abgestanden und unerträglich heiß. Nichts war zu hören, außer dem trägen an- und abschwellenden Gebrumm einer Wespe oder Bremse.

Ein flüchtiger Blick sagte Nudger, daß die Hütte leer war.

Er sah, daß die Born-Again-Flasche nicht mehr auf dem Kaminsims stand.

Als er rückwärts auf die Veranda ging und die Tür zuzog, stolperte er in Helens weichen Körper.

»Er ist nicht da drin«, sagte er.

»Hab' ich gesehen.« Sie schaute auf den Wald. »Er ist nicht mit dem Auto weggefahren. Vielleicht steckt er irgendwo in der Nähe.«

»Vielleicht.« Nudger fröstelte in der heißen Sonne wie ein Brandopfer. Sein Magen tat ihm weh und grummelte, wollte ihm etwas sagen. Dort entsprangen Nudgers Eingebungen: im Magen. Etwas stimmte hier ganz und gar nicht; das wußte er. Er warf einen Blick auf Helen, die sich selbst umarmte, als habe sie das gleiche Grauen angeweht.

Nudger ging voran. Sie folgten dem schmalen, sich schlängelnden Pfad zum Fluß, weil dieser Weg sich anbot. Möglicherweise sähen sie Dancer am Ufer nach Karpfen angeln. Nüchtern, hoffnungsfroh und von seinem Anfall von Reue erholt. Möglicherweise.

Was sie fanden, waren Dancers schwarze Slipper, die parallel zueinander auf dem altersschwachen, verwitterten Steg standen.

In dem linken Schuh steckte etwas Weißes, ein Brief an Helen, in dem Dancer die Morde gestand.

Der Abschiedsbrief eines Selbstmörders.

33

Hammersmith rief Nudger am nächsten Tag an, um ihm zu sagen, daß Lars Kovar in Illinois aufgegriffen worden sei. Man hatte am Telefon eines seiner Freunde, eines Junkies und Spitzels des Sittendezernats, eine Fangschaltung installiert. Als Kovar ihn aus einer Telefonzelle in Fairview Heights anrief, lokalisierte die Polizei den Anruf und die dortige Polizei hatte Kovar umstellt, bevor er den Hörer aufgelegt hatte.

»Der Kerl war einfach zu groß, um sich zu verstecken«, sagte Hammersmith. »Und weil Kovar ein ehemaliger Polizist ist, haben wir sozusagen mit besonderer Begeisterung nach ihm gesucht.«

»Was ist mit Heineker und Brad Marlyk? Und unserem Freund Ronnie?«

»Keiner von denen ist bescheuert. Sie wissen, daß wir Beweise haben, sonst hätten wir nicht durchgesetzt, daß die Kaution aufgehoben wird, und hätten sie nicht wieder schnappen können. Als sie gehört haben, daß Dancer zu dem Zeitpunkt, als Melissa ermordet wurde, mit Claudia zusammen war und also für den Mord nicht in Frage kommt, haben sie sich alle danach gedrängt, einen Kronzeugenhandel abzuschließen.«

»Wie gut ist der Handel, den sie machen können?« fragte Nudger. Er fühlte, wie sich die Gerechtigkeit davonstahl.

»Kovar weiß, wie das Spiel gespielt wird, und er hat seinen Kronzeugenhandel bereits abgeschlossen. Er hat uns alles gegeben, was wir brauchen, Nudge, und die anderen faseln bloß und wirbeln Luft herum. Ich nehme an, Kovar wird lebenslänglich bekommen, aber in ungefähr zehn Jahren wieder draußen herumlaufen. Aber die anderen bekommen lebenslänglich ohne Aussicht auf Bewährung oder vielleicht die Gaskammer.«

»Nicht die Gaskammer«, sagte Nudger. »Nicht bei Heinekers Vermögen.« Er hörte das Keuchen und Schmatzen, als Hammersmith sich umständlich eine Zigarre anzündete.

»Könnte sein, daß du recht hast, Nudge.« Schmatz!

Keuch! Paffte wie eine Lokomotive entschlossen auf den Lungenkrebs zu.

»Hat man Dancers Leiche gefunden?« fragte Nudger.

»Nein. Sie suchen noch immer den Fluß unterhalb der Hütte ab. Du weißt doch, wie das ist. Manchmal gibt der Fluß seine Toten monatelang nicht frei und manchmal gar nicht. Vielleicht wird man Dancer nie finden. Nach allem, was wir wissen, kann er bis zum Golf getrieben worden sein. Ergibt eine Mahlzeit für einen Hai.«

Hammersmith' Telefon blinke jetzt, sagte er, und er müsse auflegen, um gegen das Verbrechen Krieg zu führen. Klick! Summ – bevor Nudger etwas sagen konnte.

Nudger saß einen Moment vor dem Telefon und dachte an Dancers fahlen Leichnam, der dicht unter der Meeresoberfläche trieb, als ein Hai herankam. Der Hai drehte sich auf den Rücken – Nudger hatte irgendwo gelesen, daß Haie das tun müßten, um das Maul weit genug für die Beute öffnen zu können. Manche Haie waren riesig. Wenn Fischer sie aufschnitten, fanden sie mitunter die erstaunlichsten Dinge in ihrem Magen.

Er versuchte, an etwas anderes zu denken. Irgend etwas anderes.

Eine Woche später fand jemand, was von Dancer übrig war; nicht in der Nähe des Golfs, sondern zehn Meilen unterhalb der Hütte. Der Fluß hatte ihm angetan, was er auch den Frauen angetan hatte, die Dancer getötet zu haben glaubte. Ein Streich des Schicksals.

Helen Crane identifizierte die Leiche. Anschließend fuhr sie nach Hause, verkroch sich ins Bett und weigerte sich zu reden und zu essen. So blieb sie, bis sie Tage später von einer Freundin gefunden wurde.

Als sechs Monate nach den Verhaftungen der Mordprozeß stattfand, war Helen in der staatlichen Irrenanstalt in der Arsenal Street interniert, dort, wo Dancer nach Marlyk und Kovars Plan bis ans Ende seiner Tage hätte leben sollen, wenn er auf Unzurechnungsfähigkeit plädiert hätte. Schon wieder das Schicksal. Das Schicksal liebte Ironie.

Helens Zeugenaussage war nicht erforderlich. Marlyk und Kovar erhielten lebenslängliche Freiheitsstrafen wegen Beihilfe zu dem Mord an Melissa Underwood. Ronnie, der Chauffeur, wurde zum Tod in der Gaskammer verurteilt. Otis Heineker plädierte auf Schuldunfähigkeit und wurde auf unbefristete Zeit in ein teures Nervensanatorium im Osten eingewiesen.

Das Gesetz mahlte gründlich.

Ein paar Monate nach dem Prozeß hörte Nudger, daß Helen aus der Obhut des Staates entlassen worden und mit einer beträchtlichen Summe, die ihr von der Assekuranz in einem Vergleich aus Dancers Lebensversicherung zugestanden worden war, zu ihrer Familie nach Kalifornien gezogen sei. Helen hatte eine Chance, Zufriedenheit zu erlangen. Nudger hoffte, es werde ihr gelingen.

Es war einer der kältesten Tage des Jahres, als er in der Büropost ein braunes Päckchen fand.

Er trug es nach oben und stellte es auf den Schreibtisch, warf die Rechnungen, Mahnungen und Reklamen beiseite, die innen neben der Haustür auf dem Päckchen gelegen hatten. Es war ungefähr so groß wie ein Schuhkarton, vielleicht ein wenig länger, und in dickes braunes Packpapier gewickelt, ausgepolstert und zugeklebt. Es trug keinen Absender.

Nudgers Büro mußte der wärmste Raum in der ganzen Stadt sein. Er hatte sich über die fehlende Wärme beschwert, und der Vermieter hatte jemanden geschickt, der sich an den Rohren zu schaffen gemacht hatte. Nun wollte der alte Dampfheizungskörper unter dem Fenster gar nicht mehr aufhören zu rasseln und strahlte genug Hitze ab, um Brötchen zu backen. Obwohl Nudger die Ärmel hochgekrempelt hatte, schwitzte er so stark unter den Achseln, daß sich Schweißflecken auf dem Hemd bildeten. Er schnitt mit der Schere das Klebeband auf und öffnete das braune Päckchen Schicht um Schicht.

Er saß da und kaute verwirrt an der Unterlippe.

In dem ausgepolsterten Päckchen lag eine Flasche Bourbon. Leer.

Nein, nicht völlig leer. In der Flasche lag ein säuberlich zusammengefalteter neuer Tausenddollarschein.

Nudger starrte das geöffnete Päckchen an, und sein Herz schlug schneller, und er schwitzte noch mehr. In der Stille des Büros konnte er seinen Atem zischen hören.

Das Päckchen war in Kalifornien abgestempelt worden.

Der Whisky war Dancers Marke.

Born Again.

Wiedergeboren.